U0484039

耶鲁札记

苏炜 著

一个游子心中的故乡

斜阳芳草　风雨如诉

一个学者眼中的耶鲁

岁月如梭　情怀依旧

图书在版编目（CIP）数据

耶鲁札记 / 苏炜著. — 南京：江苏凤凰文艺出版社，2017.7
ISBN 978-7-5594-0445-9

Ⅰ.①耶… Ⅱ.①苏… Ⅲ.①散文集－中国－当代 Ⅳ.①I267

中国版本图书馆 CIP 数据核字(2017)第 111080 号

书　　　名	耶鲁札记
著　　　者	苏　炜
责 任 编 辑	蔡晓妮
责 任 校 对	黄　婷　王娜娜
出 版 发 行	江苏凤凰文艺出版社
出版社地址	南京市中央路 165 号，邮编：210009
出版社网址	http://www.jswenyi.com
印　　　刷	南京捷迅印务有限公司
开　　　本	718×1000 毫米 1/16
印　　　张	16
字　　　数	240 千字
版　　　次	2017 年 7 月第 1 版　2017 年 7 月第 1 次印刷
标 准 书 号	ISBN 978-7-5594-0445-9
定　　　价	38.00 元

（江苏凤凰文艺版图书凡印刷、装订错误可随时向承印厂调换）

目 录

岁月·行旅
　——《耶鲁札记》自序 …………………………………… 001

辑一　耶鲁之晨 ………………………………………………… 001
　"教书比天大"
　　——耶鲁大风雪记感 ………………………………… 003
　秋心再题 ………………………………………………… 006
　春假放归说耶鲁 ………………………………………… 009
　耶鲁毕业生听到的临别赠言 …………………………… 011
　"耶鲁服务日"的启示 …………………………………… 013
　朗读的意义 ……………………………………………… 016
　幸福指数的大哉问
　　——写在加勒比海游轮上 …………………………… 019
　"虎妈"与"盆景" ………………………………………… 022
　有感于"费正清中心"四十周年 ………………………… 024

辑二　岁月之流 ………………………………………………… 029
　大个子叔叔
　　——下乡第一章 ……………………………………… 031
　蓝手
　　——下乡的第一段秘密 ……………………………… 035
　书箱渡海
　　——下乡第一难题 …………………………………… 037

胶杯猪肉
　　——下乡第一餐 ········· 039
队长的眉头 ········· 041
班长的身手
　　——"砍芭"的学问 ········· 043
对着大山读书
　　——"儋耳山"与"纱帽岭" ········· 046
阿光和阿光们
　　——关于"失踪者"的另类思考 ········· 048

辑三　"甘泉"之缘 ········· 065

《岁月甘泉》的耶鲁缘 ········· 067
"我"和"我们","当下"与"当时"
　　——关于知青组歌《岁月甘泉》的创作思考 ········· 075
卡内基音乐厅演出之后 ········· 080
在苦难中掘一口深井
　　——为知青组歌《岁月甘泉》深圳、香港演出而记 ········· 083
十一月的节日 ········· 086

辑四　天地之门 ········· 089

天地之门
　　——休斯敦纪行 ········· 091
千岁之约
　　——北加州行 ········· 096
记住那双脚
　　——墨尔本战争纪念碑抒怀 ········· 105
豆青龙泉双耳瓶
　　——追念铁生 ········· 111
翁山访画 ········· 121

记芳魂

　　——遥寄父亲 ………………………………………… 129

秋光神笔 …………………………………………………… 135

雅歌行旅 …………………………………………………… 137

西湖晨茗 …………………………………………………… 144

辑五　夏虫之见 ………………………………………… 149

此心宽处即家园

　　——读《海外华裔作家访谈录》 ………………… 151

与林怀民谈"云门"与《九歌》 ………………………… 157

"练摊儿"小札序

　　——遥寄张大春 ………………………………… 161

"摄影发烧"小记 ………………………………………… 164

闲情里的格局与深味

　　——知人论世说刘荒田 ………………………… 167

在错位与并置中造就新视界

　　——读《他乡故国》 ……………………………… 173

"幽草"与"雾水"

　　——读谢炎叔叔《幽草集》 ……………………… 178

那一道纯亮的眼神

　　——我读胡仄佳 ………………………………… 184

人的可能性和艺术的可能性

　　——我读马莉 …………………………………… 188

那支深海的红珊瑚

　　——《无穷镜》读后 ……………………………… 194

张充和与"雅文化"

　　——在耶鲁东亚图书馆"古色今香：张充和纪念会"的发言 …… 199

愿为波底蝶　随意到天涯 ………………………………… 208

张门立雪
　　——我和我的耶鲁学生跟随张充和学字、学诗的故事 ………… 217
古墨缘
　　——和张充和一起欣赏她珍藏的古墨 …………………………… 226
九生一死
　　——《耶鲁札记》后记 …………………………………………… 234

岁月·行旅

——《耶鲁札记》自序

雪满千山行独夜,声喧九域守荒晨。

——《甲子杂咏·三》

仿佛是人世万千因缘里的一次偶遇——这本书,以《耶鲁札记》命名,却一个不小心,又触碰到一道人生与哲学的大哉问了。

"行旅",即是"从哪里来,到哪里去"?

这,确是中西哲学、宗教与科学的一个终极性追问:"我是谁?我从哪里来?又往哪里去?"据闻,墨西哥国家博物馆门前,就刻着这么一道铭文:"人啊,你从哪里来,又往哪里去?"其实,我们最熟悉又最古老的名句,来自唐代大诗人李白:"天地者,万物之逆旅;光阴者,百代之过客。"李白此言,却又源自汉乐府《古诗十九首》:"人生天地间,忽如远行客。"可见,"行旅"之谓,微言大义,其涵括天地人生、烁砾古今中西的非凡分量了。

耶鲁,确是我迄今整整一甲子的人生行旅中,一个最重要的驿站。同时,也是命运赐予我的一张最平静的书桌,一方最辽旷的舞台和一个最温煦的港湾。滚滚红尘,茫茫逆旅,于万水千山之外,百千劫遇之间,耶鲁何以选择了你?你何以结缘于耶鲁?——以《耶鲁札记》为题,说白了,正是想向自己提出诘问,也想向读者剖白:你是谁?你从哪里来?要到哪里去?

用当下时语,"耶鲁",确是一个"吸引眼球"的名字。本书以"耶鲁"入题,除了为着成为数年前同在凤凰集团出版的《走进耶鲁》的兄弟篇之外，确实也与作者多年任教耶鲁的身份紧密相关。不经意一算，笔者在耶鲁的讲坛生涯，将近二十年了。但本书中关于耶鲁有关的篇什，主要的并不是关于耶鲁的历史沿革或者一般的见闻轶事；更多的，其实是自己在耶鲁的日常履痕中的即兴感悟。其牵扯着我的"耶鲁思绪"的，反而是大洋相隔的万里之外的故乡故土上，那些或者令人忧心如焚或者只能冷眼默对的现实关怀和社会寄托吧。

日常在课堂上、闲谈中，每当向学生和友人随意言及自己的来历故事，他们常常都会惊诧连连：哇，你好像是从一部好莱坞剧情片里走出来的主角哩！见你总是这么一副乐呵呵、没心没肺的样子，看不出你的人生道路上，曾经有过这么多的跌宕、坎坷呀！那么多的汗泪悲欢、血火遭际，你是怎么活过来、走过来的？本书，恐怕很难编撰成一本自传式的人生故事。虽然胡适先生还在步入壮年的时候就写了自传体的《四十自述》，并且以史学家的睿智，终其一生都在倡言"自传的写作"，积极劝说身边长者写自传，及时为历史留下第一手的鲜活资料。以此为由，已经有不少友人一再提醒我：你们都属于经历过大时代大风潮的人，记忆是会不断流失和走样的，应该及早对自己的人生有所记录。本书第二辑收入的岁月追忆断片，可算是对这一善意提醒的一个不够严谨的回应，也是对"你从哪里来"的问询的一种不成形的答案吧。

教书的人常常都会这么说：讲台其实也是舞台。一上台就不能"欺场"，必须全身心投入。所以，"戏比天大"，乃演戏人对舞台的敬仰；本书开篇的"教书比天大"，则表述了笔者对教学讲坛和"耶鲁精神"的另一种景仰之情。书中篇什中提到的耶鲁教坛趣事和校园故事，可算是自己在耶鲁这一方人生舞台上的点滴行迹与思见感悟吧。可是，笔者也万万没想到，耶鲁，竟然会真的把自己推向生命中一个真实的舞台——近几年的生活中，自己真的要时时与舞台打交道，不时要在华夏、海外各地的舞台上留下具体的足迹履痕，说起来也可算是"匪夷所思"。本书第三辑收入的关于交响叙事合唱——知青组歌《岁月甘泉》的一组文字，就是笔者"一个不小心"成就出来的一段舞台奇缘。又因为耶鲁乐队两位著名指挥的青睐和"加持"，使得这个本来于作词人和作曲者都算是"无心插柳"之作，几年间忽然绿树成荫，在海、内外诸般舞台——从坊间、院校到殿堂级的舞台上都盛演连年，而因之引发热烈反响和不少争议，成为自己耶鲁札记中一个不得不认真面对的"生命事件"。或者干脆这么说：《岁月甘泉》已成为自己人生舞台上的一段重要话题，需要不"欺场"、不弄巧地去真实面对。所以，我不揣冒昧在本书中留下了这些具有争议色彩的文字，也算是为自己的人生行旅留下一道特异的风景。"文革"和"知青运动"的历史话题，牵扯的方方面面巨大而复杂，本专辑的文辞很难具体尽述，却只是给出了几个基本的情绪取向和思考维度。其间的甘苦百味，欲说还休，剪不断，理还乱，恐怕就是身在其境之人，才能深切体味了。

　　文章千古事，得失寸心知。几十年的笔耕生涯让我深知：为文之难，一如为人；或者说，为人之道，亦一如为文。我是相信"文如其人"之说的。我从不讳言自己偏爱"有温度的文字"。正如自己心仪的行事为人之道，是需要火光烛照、同时也需要释放温热一样。我甚至为这个"温热"的话题，与某一二位知名文友发生过正面的碰撞——我写不出那种"一'酷'到底"的文字，也不善于以过于谐谑与"cynical"（玩世）的文辞去表述自己的人生感受。因为没有了人生根底和字行深处的那点"火光"和"温热"，我甚至找不到自己为文的基本动力。我以为欠缺"地气""血气"与"金石气"，始终是当代汉语文学的硬伤。虽然，"温热"并不意味着"酸的馒头"（sentimental，感伤，滥情），也并不等同于缺钙少铁的温情主义的面世态度。"赋到沧桑句自工。"我深信，以人生历练与感悟为底蕴的文字，"温热"及其质感、质地，会自在其中。这，或许是我对本书中自己在文字中有所着力之处的一种"夫子自道"吧。

　　本文开篇之首所引的诗句，为自己近年另一个文字着力的处所——对中国古典诗词的重新学习，我以为是当今汉语文字工作者的另一个业内修行课题。本书的《"练摊儿"小札序》记述了其中的因由故事。因之，我特意在本书散文化的叙述语境中，不时插入自己近期的诗词习作，算是给读者的阅读多增加一道风景，也是向诸位方家、同行抛砖引玉并乞请赐教吧。

　　——是为序。

二〇一三年十二月二十日写于耶鲁澄斋—康州裒雪庐

辑一　耶鲁之晨

"教书比天大"

——耶鲁大风雪记感

二〇一一新年伊始，美国东部连续遭受了数场规模惊人的暴风雪袭击。从华盛顿、纽约一直到波士顿，东岸沿线的城市几陷于瘫痪——机场关闭、公车停开、学校停课，高速公路则车祸连连。某日早晨起来，打开车库门，积雪足足厚达二十几英寸，外面风雪还在肆虐，车子却无论如何开不出去。我退回屋里，打开电脑，接到同事转来的系主任通知：如果风雪太大，交通困难，今天的课程可以取消。"圣旨"在握，我乐得当一天风雪寓公，便发电邮通知学生停课改课，望着窗外纷飞的大雪发呆。

只是我不知道，此时的耶鲁校园，风雪弥漫之中，开学各门专业课程的第一堂课，大都按部就班、一丝不苟地在进行之中。第二天大雪停止，我如常回校上课。下午临下班，接到孙康宜老师的一个电话，请我下班时顺带把她捎回家。我略略吃惊：难道是因为下大雪，康宜老师自己不敢开车么？细问之下，我愣住了——六十过半的孙康宜教授是我们东亚系最资深的、也是唯一的中国文学讲座教授。原来，为了不耽误学生大雪天的正常上课，她已经在学校的简易招待所住了两晚。日后我从耶鲁校报获知：按课程表，昨天全校共有五十八门专业课要开，世纪大风雪中，其中五十门课照常如期开讲；而敝人所任课程，正是那八门的停课之一！

——不是来自校方的硬性要求（院长反而是一再发电邮强调安全第一，请任课教师自主决定课程安排），全校却有五十多位资深教授，在接到暴风雪来临的天气预报之后，提前一两晚住进校园，连续多日不回家——有的自掏腰包住入附近的旅馆，许多人干脆就在自己的办公室过夜，只是为着不受风雪干扰，全力以赴为新学期开课启程。

那天顺路送康宜老师回家，她微笑着告诉我：这是耶鲁教授们坚持多年的对应风雪之道，因为耶鲁有三百年来不因天气停课的老传统，"这也是一种 Professional 的坚持呀！"

我心头一震，脸上不禁红了起来。

"Professional"（专业性，专业化，专业精神），在中文里常常被译为"敬业"；但它在英文里的意义，却有着某种特殊的标尺，特殊的沉重。

任何"职业中人"，恐怕最大的过失、最怕听到的批评，就是这个——"unprofessional"（不专业）了。全力聚焦本科生的教育，重视课堂教学，对教书有一种近乎宗教性的崇敬，这确是我在耶鲁任教十几年来所深深感受到的"耶鲁精神"之一。美国常青藤大学都以拥有众多大师级的大学者、名教授著称。但在别的某些名校，大牌教授们忙着飞来飞去到世界各地出席各种学术会、研讨会，课堂教学往往就交给他们的博士生或者 TA（助教）代庖，以致留下了众多诸如"教授在哪里？教授在空气（air-航班）里"的学生俚语。

——在某些名校，这或是一种教学常态，在耶鲁，这却是校园大忌。那一年北京某顶尖大学国学院成立，广邀国际汉学界名流出席成立庆典。操办其事的恰是我的大学同窗，因为发出了对耶鲁著名史学家史景迁（Jonathan Spence）的邀请受到婉拒，知道我和史景迁个人相熟，便对接待规格层层加码（如夫妇双邀、来回机票一概头等舱等等），想让我私下里帮助说项说项。我不好拂友人面子，带着一纸"高规格"信函去见史景迁教授。老先生看完信就笑了，"谢谢他们的诚意和超常待遇。"却向我正色道，"苏炜，你在耶鲁教了这么多年书，难道不知道，学期中间，任课教授绝对不可以丢下学生去参与任何课程以外的活动吗？"

一句话，同样把我说了个大红脸。

在耶鲁，"教书比天大。"任何最有名气、地位再高的教授，都得给本科生开课，都需要拿出你的浑身解数，在课堂教学上有亮眼的成绩。正因为如此，名满天下的史景迁教授每年开课，都要成为校园的特殊景观（半年前史教授荣退，令多少误过了选修史课的学生扼腕痛惜）。他任教的中国历史课程，动辄选修的学生就达三五百人，以致他一门课的 TA（助教）人数，常常比一个普通系的教职员的总和还多。耶鲁校园内还流传着史景迁的另一段轶事：今天耶鲁校长的崇高位置，多年前，本来是校董会一致推举史景迁出任的，但史景迁坚拒不受，曰：我适合教书、做学术研究，却不适合做行政管理。——这，正是一种"Professional"（专业化）的标准所然啊。我深信，如果没有退休，近日的纷扬大雪之中，如期开堂讲课的，一定也会有我们满头白雪的史景迁教授。

今年的雪，仿佛下疯了，一场紧连着一场。那天，我向我任教的两门课的学生讲了孙老师风雪住校、坚持上课的故事，说：从今往后，苏老师的课，也会按照教学日程走，再不会因任何风雪雷暴而改变。

二〇一一年二月六日记于耶鲁雪霁后

补记：此文写完的一年后，又有一两场百年不遇的雪灾和飓风袭击美东新英格兰，耶鲁所在地纽黑文均是重灾区。当那场世纪飓风肆虐的时候，耶鲁校方几乎史无前例地果断下令：为了保证师生安全，全校全线停课两天。在灾后复课中，另一种场景出现了：风灾造成耶鲁周围住区停电停水长达一周之久（耶鲁有自身发电厂，校区内水电一直保持正常工作），许多教职员在"自家难保"的情况下，为了保证正常的课堂教学，又一次把铺盖搬到了学校自己的办公室，连续几天吃住在学校。校方也特别发通告，对因住区停电停水造成生活不便的教职员提供特殊的照顾。

秋心再题

　　大约十多年前，我曾写过短文《秋心》，记述我教过的一位耶鲁华裔学生，在毕业离校五年后的中秋节当日，专门登门拜访并赠送一盒月饼的感人小故事。当时我在文后附了一首记感小诗："天风海雨入斑斓，醉紫沉红话重山。几番浓淡几分墨，一点秋心万树丹。"

　　整整十年后，也就是离开耶鲁十五年后，又是十一月的金秋季节，我又接到这位名叫李逸斌（Jerry Lee）的耶鲁老毕业生的来信，告知我：他要回到耶鲁参加校友会的年会活动，"虽然日程安排很紧，我还想专程上门看看老师。"我欣然回复："老地方见！""老地方"——我的雅名"澄斋"的耶鲁办公室，位处耶鲁校园的一栋百年红砖小楼，书籍琳琅凌乱依旧。十年未见，小伙子却仿佛又长高了，几乎要高出老师一个头了。其实我知道是自己的错觉：从前的"小李子"如今脱尽了当年的"婴儿肥"（美国大学生都有"头一年，重十磅"之说），变成一个身材高挑、面容俊朗而思维敏捷、谈吐睿智的成熟男士了。热情相拥之后，他奉上了一瓶红葡萄酒，第一句话就是：苏老师，我已经是两个孩子的父亲了！孩子比你还多了一个！原来这十年间，他先在华尔街投资银行任事，后到宾大华顿商学院读了一个金融硕士，随即成家立业，现在已经是鼎鼎大名的高盛投资集团的高层主管。谈起仍是十年前同一个话题：回忆当年上课的趣事，记住老师教课时的某个口头禅，哪位同学现在在哪里高就……"真奇怪，我们当年上过你课的那几位同学，现在还会不时在纽约聚会，每次聚会都会提到老师……"他忽然放慢了夹带着英文字句的语速，"你是我们大家最 favor（喜爱）的耶鲁老师，你在课堂上的 passion（激情），你对我们的 impact（影响），不但让我们一直热爱学中文，也会一直在我们的生活中

continue（延续下去）……"

我心头一震，一时竟接不上话来。

"师者，所以传道，授业，解惑也。"（韩愈《师说》）乃我华族古来为师者的职责之谓。美国大学强调"专业化"（professional），按说，语言教师的"授业"，就是教识学生一门语言，其他"传道、解惑"之责，大可不计。但对于求真求知的学生，特别是对于耶鲁这样重视"通识教育"（Liberal arts education）、有着三百年深厚人文底蕴的大学的顶尖学生们，他们对教学的要求，对课程和任课教师的期待，就绝对不止"专业知识"这么简单了。我们是一直这样教导耶鲁学生的：专业训练的成熟，物质上获得的成功，并不是你们在耶鲁受教育的目的；耶鲁坚持三百年而持之以恒的校园风范，首先就是要培育出具有完整美好人格、富有批判性、创造性思维能力，具备在任何领域的领袖气质的杰出人才。耶鲁对所有本科生的课程设置，都围绕着这么一个"综合素质"培养的目标。——这，反而是和传统中国儒家"教育即育人"，"经师易得，人师难求"，"赞天地之化育"，强调道义远重于职业的教育观，相吻合亦相映照的。钱穆先生谈中国传统教育，也强调传统儒家对通德通识的重视，"士先器识，然后文艺。"钱穆先生曾言：中国人之重师道，其实同时即是重人道。这里的"道"，其实就是人类精神的生命命脉之所在。因之，"教统"即在此"道统"上，"政统"亦应在此"道统"上。孟子言："君子之教，如时雨化之。"教育如好雨，只要一阵好雨，万物都可以生化。——以上所引，可不就是我华族古圣贤的"通识教育"之思么？为此，钱穆先生甚至把"师道"之尊，看得比任何世俗的权势利害都更高更重："不要怕违逆了时代，不要怕少数，不要怕无凭借，不要计及权势与力量。单凭小己个人，只要道在我身，可以默默地主宰人类命运。否世可以转泰，剥运可以转复。"——是的，这，也正是我珍视自己幸运获得的教职、从未敢看轻似乎在大学里人微言轻的语言教师之职的缘故。在耶鲁这样的"通识教育"氛围里，作为任课教师，站在讲坛上，你又怎么能仅仅满足于专业知识的灌输呢？怎能不把"人师"的"天地化育"之责，同时也担在自己的肩头身上呢？

刚刚过去的二〇一五年，又是十月金秋。这位鬓角已略现华发的李逸斌，在毕业离校十七年后，又一次提着一瓶红酒，出现在我的面前。这一回，却不是在我的办公室，而是在我办公室楼下的大课室里。我正在"中国当代小说选读"的课堂上给学生们讲莫言和王安忆，听到了轻轻的敲门声。两年没见的我的"小李子"好学生李逸斌笑吟吟地走进来，向着所有同学微微鞠了一个躬，轻声用夹带着英语的中文说：很抱歉，不得不打扰一下大家的上课，因为参加完校友董事会的活动后，我需要马上赶回纽约……我给老师送上的这瓶红酒，是送上我对老师教导的永远的铭记和感恩……在同学们哗哗的掌声中，我拥别了李逸斌，把那瓶红酒轻轻放到讲台上，我知道我捧着、触摸着的，是一颗沉甸甸的心——秋之心。

二〇一六年二月三日写于耶鲁澄斋

春假放归说耶鲁

"两周春假,你们一定都没有机会练习中文。请每个同学都用中文说说:你们在假期里,做了些什么?"

照例,每年春三月,耶鲁春假结束后的第一节课,这是我对学生的开场白。可是今年,出了点小意外。

"苏老师,你说得不对,"白人小伙子小凌首先打断了我,"我这两个星期春假,都在说中文。"

"你到中国去了?"

"没有,我到了新加坡和马来西亚。我是耶鲁'模联'的头头,"小凌的中文说得有板有眼,"我们'模联'在新加坡和马来西亚都有会议,大家一知道我会说中文,就一直跟我说。怎么样,老师,你看我的中文,说得还算溜吧?"小凌的神情很得意。"模联"就是"模拟联合国",这是一个现在遍布全球大学校园的学生社团组织,以培养未来政治领袖的组织运作才能作为宗旨。我没想到,这个平日说话爱脸红的小伙子,竟然是耶鲁大名鼎鼎的"模联"组织的头头呢。

"老师,我可是真的到了中国,"这位叫小安的墨西哥裔美国孩子告诉我,他参加了国际心理学会组织的一个活动,利用春假到上海和广东,调查中国农民工作为城市的异质群体所遇到的心理学问题。"跟农民工谈话,我当然就得说中文啦!可是常常,他们听得懂我的话,我却听不懂他们的口音,越着急就越听不懂。"小安的"挫折感"里,其实也包含着得意。

第三、第四位同学也都利用春假去了中国。有为今年暑期去北京故宫博物院的志愿实习生工作打前站的;有去旅游兼找工作,为自己毕业后到中国的发展提前施展拳脚的。随后,各个同学的春假报告就更是多姿多彩了：除了参加真正的春假旅游（有一个专门的词叫"春假狂热"，指的是春假聚涌到佛罗里达海滨狂欢的大学生们），美中混血的小谢参加了一个古钟楼音乐的欧洲钟楼巡回演奏；黑人学生小陆以他出神入化的大提琴技艺应邀出席印第安那州的音乐节演出；另外，参加义工组织到南方为穷人住区盖新房、参加义演合唱团为某一个专项内容募捐巡演、参与耶鲁改造当地纽黑文社区的服务工作，等等，则是每年春假都有的例行节目……

只觉得春色扑面而来。每年的春假活动，我以为是最能反映耶鲁校风的一个新鲜切片。今年最明显的变化，便是利用春假到中国、利用已学到的中文跟中国发生联系的学生显著增多了，以至于我的"开课例话"受到了挑战。我想这一方面，是耶鲁历来强调的拓宽学生的国际视野，正在逐年往"中国"这个大课题上倾斜；另一方面，更是奥巴马总统前不久雄心勃勃提出的"十万美国学生在中国"计划，在耶鲁校园的直接反应（据报道，有关这一项目的中美合作协议三月二十五日刚刚在杭州签署，代表美方签字的正是在奥巴马家乡芝加哥新上任的市长、也是总统前助理的理查德·戴利，可见此事在奥巴马心中的分量）。

耶鲁学生异彩纷呈的那些春假活动，更是每年都让我大开眼界——比方小谢参加的那个欧洲古钟楼音乐的巡回演出，如何把每个古堡钟楼的钟声组合成音乐演奏，简直把大家的眼睛都说亮了——强调个性化追求的同时注重参与群体活动和社区服务，使得耶鲁学生总是显出一种个性活泼特异、同时又合群易处的特征（每年夏天，我都会听到来自北京各中文暑期项目对这一种"耶鲁特质"的评价），而这种特质，正是耶鲁校风里重视培养学生的人文素养、特别重视非功利性的学生综合素质培养的一种现实呈示。这，也许是耶鲁的"春天故事"可以提供的一点启示吧。

二〇一一年三月二十五日记于耶鲁澄斋

耶鲁毕业生听到的临别赠言

骊歌响起。每年此时，都是校园里朝夕相处了四年的师生劳燕分飞、依依惜别的时刻。今年因为好几位教过的出色学生正届毕业，我便连日来人五人六的，西装领带、方帽黑袍地全程出席了耶鲁的毕业典礼。

耶鲁毕业典礼与我以往出席过的几家知名大学的典礼安排不同。典礼的中心内容——颁发毕业证书，在其他学校往往一次性完成——就是人们常见的，在鼓乐声喧中，应届毕业生逐个走上台领受证书；而对于现场观礼的亲友，其实那是一个夹杂着欢欣期待同时又拖沓难熬的漫漫长程（我在 UCLA 毕业时，数千名毕业生逐个上台授证，整个仪式在烈日下持续了将近五个小时）。耶鲁的授证典礼则被分成两个不同的仪式：第一场是全校规模的、隆重庄严的"法理性"授证——就是由校长向每一个专业、每一个学院的院长教授正式授权，由每个专业获最高荣誉的几位代表学生上台领取校长签发的毕业授权证书，同时，向当年度全世界的杰出人士颁发各个专业的荣誉博士学位。这个典礼过程只有一个多小时，然后，各个学院、研究院，才各自举行自己的授证仪式。今年的全校典礼上，随着被唱名的各专业毕业生们山呼海啸甚至是戏谑性的欢呼鼓噪声，现场每一个学生反复听到、并牢牢记住的，是校长雷文一再在每个授权法令中，用英语和拉丁文强调的这两个字眼：作为耶鲁毕业生，对于服务社会的"权利"（rights）和"责任"（responsibility）。

这个强调服务社会、服务公众的"权利"和"责任"主题，到了我所隶属的塞布鲁克学院的授证仪式上，就进一步具体化为对每一个突出表彰的奖项的具体内容。我才发现，随着一个个唱名颁证的毕业生走完全部程序，对不同专业、领域的优秀毕业生的表彰成了学院典礼的重头戏。我注意到，无论学术奖、学院奖、最佳论文奖等各个奖项，对每一个被表彰的优秀学生都有一篇详尽具体的表彰词，述说着他们的耶鲁故事，其重点，几乎无一例外地都落在了"服务社会、服务公众"的主题上。比如，最佳学院表现奖授予一位非洲裔学生，他以他的音乐专业技能，帮助耶鲁所在地纽黑文一个黑人社区组建乐队，创编音乐剧，组织大学生和他们一起排练并巡回演出（他的母亲在观众席中大喊：他是我的儿子！然后主持教授请母子一起站起来，接受全场的欢呼致敬）；最佳论文奖授予一位学历史的美籍越南裔女学生，她先后利用两个假期回到父母亲的越南家乡，调查核实一段与美国越战有关的特殊史料，同时帮助完善当地的乡村教育，回到耶鲁后又在校园里举办了一系列与这段历史有关的研讨活动，同时协助提升与史料有关的美国当地越南移民社区的文化设施和他们政治地位，等等（她上台领奖时，忽然从二楼敞开的窗户里传出一片尖声叫喊着她名字的摇旗呐喊，这是受奖学生得到的最"酷"的奇特欢呼）。最后，学院的驻校主任教授（Master）爱德华·克门斯发表了一篇很动感情的演说——既是他和夫人结束长达十几年的驻校主人位置的告别演说，也是对二〇一一届毕业生的临别赠言。他说道：离别在即，如果我要用一个字眼，作为我送给你们的留言的话，这个字眼是"Caring"（小心、在乎、关心、照顾）——永远在小心、在乎自己的同时，关心社会，并照顾他人。这个"Caring"字眼，也可以化为我的三句话：第一，在乎和了解自己的各种可能性，并为你能够发展自己的最大可能性方面，提前做好充足的准备；第二，在人生随时可能遇到的各种选择中，作每一个选择时，你都应该选择那个可以最大化地有利于他人和公众的选项，这样，你才可能最终地最大化地实现你自己；第三，找一个好的伴侣，你将终生受益无穷，就像我一样。他指着台下坐着的他的夫人——已经提升成为整个耶鲁本科生学院院长的玛丽教授，在一片热烈的掌声和欢呼中，结束了他的演讲。

二〇一一年五月二十五日写于耶鲁澄斋

"耶鲁服务日"的启示

每年的五月十四日被定为"耶鲁服务日"。今早打开邮箱,作为大学塞布鲁克学院聘任的成员(Fellow),我收到了驻院主任教授传来的一个音像视频的链接,点开浏览,原来是塞布鲁克学院一位行将毕业的学生,为服务日提前摄制的一段两分钟的推广短片。短片中,耶鲁男女学生们愉快地唱着歌曲,为穷困社区修建房子,粉刷涂鸦,修整菜地;随即,越来越多的年轻面孔加入进来,两鬓微霜的教职员加入进来,画面上的队伍渐渐壮大,终于,在耶鲁史特灵大图书馆前的中心草地上,形成了一个大写Y字母举着一个圆球的"耶鲁服务日"标志。我在那个耶鲁蓝的大Y里看到了自己学生的熟悉面孔,心头不禁一热。

"Give a Day. Change a Life."是"耶鲁服务日"提出的口号。姑且译为——"献出你的一天,改变一次生命。"这里的"一次",既可以是自己的、也可以是他人的生命——服务社区,利他助人,同时也是提升自我,助人利己。在耶鲁十几年的工作生活中,我时时可以清晰感受到校园内弥漫着的一种服务社会、利他奉献的浓烈氛围。每年班上学中文最出色的那些学生,随便一问,你都可以发现他(她)们几乎无一例外的都是学校某个社团组织的头头脑脑,正在参与或者刚刚完成某项社区服务工作。我教过的一位家境优渥、品学兼优、被中文老师们称为"校草级帅哥"的白人小伙子,直到他毕业那年我才获悉:他在校园里开了整整三年的"资源回收车"(即垃圾车);他曾为环保问题发动耶鲁同学联名向国会议员写信提改革议案;还曾利用春假,自愿到被卡特里娜飓风摧毁的路易斯安那州服务两个星期。问起此事,他笑笑说:那里是我母亲的出生地,我自然应该为母亲家乡做点事情。确实,这些每每令我动容的"服务、奉献"故事,在我的学生们说来似乎从来没觉得有多么崇高、伟大，反而常常被看作是一种校园生活的常态。我亲眼看见，正是耶鲁强调并持之以恒的这种"服务社区"精神，更具体地说，是耶鲁校方推行的"走出去，请进来"政策——坚持让一届又一届的学生参与改造当地贫困社区的服务，同时敞开校园广泛雇用当地居民为员工，近十数年来，已经使得耶鲁所在地的纽黑文市得到脱胎换骨的改造，逐渐洗脱"犯罪之城"的恶名，同时，也为耶鲁学生创造了一个更为安适宜人的学习环境——这是"利他即利己"的一个典型范例。

然而，我知道，这，或许只是对"利益驱动"法则的一种理想主义的解释。

从正面看，这种利他助人的奉献服务精神，确实早就渗透到耶鲁校风中所注重培养、拓展的"国际视野"之中。有一百多年历史的耶鲁"涉华机构"——"雅礼协会"（Yale-China Association），早在百年以前，就资助耶鲁毕业生到中国内地城市如长沙、汉口、宁波等地进行教育、文化方面的交流服务工作。今天在当地历史悠久、享有盛誉的如湘雅医学院、雅礼中学等等，都是耶鲁"雅礼协会"当年帮助创立的。但是，坦白地说，我至今其实都常常感到有点费解：在耶鲁毕业的学生，一般都不难找到在华尔街投资银行、金融咨询等等大机构的高薪工作，我今年班上的好几位学生，马上就要进入"高盛""摩根·士丹利"这样的名牌公司工作。可是，"雅礼协会"资助耶鲁毕业生到中国参与文化教育工作（主要是教英文）的奖学金数额并不高（远远不能跟上述大公司相比），但为什么每年"雅礼"的奖学金申请，竞争都如此激烈，往往一"奖"难求？现在，又到了每年毕业生离校的前夕，我今年帮助写推荐信的两位学生都"抢"到了"雅礼"派送到中国工作的位置。一位叫彼得的白人学生昨天跑来告知我这个好消息，满脸溢着光彩："苏老师，我马上要到你的家乡——广州去教一年英文，我简直等不了啦！"我问他——真的是满腹狐疑地："彼得，你为什么会这么高兴？"他说："我学了这么多年中文，现在一毕业就能用中文到中国去工作，你不觉得让我很有成就感吗？再说，这正符合我对自己的人生设计——毕业以后先到中国工作两三年，再回到大学研究所读一个与中国有关的专业，将来无论做什么工作，我都会利用上我的中文……苏老师,你不是也会更有成就感吗?"

我心里暖热,但依旧疑团未解。常常会听到我们此地的"老中"同胞暗地里嘲笑"老美"的"傻"。"耶鲁服务日"让我又一次想到了这个"傻"字,也让我再一次想起,需要好好追究一下这些种种"傻"的背后,可能寓藏的真实缘由,其实并不傻。

二〇一一年四月二十六日晨记于耶鲁澄斋

朗读的意义

刚刚自休斯敦回到耶鲁。是应当地华人文学社团的邀请去做一个文学讲座，从自己的写作历程，谈纪实、虚构与个人叙事的视角话题。当天的听众很踊跃，我和另一个主讲人的演讲与对谈也反响热烈。随后两三天，接受当地华语电台、电视台的采访，与休城知青协会座谈，我对休斯敦华人社区文化生活的丰富与高质量留下了很深的印象，整个活动组织得应该说是很成功的。可说不上为什么，我隐约觉得欠缺了一点什么，直到最后一晚餐聚道别，一位新识友人讲到他们在一次知青聚会中朗读某篇作品，才读了几句，就几乎让所有人落泪……我才恍觉：此行，缺的就是这个——朗读。

我想起自己这些年曾经受邀到华盛顿、波士顿、加州、佛蒙特州等地的大学与社区演讲，其中都少不了这个朗读作品的环节。一个作家面对他（她）的读者的最好方式，其实是朗读；一群书友交流自己读书体会的最好方式，其实也是朗读；甚至，你信不信？一对称职的父母留给孩子最深的童年记忆，一双初恋情人给对方留下的第一个最美好印象，往往也是——朗读，尤其是枕边的朗读。所谓"枕边书"，其实就是朗读的书。轻轻的朗读，默默的朗读，是心语的交流与交汇。朗读的意义，说小很小，说大却很大。特别是在今天，当整个现当代人生活陷入拜金、物化、无聊、浮躁，心理和情感都发生结构性失衡的时候。

我这里说的朗读，不是"朗诵"（特别不是那种七情上面、拿腔拿调的煽情表演），也不是那些程式化、公演状的"千人读经""万人背诵"之类的夸张活动。它，就是一盏清茶或者一杯咖啡，几个好友围坐，或者一个小团体相聚，选择一个专题，打开一本书，或各人选择一本自己喜欢的书，独自的或者互相的，静静地朗读，细细体会在音节顿挫和情感交会之间，那些文本的意义和文本生发的意义。人们一定记得，前几年有一部奥斯卡获奖片就叫《朗读》(The Reader)，中文片名特意译为"生死朗读"。我曾在旧文《有声的缪斯》里谈到过台湾老诗人余光中的慨叹：现代人的诗文，大多是"能阅而不能读"的无声文字；也谈到过受欧洲影响，好些台湾文化人（比如龙应台、郑愁予）都有在餐聚中喜欢朗读的习惯；也谈到我在耶鲁校园生活里所看到的，近年来在北美大学、社区里，各种读书会和朗读活动的复兴繁盛。我的另文《青山夜读》，更具体描述了我在佛蒙特州明德学院的一个春夜，给美国学生用中文朗读自己作品而令文字与人物都呈现新境的动人场景。这里，我愿意再次跟读者分享几则最新的朗读逸闻：纽约百老汇今年戏剧季有一出引发轰动效应的旧戏新演《平凡的心》(The Normal Heart)，被评论者认为是"一场撼动人心的文化与思想洗礼"，很有戏剧最高奖"东尼奖"的"冠军相"。殊不知，这出诞生于一九八五年的剧作，是美国最早探讨当时才刚刚爆发的"世纪末瘟疫"——艾滋病，所引发的同性恋平权问题及其在哲学层面与心灵层面的省思，由于手法粗糙、直率、坦诚，对当时社会文化的冲击力极为"威猛"，而长期受到主流影视界的漠视与冷待。为此，著名影星芭芭拉·史翠珊曾经奔走多年，最后在一九九三年集合众多明星（包括凯文贝肯等人），在纽约举办一场特殊的朗读会作慈善公演，而引发了震撼性的反响。请注意，一个剧本最终引起社会的关注，不是来自表演，而是来自纯粹的朗读；随后，今天最新版《平凡的心》的导演乔曼洛特（当年还是二十出头的年轻人），又邀集众多圈内好友，在自己租赁的小公寓客厅里举行了《平凡的心》朗读会。评论者写道："《平凡的心》以朗读会的方式呈现出来，就像一场歌剧清唱一样，少掉布景，保存剧力，少掉花哨的包装，凝炼出来的，便是逼近真实的、'图穷匕首见'一般的社会真面！"（见陈炜智《一颗最平凡的心》，《世界周刊》二〇一一．六．十二）在最近一篇关于诗歌语言的论文里，我熟悉的德国汉学家顾彬——他曾因提出对中国当代文学严厉批评的"垃圾论"而广受关注，则把朗读的效应说得更为神奇。他说：都说"诗歌已死"，可是在德国，即便明斯特或埃尔朗根这样的小城，也会邀请遍及全世界的诗人来朗读他们的母语诗歌。礼堂里很多人甚至不需要翻译，他们想听的是诗人发出的声音。他们可能闭上眼睛，为了聆听一丁点儿也不理解的词句，似乎里面藏有翻译者无法"曲尽"的事物。他举了一个例子：诗人郑愁予前几年在德国用中文朗读他的诗歌，顾彬的好友凯琳对他做的郑诗德文翻译完全不感兴趣，"她毋宁是要听郑诗的中文声音，而非我的德国口音——因为我尝试把诗人译入典型的德语诗歌的声音。"顾彬问，"我们能称这是世界诗歌的一个真实时刻吗？"

在本文的题旨里，我想说：这，正是母语——声音——意义所带来的，关于朗读的一个神话的时刻。

小记：写完此文，休斯敦的华人文友告诉我：其实，在你们到来以前，我们已经先行开过你们作品的阅读和朗读会了，"我朗读你散文里的好几个片段，都赢得了阵阵掌声……"

二〇一一年六月二十日写于康州衮雪庐

幸福指数的大哉问

——写在加勒比海游轮上

碧海,蓝天,鸥飞,浪卷。巨轮航泊在加勒比海一个叫"半月湾岛"的外滩上。我在九楼甲板餐厅用过丰盛的自助早餐,回到住舱的六楼房间,拿上我的书本、暖杯,往里加了几撮三峡毛尖,注满热水,便踱步到十层顶楼甲板,在沙滩椅上仰躺的半裸男女间穿行;最后在舷梯边的按摩池附近找到一张临窗小桌,开始品茶,读诗,并在小本上提笔写这篇文字。

因为面对满目良辰美景,我碰触到一个人生与社会的大哉问:什么是幸福?怎样衡量幸福?幸福感是不是人生追求的基本目标?什么才是度量幸福感的基本指数?

或许,生存在当今这个蓝色星球的芸芸众生之中,此刻游轮上浮动的身影,是最能体现"幸福"这一字眼的群落了。这种跨国出海、环游世界的游轮之旅,可谓体现当今全球化风潮中最时尚也最高雅、最休闲也最享受的一种旅游方式。参与其中者,首先要有基本的经济实力(人均消费一千美元左右),还要有相应的空暇(包括抵达游轮所在港口的旅程,来回至少须一周到十天),还要有不错的人际关系(一般都以家庭、群体的方式出游,极少形孤影单者)。美景,美食,加上船上应有尽有的休闲娱乐设施——从饭馆、酒吧、赌场、剧院、泳池、健身房到图书馆、购物街,以及各种声光俱全的"秀"(表演),潜水、滑翔、海岛远足等亲近自然的节目……而这一切——三千多人的吃喝玩乐,都被章法纯熟的管理做得有条不紊、举重若轻:身在海上却偏偏让你忘却大海,整个巨轮就是一座移动的繁华城市;最顶尖的城市化享受,却又偏偏置放在最和煦的海风、最清新的空气和最蔚蓝雪白的海水沙滩之间——如此之然,至少在游轮徜徉大海的那几天，真的会让你忘却碌碌人生中的诸般烦恼。论"幸福"，此一刻，夫复何求？

不经意地发现，关于"幸福"的话题——是近期中文网络、媒体和各级官员"给力"讨论的一个热门字眼。这游轮式的"幸福"体验，也许真的提供了当今时代关于"幸福感"的一些基本的指数要求？比如，基本的工作保证之下所满足的温饱需求；人际的和谐与心情舒畅；环境的清新与较高的生活质量；还有，完善的管理带来的社群被尊重感和自我尊严感——这经济、人伦、环境和管理四大要素，广而言之，可以说，就构成了今天全球化经济体系下一般人"幸福感"的基本来源，同时也为一切服务于社会、人群的政党和行政机构设定了提高民生福祉的具体目标。然而，这种"游轮式的幸福感"（姑妄言之），恰恰又是虚幻的，短暂的。这种游轮旅游的设计初衷，本来就是要制造一艘"梦之船"——让旅客尽情地、短暂地做几天"幸福梦"的船。它其实同时又是观察当今时代社会诸般问题的最佳切片。比方，我注意到，船上的三千多旅客，基本上以白种人为主，其中杂有少数东亚、中亚人面孔，而极少的黑人。但为这三千多人尽职服务的一千多海员和员工中，黑人的比例则大增，更多的是来自东南亚和第三世界国家的人。除了管理层的白人外，我略作接触交谈，员工中的白人，也大多来自原东欧或中亚国家，大都是在本国本土谋生不易而到船上"寻梦"来的，可以说，他们都是一批"国际农民工"。顾客和海员之间这样一种肤色、种族、阶级（或等级）的组合对比，其实反映了当今全球化背景下的"南北差距"和贫富鸿沟，当然，也包括"幸福感"的鸿沟。

在船上，我不时用摄影机悄悄摄下那些在甲板上昼夜忙碌的身影。我知道，我等此一刻饱满盈盈的享受感和"幸福感"，是被这些忙碌有礼的身影，始终以高质量的服务牢牢维系着的。"他们"和"我们"，这是船上两个不同的"阶级"。两者的"幸福感"，自然会有不同的指数。其间，差距和区别在哪里？二者可以有共通点么？——想到这些"国际农民工"，我便马上想到我们华夏大地上为求生存、更为追求幸福而辛劳着的广大农民工，又忽然想到最近从国内探亲回来的老友传递的国内友人说的一句让我辗转再三的话：你们在国外讨生活的人，是"舒服地过着辛苦的生活"；——哎呀呀，此话怎讲？我发现，我的这个关于"幸福感的大哉问"，其实已经搅进了一个关涉广大的"问题意识"的大漩涡里——关于社会观照，关于人生感受，关于生存环境，关于文化差异等等，问题太大而多多，一如眼前千叠万叠的浪花，连天接地，向我涌来。

我呷了一口清茶，站到甲板上，任由加勒比海的清凉海风，拂面掀襟……

二〇一〇年十二月三十日始笔于"嘉年华·缘分"号游轮
二〇一一年一月七日结笔于耶鲁澄斋

"虎妈"与"盆景"

大半年以来，关于"耶鲁教授"蔡美儿所著《虎妈的战歌》一书的出版，激起了美、中以至世界各地的热议话题。可以这么说，在耶鲁校园，关于"虎妈"话题，是普遍被"耶鲁人"冷待、厌烦并极力回避的。笔者在耶鲁任教，又作为一位亚裔家长（有一个马上十七岁、面临考大学的女儿），近期不时被各种媒体、友人问及"耶鲁虎妈"种种，更是别有一番滋味在心头。

我得首先申明，我非"虎爸"，同为大学中文教师的妻子，亦非"虎妈"。我以为《虎妈的战歌》一书及其作者自炫式的"虎教"哲学，对亚裔族群在美国社会所常常受到的偏见与歧视对待，起了一种雪上加霜的作用，是负面意义远远大于正面意义的。我这里愿意从我女儿和一个亚裔家长的视角，谈谈个中的玄奥。耶鲁所在的康涅狄格州，是美国东部人均收入和受教育水平最高的地区；我家所在的"茶雪"（Cheshire）住区的公立高中，也是全康州排名前列的好学校。可以想见，越来越多的中国家庭往我们这个"好学区"搬迁，女儿所在的"茶雪高中"出现越来越多的亚裔面孔，却把我的从小在家里说中文的女儿端端，推得离她的特殊浓重的"中国背景"越来越远了。

"我不喜欢做中国人。"有一回，端端从学校回来，这样沉声说道，把我和妻子都吓了一大跳。"你为什么这么说呢？"妻子小心地问，"你们学校里，那些成绩最好的学生，不大都是中国人吗？""恰恰就因为这样，"女儿开始用一半英语、一半中文来表述她的复杂感受，"他们都是学校里的Loser！"我更吓了一大跳。"Loser"一语的贬义，在英语日常使用里非同小可，中文翻成"失败者"是远远欠缺力度的，我曾与好几位海外华人作家朋友讨论过"Loser"的中文译义，以为"窝囊废"才是最准确的语义。我问:"你为什么说好成绩的中国同学,都是窝囊废呢?""他们只知道读书,读书,读书!他们在学校里没有朋友,自己也不愿交朋友,因为他们谁都要比别人拿更多的A!他们在同学中自己把自己孤立起来,眼里只有成绩、成绩,做任何课外活动都很有目的性,不是为了Fun(有趣),而是为了进耶鲁、哈佛,未来要当医生、当律师,挣很多的钱……天哪,太无聊,太boring(乏味)了!"

事实上,女儿的抱怨,已经成为了今天一般美国社会对"亚裔学生"的偏见,而"虎妈哲学",不过是加重和强化了这种偏见而已。应该说,也许是女儿天性外向、好动的缘故,或许也是我们夫妇俩比较自由、放松的家庭教育所造成的,我女儿端端确实从来不是此地习惯意义上的"中国家庭的孩子"。她的整体成绩大概在B到B+或A-之间,她是学校啦啦队里最会翻跟斗的一位队员,个性开朗活泼,喜欢交朋友,热心帮助别人。妻子曾经为她的学业不够拔尖而担忧,我则看得很坦然。我认为培养女儿身上善良、开朗、热心关心他人和社会、具备与人交往和处理问题的能力,反而是最重要的;她自己活得开心、愉快、有趣也有意义,才是我们做父母的最可安慰的事情。所以,我不愿意女儿成为一盘漂亮的盆景,而愿意她像一棵顺着阳光伸展枝叶的小树,不受任何人为裁剪和限制地自由生长。按"虎妈"标准,我或许是一位很不称职的父亲吧。

说到"盆景",我忽然想起近日互联网上一篇广为流传的讨论"虎妈"话题的博客网文,这位叫Wesley Yang的韩裔美国人提出这样的问题:

"假设亚裔学生在中学和大学的成绩和表现确实更好,那么亚裔美国人是否在现实世界中获得了同样的主导地位?"在列举了一大堆的数据后,她(他)提出这样的诘问:亚裔美国人,为什么成了"考场的霸主,社会的纸老虎"?这样的现实定位是怎么造成的?也就是说,亚裔美国人和他们的后代,究竟是要在北美新大陆上做一棵棵根深叶茂的大树,还只是一盆盆好看动人却无真实生趣的"盆景"?这真是围绕"虎妈"的热议话题中,也包括国内另一种同质但变异的"应试教育"话题中,一个值得社会、学生和家长深思的问题。

二〇一一年六月二十六日写于耶鲁澄斋

有感于"费正清中心"四十周年

很多年前曾写作《有感于美国的中国学研究》一文，对哈佛大学费正清东亚研究中心坚持数十年的每周"中国讨论会"，发了一点个人感慨：美国的东方学者善于把自己的短处——文化距离与资讯隔膜，转化为另一种优势：每人在一个尖细的课题上挖一口深井，持之以恒，劳之以众，终可以获得一片"中国"的大海汪洋。不久前费正清中心举行成立四十周年纪念活动（一九九六年四月二十六日），笔者应邀与会，欣见十数年间，由费正清中心"领衔"的西方中国学研究，确已从"深井"走向"汪洋"，声势泓然，蔚为壮观。据二度出任中心主任的傅高义（Ezra Feivel Vogel）教授言：原来估计会议的规模在五十到七十人之间，不料一下子来了三百余人。除了美国本土，还有远从中国、瑞典、英国、印度、墨西哥等地赶来的学者，都是历年来曾在中心工作、学习过的各方专家。会议议程也为此临时加进了好几场非正式的学术演讲，成为近期以来，海外东亚学精英数代同堂的一次盛大聚会。

费正清——一个人和一个领域

费正清中心的前身哈佛东亚研究所创办于一九五六年。中心创始人费正清（John King Fairbank，一九〇七——一九九一）已作古人，却成为这次会议的隐然主角，因之这次会议也可视作"费正清纪念会"。正如费正清夫人在闭幕晚宴的致词中说："开幕式那天，看见中心的四届主任都坐在台上，独缺了John，我有点伤感。开完这个会我发现，John确确实实还活在这里，我在你们每一个人身上都看见了活着的John。"

"中国学"（China Study）与"汉学"（Sinology）是两个容易被今人混淆的领域。传统"汉学"，只是特指欧洲早期对中国古典文献作名物训诂、考据翻译的古中国研究。在西方院校的学术领域，以近现代中国史为基础，以现当代中国为研究对象的"中国学"，在费正清以前是不存在的。英国贵族出身的前所长、近年致力于研究中国"文革史"的政治学教授麦法夸（Roderick MacFarquhar）在会上说："五十年代我舍牛津、剑桥而从英伦渡海到哈佛来求学，并从此在这里工作定居下来，就是因为，在当时全世界范围的大学内，只有哈佛设有研究近现代中国历史的课程，这一课程就是由费正清开设的。并且一直到现在，费正清中心所代表的中国学研究，仍旧在世界上处于领先的地位。"上任所长、专治清史的菲利普·库恩（Philip Alden Kuhn）教授特别指出了费氏创设"中国学"的两个特点：一是强调只有通过教育的途径，才能接近并了解中国；只有学者专家的充分了解，才可能有社会公众的基本了解。二是强调了解现代中国需要从历史着眼，所以特别需要各方具备精深中国学问的华裔专家学者的协助。会议还专门为此指名感谢了对费氏本人与费正清中心的研究工作贡献良多的华裔人士，如燕京图书馆馆长吴文津、汉语教授卞赵如兰，史学教授周策纵、何炳棣、郭子仪（音译）等等。

与费正清同辈的著名史学家史华兹（B. Schwartz）教授回忆起他被费正清"拉"进"中国学"领域的旧事：他原来主修日本研究，在一次宴会上，费正清拍着他的肩膀说，你是个好家伙，应该去做中国的学问。史华兹谈起当时"中国学"白手起家的窘况：在五十年代早期，要说服人们把非常有限的资金，投入到非常渺远的"现代中国"研究是何等困难，所以，只能"从很多的理论出发，去分析很有限的材料"。他的话引得全场轰然大笑。他说：今天大家不是喜欢谈论"全球主义""地球村意识"吗？"全球主义"是必须从非常个体的研究开始的。可以说，今天哈佛所具有的"全球"视界，就是从费正清创设"中国学"研究开始、并成为一个相应的衡量指标的。年轻一辈的费门弟子、专治清史的威廉·科比（William C. Kirby）教授说：在今天美国，平均每两个月，就会有一本关于中国的研究专著出版。这种盛况的源头之一，就是费正清和他创办的哈佛东亚研究中心。费氏的贡献在于：不是出于西方本来的偏见，而是出于对中国真实的了解，开了这样的研究先河，才可能有日后的扎实丰厚收获。柯伟林教授回忆说，他第一次见费正清，问："我和你是隔了两三个世代的中国研究者，你开始学中文时我还没有出世。我现在才开始学中文，会不会太晚？"费正清说："永远不晚。我现在也还在学。"柯伟林说：人们常常开玩笑说，费正清是中国问题的出版机器，他出版的中国研究著作究竟有多少是一个不容易回答的问题。可是在他晚年，我一直是他办公室的邻居，他的办公室里永远响着撕碎纸张的声音。听不到这种声音就意味着他的离去。他永远在改正、补充、扬弃自己原有的东西，他确实直到生命的最后时刻，还在学习，还在增进自己对中国的认识。

近读一位在美国拿到博士学位回国的大陆学人的大文，把西方的汉学研究一概打入"冷战产物"与"西方话语霸权"加以贬斥，费正清所主持的《剑桥中国史》是典型的"东方主义模式"。详细讨论费正清及其创设之"中国学"的历史功过，非本文的目的。任何一个学科的产生都有它非常具体的历史情景。将这一历史情景的局限以偏概全、推而广之作为否定一个学科的理由，除了说明这种否定，同样是服膺于某种狭隘的"历史情景的需要"以外，实在不能说明什么。费正清恰恰正是在冷战高潮的五十年代中期，力排众议在哈佛首先创设"中国学"课程的。费正清是国际"中国研究"这棵大树的植树人，今天已见枝叶繁茂、花果满天。可以说，把费正清视作二十世纪推动西方认识中国、接近了解中国的第一人，殊不为过。没有这种接近和了解，就没有今天东、西方文明作整体性对话、交流的基础。恐怕时下那些套用西方院校各种"时论"作滔滔臧否宏论的大话，也是无从说起的。

小传统与学科建设

哈佛费正清中心确实是一个富于费氏个人色彩、同时又富于群体性精神传统的研究组织。这次会议，各个时期、各种辈份的中心成员济济一堂，透现出一种学术大家庭式的温情色彩。中心的结构是伞状的连网式，平日专职的研究人员并不多，但定期来访、交流的各国专家络绎不断，每周、每季、每年举行的大小中国研讨会，则制度性地持之以恒、"雷打不动"。相关论题从历史到现实、社会到人文无所不包，但重现当代、重现具体文化现象的描述以及重视现实观照，则是其一贯的特色。正如傅高义教授说：更关心人，更关心具体文化状态中的人，是费正清中心所坚持的研究重心。

哈佛华裔教授李欧梵在会上发言，谈到他在哈佛求学的年代，费正清建议他这个"爱提问的学生"从国际关系转向人文历史研究的旧事。他说："费正清非常重视人，重视人文知识的基本训练。他与许多中国三四十年代的著名文化人都是好朋友，比如徐志摩、林徽音等。我之所以后来转入现代作家历史、三十年代上海文化的研究，直接与费正清有关。"李欧梵特别谈到"文化研究"在今天整个中国研究中的地位与影响，并具体描述了北京、上海、香港、台北等地的不同层次的文化现象，如何使文化转化为政治、经济的情状。史华兹教授则在发言中一再提到文化了解的重要性，他说："我对历史更感兴趣，了解中国文化必须从历史开始。但是费正清的训练是从文化进入历史。你不可能见到一个中国人不是以一种特定的文化面目出现的。我现在相信，文化的影响高于其他的影响。没有任何一种超级的结构可以凌驾在不同文化之上。"他指出："全球主义"恰恰是要求各种文化的理论尽可能地发展自己，同时交叉、互动出更普遍的意义来。历史不是因此终结了，而是变得更复杂，也更有意思了。

今天已成为美国东亚研究重镇的密西根大学东亚中心教授、同是费门弟子的肯尼斯（Kenneth Lieberthal）说："今天美国各个大学的东亚中心，可以说，都是从哈佛费正清中心发源、辐射出去的。中国研究今天已成为美国各个主流大学最重要的学术领域。衡量一个大学的学术质量，甚至可以用这个大学有没有像样的中国研究课程作为基本指标。一种开放式的、跨院校、跨学科的中国研究已经出现。一种回到同一个专题、对研究的再研究也已经出现。以往只是在大学文理学院中有中国课程，现在各大学连商学院、法学院也开设了中国课程。在密西根大学，中国研究已可以进入非中文专业背景的学生课程之中，成为大学公共课程的一部分。"他笑着说："即使是这样，我仍然愿意说，全美国没有哪一个地方比这里——费正清中心，中国研究做得更为深入、更有成就。"

作为当年（一九八三年，一九八五年）有幸在"费正清中心"担任研究助理的"小字辈"，在与会者的朗声大笑之中，笔者确实感触良多：四十年，对于一门学科的建设并不算长，但通过有恒有序的累积、传承、交流、辐射……一个学科的小传统却已经形成了，传统的繁衍再生能力由此也显出了它的非凡能量。看着四任所长坐在开幕式的台上，每个人对中心的工作、贡献都受到了会议的充分肯定。

　　*此文写于一九九七年，湮没多时，今从友人传的旧文掘出重整，于二〇一六年三月二十一日

辑二　岁月之流

大个子叔叔

——下乡第一章

"这是你自己缝补的蚊帐吗?""嗯。""你裁剪这些旧衣服做什么用?""下乡。""下乡?你今年多大了?""十五。""噢……"

我答着话,却没有抬头看问话的人,一仍埋头在家中那架旧缝纫机的匝匝劳作之中。那是一九六八年的深秋,那时候,父亲与哥哥已经被关进警司监狱。家中厅堂里正处在一片抄家后的狼藉之中。各种翻乱的书籍纸张、破衣杂物,摊满了一地。我带着妹妹,护着祖母,日夜应付着一拨又一拨由各种"工宣队""军宣队"带来的抄家队伍。我平生第一次学会了用脚踢人——因为上门抄家的一位瘦脸汉子竟敢用自行车链条抽扫我的祖母,我冲过去就狠狠踹了他一脚。我也平生第一次学会了抽别人巴掌——那一回,他们从"牛棚"押着我母亲回来抄家,母亲临走前让我给她找一块肥皂,待我在慌乱中把肥皂找出来,押送母亲的吉普车已经起动了。围在家门前看热闹的一群邻居孩子就对着我大声喧哗起哄,我揪住为首的一个野小子,狠狠抽了他两巴掌!然后把那块肥皂"啪"的砸到那个远去的吉普车后窗上。对的,我还写出了平生第一首抒发个人情感的"反诗"——"把你的头,低得低低……"那是在我陪着我的被剪掉了半边头发的十七岁姐姐游街批斗以后,偷偷在心头默诵、然后零星记到本子上的诗句。——是的,我是那个年代的"愤青",不,"愤少"吧,十五岁的"男子汉",却要担负起应对一个被"阖家铲"(粤语:全家倒血霉)的大家庭的全部"日常事务"——探监、探"牛棚",无休止的抄家,写检举揭发材料,到父母单位追索生活费……终于,自觉扛不住了。我想走得远远的,离开这个可怕的家!当时规定的下乡年龄是十六岁——那是"文革""老三届"中最小的"老初一"的年龄。我因为上学早,挤上了"老三届"的尾班车，便向学校军宣队一再恳求而终于获准，以不足龄又身背家庭黑锅之身，挤进了浩浩荡荡奔赴海南岛的下乡队列里。出发在即，我翻找出姐姐哥哥们穿剩的旧衣服，日夜缝补、洗染、剪裁，也顾不上刚才那个问话人似乎略带同情关照的语气，在缝纫机的匝匝声中，只用眼睛的余光扫见——那是一个穿军装的大个子。他的身影，很快就化入了警司再度派来搜集父兄"罪证"的抄家人群里。

我是一九六八年十一月二十六日（这个日子我记得很清晰），在广州太古仓码头登上"红卫轮"，和当时将近十万之众的广州中学生一起，奔赴海南岛农垦（后改为兵团）第一线的。出发前一天，一个邻居孩子——就是那天在家门前起哄的其中一小子，上门告诉我：马上到孙大姐家一趟，居委会有事要找你！

孙大姐？我心里冷然一震：不就是那位时时佩戴红袖章在街区里吆吆喝喝的居委会主任吗？"文革"以来，我们家就始终处在对门那位被邻居叫做"老鬼"的街道积极分子的日夜监视之中。这种时候，孙大姐要找我，能有什么好事呢？！

"死猪不怕开水烫。"我没敢惊动此时已陷在一片临行凄怆中的祖母和妹妹，怀着忐忑却略带麻木的心情，踏进了孙大姐的家门。

孙大姐是一位操北方话的军属。虽然嗓门大，喜欢咋呼，但为人厚道，在街道里人缘是不错的。她的家不大，用一个大柜橱隔出了小饭厅和睡房。孙大姐一脸严肃的把我领到后面的睡房。掀开门帘，我不禁打了个寒战：一个仪容端整、穿着四个口袋干部装的军人坐在床前小桌边，见我进来，点头示意我坐下。看出我的紧张，他让孙大姐给我倒一杯水，在孙大姐出去的当儿，他轻声问：你不认得我？我摇摇头。见孙大姐端进水来，他正色道："军区专案组需要补充一点材料，我要单独和他谈一谈。"

待孙大姐走出门去，他才换了一个和悦的脸色，说："你不记得了？那天，你在缝纫机前补蚊帐，裁剪旧衣服……"

我这才蓦地想起，他就是那次警司的二次抄家搜查中，在客厅里有点心不在焉地向我问话的那个大个子军人。我抬头打量他一眼：当时他大概三十七八岁，国字型的宽脸，高鼻大眼，双眉浓黑，北方人的隆厚五官中，透着憨实，也透着威严。"你家庭现在的情况，我是了解的；我也知道，你明天就要下乡到海南岛去……"他的语气忽然变得温婉起来,"那天,看见你——这样一个小男孩,家里出了这么大的事,还这么安静地踏着缝纫机,裁补那么一大堆的旧蚊帐、旧衣服……我就想……找你谈谈……"

我惊讶地望着他,脸上却极力显得平静、冷淡——那是我经历过诸般抄家、盘询之后,开始打造出来的一种"少年世故":我等着他的"先礼后兵"……

"我看得出来,你是一个听话的好孩子,你要相信党相信群众。党的政策是出身不由己,道路可选择……"他依旧严肃地向我说着当时的流行话语,我却听出了他话里流露的善意和暖意,"你明天就要出发到海南岛去了,你一定是第一次出远门——你叫苏某,对不对?"他的话音变得凌乱而急促起来,"我当然知道你是苏某某的儿子,苏某的弟弟……"他喃喃说着这两个当时在军区小报上、在东山满大街打着红叉叉的大字标语上反复出现过的名字,"可是我想告诉你,你千万不能背家庭包袱,一定要走出自己的路。你年纪还这么小,人生的路还这么长,你自己要坚强、努力,不要把前途看得太灰暗……"他站起身来,"你明白我的意思吗?"

我直直望着他,默默点点头。"我不能多坐了。你也要赶着收拾行李。我没有别的事情,因为不方便上你家去,所以让孙大姐请人把你叫过来……我们就握个手,再见吧!"

我慌措地站起来,我的十五岁的瘦嫩小手,被他的温暖大手紧紧一握,很快就松开了。我记得我连一句道谢的话都没有说,就被孙大姐送了出来。我依旧一脸茫然地向前走着,走向自己人生的第一步,走向那个锣鼓喧天而汽笛声、号哭声和口号声同样震天的早晨。我在"红卫轮"驶向公海的苍茫夜色里,想起了这位大个子叔叔留给我的话——"人生的路还这么长,你自己要坚强、努力,不要把前途看得太灰暗……"他是专门为着给我说这几句话,从军区跑过来"私会"我的。在他的国字型的面影浮现在无边黑暗之上的那一刻,我心中升起了明亮的灯火——那是照亮我人生暗夜中的第一盏灯火。我记得很清楚:我回到透风的船舱里,在日记本上写下了这句话——"不要绝望。"我随后把自己抄录的一句"名人名言"写在下面:"为什么大海的涛声永远浩荡澎湃?因为它懂得自强不息。"

整整四十年过去了。在多少天涯跋涉、海国颠连的日子里,我会时时念想起这位大个子叔叔——在我人生起步的那个非常年代的非常时刻，似乎刻意又不经意地搀扶了我一把、熨暖了我一把的大个子叔叔。大个子叔叔，你在哪里？这些年来，我时时念想着你，常常向我的亲友、妻女提起你，也曾试图向从前的"军区专案组"打听、寻找过你。可是岁月苍苍，人海茫茫，你的身影早已消失其中而无从找起了。可是，你在我年少心中点起的那盏灯火——爱的灯火、人性的灯火、自强的灯火——至今尚未熄灭，甚至转化为我的"童子功"，这就是我——这个当时的"绝望少年"，至今还时时被友人们讪笑"好像从来没见你绝望过"的一个前因和潜因。

二〇〇八年十月四日于耶鲁澄斋

蓝　手

——下乡的第一段秘密

在耶鲁课堂上，给洋学生们讲解萧红的小说《手》。那是一个染坊劳工的女儿，因为有一双黑褐紫蓝的手而遭受学校师生歧视的久远故事。我也曾有过这样一双被染料烫染成异色的手。我是带着这样一双蓝手，踏出自己迈向生活的第一步的。

在粤语里，"阖家铲"（全家遭恶祸）这个词，几乎是最高量级的诅咒语。在一九六八年末那个萧瑟的秋冬，这个词，竟然成为我家——一个知识分子家庭的显著标志。在无数次抄家批斗和十数位直系、旁系亲人被关押之后，年少的我和妹妹，最常听到街坊叹息的就是：这家人，被"阖家铲"了……我和妹妹那时候最爱唱《红灯记》。静夜空屋里，"临行喝妈一碗酒……"被我们的童音嚎成了一种淋漓凄厉的宣泄。于是，下乡海南岛，对于我，就成为了最大的解脱。那些日子，我一边应对着三番五次的抄家，一边为自己准备着下乡的行装。钱是没有的。家虽被抄空了，行李铺盖总归不成问题，难办的是衣服。都知道体力劳动费衣服。在家中兄弟姐妹的排行里，我上面都是姐姐，两个哥哥的年龄相距很远，我只能打点姐姐们穿剩的旧衣服下乡，可是，那都是一些花花绿绿的女装旧衣哪！似乎无师自通，我跑到东山口那家化工原料店，只花了不足一块钱，就买回来几包靛蓝、纯黑染料。用家里那口炒菜的大锅烧了一大锅水，把染料投进去煮沸，再将从屋里搜罗到的大小花衫旧衣浸泡其中，烟熏火燎地烫染起来。染衣服最要紧的是颜色均匀，衣服浸泡在滚沸的染料里，得不停地翻搅。临时作工具的筷子一根根折断了，便只能下手应急。如是三回两回，两天三天，一双本应嫩如葱管的十五岁的稚手，就这样被烫红了，烫出了血泡，烙染成了一片瘀青怪蓝——我清楚记得，也许是特殊的"化学反应"？无论染料的黑、蓝诸色，最后烙染到皮肤掌纹里的，都一概是一种古怪的蓝。而且我随后就惊骇地发现：手背巴掌上烙染的古怪蓝色，竟然一洗再洗都无法洗掉！——出发在即，可我……古代罪犯有"黔首"之说。这双"蓝手"，可不就要成为我这个"阖家铲"的黑出身的一个耻辱的标记吗？！

　　我不想渲染悲情。如果是写虚构小说，这双"蓝手"自然可以生发出一段凄美的故事。但在我当年真实的生命起航中，我把自己这双蓝手，藏掖得很深。不管是无人送行孤身登上"红卫轮"赴海南岛之日，或是长途颠簸憋尿抵达儋州村庄之时，我都随时小心规避着，不让自己那双瘀青怪蓝的巴掌露眼示人。倒不是怕"出身"忌讳，却是唯恐身上劣质染就的"黑蓝工装"，一旦因"手相"露了底，"苏某人穿的其实是女装花衫！"必定要沦为知青堆子里长久拿来捉弄的笑柄。

　　记得，抵达西培培胜队的第二天，出工就是砍山开荒。我在收工时掌心打满血泡的疼痛中，竟然感到暗暗惊喜——我发现：按老工人指点，用海南岛特有的"飞机草"揉烂成汁敷贴伤口以后，我巴掌上的蓝痕紫斑，很自然地被遮盖了！并且，随着蜕皮生肌，日晒雨淋，这双蓝手，在下乡一个多月后，就彻底褪色复原了！平素我是个藏不住什么秘密的人，但这双蓝手和那些女式花衫染就的"黑蓝工装"，却是我下乡伊始，成功秘藏住的一段大秘密。我想直到今日，我当年的农友伙伴们的乡下记忆里，是不会存有苏某人的这个"花衫蓝手"的印迹的。

二〇〇八年十月七日写于耶鲁澄斋
谨以此文纪念知青上山下乡四十周年

书箱渡海

——下乡第一难题

黎明前，街市一片黑咕隆咚。堂哥用单车尾架驮着那两个沉甸甸的肥皂箱，我自己背着行李背包，手上提着网兜兜着的水桶杂物，气喘吁吁赶到十六中的操场集合。"哎呀，誓师会都快开完了，你怎么才来呀？"同班的阿阮向我抱怨，"马上就要上车去码头了，你……"队伍已经开始散开移走，他见我纹丝不动，推了我一把，忽然一惊一乍地喊叫起来，"哎呀！撞鬼！你这两箱装的是石头呀？死崛崛的搬不动！你你你，你怎么上得了船呀？！"

我嘘了一声，不让他声张，却越发愁眉苦脸起来。

这是我多少天来的心病：下乡前的集训里，军宣队早就宣布了出发登船时的行李规定——每个人的行李，以你自己能够身背手提的为限，超重量的，一概不准上船！"你们是去接受再教育的，不是去乡下享受的！资产阶级骄娇二气……"——我心有不甘。我早拿定了主意：要把家中父亲那些抄家没被抄走的书籍，能带走的，全都带到乡下去。可我万万没想到，平日觉着轻飘飘的书页纸张，会是这么吃人的死沉！待我在满地散乱的书堆里千挑万拣，"不能不带"的选择，还是塞满了整整两个木条肥皂箱，沉得如同两块生铁疙瘩。随身的铺盖行李早已经"超负荷"，我的十五岁的嫩肩膀，怎么可能把这两箱铁疙瘩驮到船上去呢？

可是此时，书，对于我，就是汪洋里的孤岛，荒漠里的绿洲。我当时其实并没有多少"知识就是力量"之类的自觉意识。在眼前无休止的抄家、批斗、检举揭发和划清界限之中，我只知道下乡是一种逃离，而书本，则是我可以藏身的城堡。在这座"城堡"里，有《鲁迅全集》，周一良主编的《世界通史》、河上肇的《政治经济学》，梁启超的《饮冰室文集》，还有《老残游记》《古文观止》《中国文学史》与《诗刊》《文学评论》……独独没有流行小说——这是父亲这位"老学究"的藏书残余，日后，这成为了我这座"城堡"与乡间频繁的地下书籍交流里的"硬伤"（没有人要交换我那些无趣的"石头"）；可在漫长的失学岁月里，这两箱书，真的成为了我自己一所私设的"学府"，一个可以逃避外界纷扰的港湾……

"你发什么傻呀？——阿强！阿强！"阿阮在一边大声叫嚷起来。阿强是我另一个同班同学，将要下乡到同一个山村连队的。五大三粗的阿强背着自己鼓囊囊的行李跑过来，用脚踢踢那两块"石头"，苦笑着对我摇摇头，"死马当作活马医吧！"阿强一挥手，"你们背上自己的行李，一人一只手，提走一个箱子；这个，我来——"

天刚蒙蒙亮，只见阿强一发力，把另一块"生铁疙瘩"扛到了自己肩头，向我吼道，"走人啦！驮重的不能停步，你懂不懂？！"

——阮镜清，陈伟强！失联多年，我不知道你们今天究竟在哪里？我也相信，你们大概早就忘记了当年帮我"护驾"两箱书登船渡海的"伟大壮举"了。可这两箱书对于我人生的深久意义，我将永生难忘；也将永生记住你们的名字、你们的帮助！不过，当初我们都还是愣小子一个，没有那么多愁善感。记得，在"红卫轮"启航的汽笛声中，擦着淋漓大汗安顿好我这两块"石头"，你们俩还直拿我开心，"你呀，你比在朝天门码头登船的甫志高还不如，还要拉上两个脚夫，可真够'资产阶级骄娇二气'的啊！"

——嗨嗨，在那个"火红年代"硬背着一大堆红黑杂沓的旧书下乡，可不，我真成了《红岩》里的那个"叛徒甫志高"了呢！

二〇〇八年十月十二日写于美国康州衮雪庐

胶杯猪肉

——下乡第一餐

晒谷场上悬起了一盏炽白的煤油汽灯,打足气的阀门嗞嗞地响着。歪斜的篮球架下是一排排由民办小学课桌拼接起来的餐台,四处弥散着粗砺冲鼻的肉菜香气。听到菠萝蜜树下的铁轨"大钟"一敲响,我们探头探脑的,就从地场边两排大仓库里涌了出来。"带上你们的饭盆!"队长在叫喊,"按刚刚分好的班,排队进场!"

这是我们抵达乡间的第一顿晚饭。早晨,农场接人的大卡车从海口秀英港码头接上我们,就马不停蹄地向西线的山区疾驶。一路上丘陵起伏,路况颠抖,四野愈来愈荒凉。中午抵达场部时下车歇息,开了一个短暂的欢迎会;随即又分班登上卡车,在蔽天的尘土中颠肝捣肺地摇晃了将近一个小时——漫长得恍若一个世纪,憋着一大泡尿跳下车来,人都有点站不稳了。抹抹眼睛打量四周:眼前高耸着一座大山,蔽天的绿树掩映着几顶瓦屋和茅草房。一排小学生敲锣打鼓地站在村口向我们喊着欢迎口号。"厕所在哪里?""什么叫厕所呀,是茅坑吧?"孩子们唧唧呱呱笑闹着乱指。当我终于在野地里"解决"回来,五六十人的男女队列,已经分别在两间大仓库里安顿下来了——日后听说,我们培胜队的知青有幸住进了砖墙瓦顶的"国防仓库",大多山区连队的知青,住的都是漏雨透风的茅草房。还是靠着阿阮和阿强的帮手,我的那两箱"石头"摞起来,小油灯一放,就成了床前有模有样的"书桌";打满补丁的蚊帐挂起来,更有了一种间隔感——我的乡间"书房",就此落成了……

"哎哟!这是什么肉呀?这么肥,怎么吃呀?""有得食你就食啦,食完这杯肉,你就卖给这里啦!"我听着高高低低的议论声,从热气腾腾的饭箩里盛好米饭——第一餐的米饭是随便吃的,领了一胶杯猪肉,端着饭盆来到五班的饭桌边，第一次看到了我的班长洪德江——这位我日后生命中的"贵人"，那时大约三十七八岁的样子，笑起来两颊边总是漾起两道又像皱纹又像酒窝的深沟，问我："你也是五班的？你有多大呀？"我知道自己当时尚未发育周全，年龄和个头都是知青堆里最小的，只好笑笑，点头坐下，也不敢多言，听到他朗声回答着别的知青伙伴的新鲜问讯，"对呀，这就是平时装胶水的胶杯，放心，这些胶杯都是崭新的，不敢用洗不干净的旧胶杯来招待你们广州仔……""——往后要天天吃这么难吃的肥肉？噢呀呀，学生哥！这可是队里今天特意为欢迎你们来杀的猪呢！往后……"饭桌上的气氛其实很热烈，虽然我也看见有两三位女生悄悄把肥猪肉倒掉（在日后的"忆苦思甜教育"里，她们自己作了"斗私批修"），还有一两位在低头默默抹眼泪的。我埋头吃着，细细地咀嚼，连筋带汁，吃得很香。坦白说来，这是好几个月来我吃上的第一顿带肉的饱饭了。自五月份父亲被捕之后，父母工资冻结，广州家里早就陷入了三餐难继的恐慌。为此我曾在领薪日带着妹妹到父母单位吵要生活费不果，还真的动过对那些在车站大包小包等车的老头子们"抢了就跑"的贼念头。如同普鲁斯特从姨妈家一块甜饼的气味，引出了他的《追忆似水流年》一样，我当时对下乡生活不但没有抵触、甚至还带几分感激和庆幸，就是从这顿"胶杯猪肉"开始的。以至几十年过后，为自己的知青回忆立题，我立马就闻见了那杯烹调粗糙的猪肉透过岁月烟云传来的略带焦煳味的袅袅熏香。我后来曾在一组尚未掌握好平仄对仗的《往事杂忆》旧体诗里，作过如下的描述：

　　一双蓝手红潮中，酒钱三文数我穷。
　　买得舱前秋枕厚，漏记夜半透船风。
　　狂写初篇咬新字，漫洒凡思铸短虹。
　　谁叹窗头白饭少，你梦寒霜我梦钟。

二〇〇八年十月十八日写于耶鲁澄斋

队长的眉头

马灯昏黄的光焰下，我看见队长的眉头，越皱越紧。

队长梁汉武那道长长的寿眉，是我从下乡第一天、见到他的第一刻起，就留心注意到的。队长是土改干部出身的老农垦，他那时应该还不到五十岁，身材瘦削，双颊清癯，本来是两道长到发际的长长的剑眉，却已在眉根泛白，并且长出了蜷曲的白丝。此刻，那白丝更纠成了一团，乱麻麻的，对着眼前这些岁口不一、各怀心事的知青娃崽们。

队里正在开展"清理阶级队伍"运动。这是我们下乡后的第一课——几乎在抵达培胜山村的第二天晚上，我们就见识了这场在全国来势凶猛的"清阶"运动在乡下基层的不凡阵势——人人过关。每一个人都要上台——站在马灯下那张小木桌前，向全队公众念一张自己填好的表格，并且申述自己的表现。我就是在那时候听说了各种本地奇谈的。我们这些广州知青在当地没有什么"运动表现"需要申述，队长皱紧的眉头，主要是为了知青手中那张越念越玄乎的"阶级队伍申报表格"而来。

我猜想，队里一下子来了五六十号年轻新嫩的城市知青，几乎占了全队人口的三分之一强。队长和支书们，本来是打算按照他们在出工几天后的观察，在知青里建立起一支方便管理的骨干队伍的。可是如今，按照这"阶级队伍申报"的一评估，似乎全都要落空了。下乡西培的广州知青大都来自十六中，十六中曾被改名为"中山医学院附中"，生源大都是知识分子子弟。在那个"火红年代"，属于"臭老九"的知识分子家庭，大概没几个会是"干净溜溜"的。偏偏，知青里少数几个按说"根正苗红"的"革军"（革命军人）、"革干"（革命干部）出身的，不是娘老子正关在"牛棚"里受审查，就是该位仁兄自抵达山村以来就称病不出工；或者即便出工，也是在"晒咸鱼"——懒塌塌的扶不起来。唉，知青里的"革命阶级骨干队伍"，该怎么形成呢？

终于轮到我上台。

我的最小年龄和最矮个子，本来就在知青堆里显得特异，这"阶级队伍申报表"一念，全场顿时鸦雀无声了。是的，广州知青里，"黑出身"本来已经不少（我记得，最多的出身成分是"伪职员"），可是没有谁，比我当时的出身更"黑"更吓人的了。一个多子女的大家庭，两位成员关了正经监狱不说，母亲关在"牛棚"，连几位姐姐都成了"牛鬼"，也在接受"监护审查"！我低头沉声，向"党组织和革命群众"如实讲述着自己的家庭成员现状。我不知道"警司监狱"这样的吓人字眼有没有令整个山村颤抖，但我清楚看见：当我照本宣科地说完——几个月来，这套话我不知已经在"军宣队"和"工宣队"们面前重复过多少遍——"我宣布断绝跟父母亲的关系，坚决与反动家庭划清界限！"移步离开马灯小桌时，班长洪德江望着我的眼光，是那样惊骇不已；队长那道死死纠紧的白眉毛，简直能拧出水来。

几天后，因为分到了苗圃班，我到司务长那里去领水桶、扁担等工具。转过身，我第一次在库房的窃窃私语里，听到了"某某人是'杀关管子弟'"这个字眼——那时候，这是比"黑七类子弟"更要吓人得多的狠字眼。又一次，我看见了队长那两根能拧得出水来的白眉毛。

二〇〇八年十月二十三日写于耶鲁澄斋

班长的身手

——"砍芭"的学问

下乡使用的第一种劳动工具，就是砍刀。这是海南岁月中给我留下最深印象的劳动伙伴。

"这是什么家伙呀？"抵达山村的第二天早晨，队里给我们分发劳动工具，每人一把锄头，一把砍刀。锄头倒是熟悉的——一根粗木杆勾着半页铁脑袋，笨笨憨憨的样子，像压在肩头的"傻男人"；砍刀呢，却就有点陌生了——长长的木柄上弯出一颈铁黑，锋亮的白刃微微咧嘴笑着，好似带几分娇羞，那是扛在肩头的"小女子"。从此，这一阴一阳的两个铁家伙，便伴随着我度过整个山村生涯，陪着我在大山里修理地球，歌哭笑闹。

"砍芭是什么？"出工路上，我问班长。"砍芭就是砍山。""砍山又是什么？""砍山就是砍荒，砍掉荒林杂树，开出环山行来种橡胶。""那为什么叫砍芭呢？""噢？你的问题真多。"五班长洪德江瞪我一眼，摸摸自己的脑袋憨笑起来，"哎哎，对呀，为什么叫砍芭呢？"他问身边走着的七班长，"对呀，砍芭也不是海南话，只是叫习惯了，就没人问由头了。"在乡下那些年，从来没有人能向我解释清楚"砍芭"一词的由来，可"砍芭"与手上这把砍刀的学问，可就大到天上去了。（我后来注意到，"砍芭"是亚热带林地特有的名词。云南、东南亚等地，凡种热带作物的地方，开荒也都叫"砍芭"，北方则全然没有这个说法。我估摸，"砍芭"是由早年"卖猪仔"到"南洋"种橡胶的老华侨传进来的"番话"。）

上工第一天就是砍芭。我们分成班组，听班长略作解说，一排人等距离面山而立，抡起砍刀，就朝着眼前的荒芜浓绿——或灌木树林，或蓣竹藤蔓——噼里啪啦地砍将过去。就像今天上流人士打的高尔夫球，只有一个简单的挥杆动作却据说内里乾坤浩荡一样,这使用砍刀,也就是一个"挥杆"动作,可用力的落点,刀锋的角度,以及落刀的方向,可都大有讲究着呢!我是全班个头最小的,一根细脖子顶着一个四眼脑袋。班长洪德江领着我,三下两下就砍到前面去了。我使劲挥臂抡砍,一刀下去,虎口震得发麻,往往不是刀把被藤木弹了回来,就是刀锋被树杆豁口夹住了。班长回头看看我,也不言声,挪挪身子又收窄了我的"领地",直到烈日下我已经大汗淋漓,巴掌布满血泡,身上手上早被划得七抹八道的,脸上则滚烫得像煮熟的虾米;实在是累得眼冒金星了,我要负责砍的林带,还像一条窄窄的秃尾巴拖在全班的进度后面。这时候,班长才一身轻爽地走回来,拿过我的砍刀一看,咧开像两道深皱纹的"酒窝",呵呵笑起来:"你看看,才小半天,你的刀锋就卷刃了!"我吃惊打量着他:"班长,你怎么砍出了这么一大片芭,好像连汗水都没见多流几滴?!"班长抬头望望太阳,抿嘴一笑:"砍芭第一件事,不是要看刀看树,要先看看日头、山头和风头。""日头、山头和风头?"我大吃一惊,"有这么多古怪?"班长笑道:"海南日头毒,别说你们学生哥细皮嫩肉的,就我们老农工,也不敢跟它对着干!"他指指阳光下的树阴走向,"砍芭,第一个就是要找对站的位置。看日头,就是要尽可能站在树木顶着日头的阴影里,砍起芭来才会不晒不热,轻爽凉快!""噢?!那——看山头呢?""就是看山坡的斜度和走向。"他指点着,"你想啊,你迎着杂树林挥刀,这树木丫杈哗的倒下来,不就一下子把你满身划出道道来了?今天砍的矮灌木还好,要是砍粗点的大树,你的山头坡度和落刀的角度找不对方向,再被迎头风一刮,这倒树劈头盖脸向你砸下来,可就麻烦大了!"我心头登然大亮。事实上,倒树伤人,这是开荒砍芭中最容易出的危险事故。"你看——"他拿过砍刀,走到一棵手臂粗的苦楝木前面,抬眼打量一下山头坡度,问我:"你说,该从哪里下刀?"我跳起来,指着树木偏斜向坡下的方向,"这里!对吧?"看班长笑着点头,我得意地抡起砍刀,"慢着!落刀的地方不对!""为什么?""这种粗圆的苦楝木,用来做锄头柄最好了,从低里砍,留着它可以派用场。你看,锋口要这样下——"班长站到树阴里,轻轻挥动胳膊,从下往上一刀,再从上往下一刀,只见侧边刚刚落下第三刀,"闪开!"噼啪一声,一棵穿天的小乔木就顺着坡度和风势,哗啦啦,毫不费力地倒了下去!

"班长!"我瞪圆了四眼,敬佩得说不出话来。班长拿过我手里的卷了刃的砍刀,咧开他的皱纹酒窝一笑,把他细俏利落的砍刀扔给我,"你用我的好刀吧!傍晚收工,到我的茅房来,我教你怎么磨砍刀!"

他扛起我的那个折了半边脸蛋的"小女子",噔噔噔,又跑到砍芭队列的前头去了。

二〇〇八年十一月二十二日写于耶鲁澄斋

对着大山读书

——"儋耳山"与"纱帽岭"

"千山动鳞甲，万谷酣笙钟。"这是北宋大诗人苏东坡当年贬谪海南岛儋州（古称儋耳）时，"过儋耳山梦中得句。"我下乡所落户的培胜山村，就傍在这座"儋耳山"——儋州最高峰"纱帽岭"的山麓。每天一抬头，望着我、迎着我、拥着我的，就是这座云蒸霞蔚的"儋耳山"。仔细打量，那山峰斜斜耸立的圆顶，可不正毕肖一顶宋代官人的"乌纱帽"！说不定，如今这山名，还真的与老祖宗坡公当年丢了乌纱帽沦落天涯，与儋州老妇"春梦婆"一席谈话后，悟出"翰林乌纱，富贵繁华，只若一场春梦"的掌故有关呢！

每天踏露出工，纱帽岭总是抖扯开一天的霞锦迎候我们；傍晚下工，又抛洒开万千金丝银线，为我们疲惫的身影送行；月明之夜，山峰上拂漾的那一片纱岚，总像在悄悄向你述说着一个什么故事。这种时候，我就会时时望着山巅发呆：遥想八百多年前，"罪臣"坡公苏轼所日日面对的，应该就是这同一座青峰，同一缕烟霞，同一片月色吧？这么一想，就不由得在挥汗劳作的大山环抱里，寻着了一点寄托，一点慰藉。尽管，在那个"横扫一切"的年代，背着"杀关管子弟"的吓人包袱，我对苏老祖东坡居儋年间的各种行迹遗址的好奇牵念，只能藏在心里，暗暗念叨。但是，和当地农人交谈，你会听到带川蜀口音的"东坡话"；队里难得一回的杀猪吃肉，伙房的鉴叔会告诉你"今晚做东坡肉"（其实就是红烧肉）——这种时时感受到苏东坡在儋州的古远存在，朝夕间踏抚的正是老祖宗的履痕足迹的心理氛围，是一直伴随着我的整个培胜岁月和海南生涯的。

回想起来，那时候的心理颇为矛盾微妙：一方面深知那个年代，"知识越多越反动"，总唯恐文字罹祸，所以出发时带着一瓶蓝墨水，曾向身边友伴宣称："一瓶墨水了此生。"发誓从此与笔墨绝缘，甚至屡次拒绝队里分派的诸如抄写黑板报之类"文字美差"（出一天墙报可以抵一天工哪）；但另一方面，又把王国维的"人生三境界说"，李白的"天生我材必有用，千金散尽还复来"等等"名人名言"，偷偷抄写在私藏的本子里，天天下工回来就埋头写日记、记笔记，顾不上当时身后时时风闻的"苏某人就是爱读黄书"的窃窃私语，旁若无人地点灯熬夜读书到深夜。

记得，几乎从第一晚的日记开始，我就给自己制订了作息与读书的时间表，从第一天出工开始，我就在随身的锄头、砍刀之外，在挎包里带上了自己计划要读的书本，正式开始了自己日日对着大山读书的"耕读生活"。"自此虚身问潮去，夜雨潇潇读子瞻。"这是我在若干年后，回溯这段大山读书的日子写下的诗句。苏东坡就是以"子瞻"之名，而被朝廷权势者刻意贬谪到"儋州"来的。

班长洪德江，就是日常里最鼓励我读书、最喜欢看我读书的那个人。我听说，在我们广州知青抵达培胜山村之前，洪德江算是村子里的"秀才"，队部里订的那份《人民日报》几乎都是被他一个人翻烂的。他在老家文昌读过初中，写得一笔龙飞凤舞的好字，喜欢扎到知青堆里跟我们纵论天下大事，还不时会发出一两句惊人之见。

二〇〇八年十二月十三日写于耶鲁澄斋

阿光和阿光们

——关于"失踪者"的另类思考

人们常常将中国大陆经历过"文革"的"老三届"一代人,类比于美国的"婴儿潮"一代。其实,除了出生年月相仿,这真是大洋两岸完全异质异趣的两道世代风景。

——题记

一、阿光

"……始创于一八六五年的百年老字号'茂芝堂',秉承'药为百病之茶,茶为百病之药'(见《本草拾遗》)的古训,以创制'茂芝堂'甘和茶、午时茶而闻名遐迩。其'解暑清热,消滞祛湿'等药效,使身处湿热气候的广东人民受益于百年。不断发展创新,'茂芝堂'业已发展成集药茶、饮用茶的生产、销售、科研于一体的国有企业……"

这里引述的,是一段茶叶包装上的说明文字;却不是为着打什么商业广告,而是想叙说一段埋藏在我心中多年的关于我的同辈人的故事。

不错,这是我的老农友阿光数年前(二〇〇一年)写的一段广告文字。你一定觉得平实无华、无甚新奇,对不对?可是,不瞒你说,阿光,却曾是我们当年海南岛下乡知青的才子能人中间,一位英华灼灼、口碑丰盈、下笔屡见新思新见的传奇人物。那个年代,山野里的风流人物其实是很多的——有身怀独门绝技隐逸山林像阿城笔下的"棋王"类的怪人怪杰;有捣腾外语自学作曲会玩微积分敢给恩格斯的《自然辩证法》挑刺儿的文理全才;更多的,则是下笔旁征博引、雄辩滔滔的"民间思想家"以及读烂千卷书而出口成章、出手不凡的乡土杂家和游吟诗人。阿光,可谓其中的能人之一。在那些日头恶毒山路崎岖时光闷长胶林哑默的日子里，无论是假日或平时，各个下乡知青群落中，总有各式能人在作频繁的人际和思想的交流。"天生我材必有用，千金散尽还复来。"则是这种交流中最常吟咏的李白诗句。我们在虚拟的理想虚拟的自由以及虚拟的竞技场上指点江山，激扬文字。我就是在这种煮酒论英雄，山水觅知音，恨不能结交天下能人豪杰为金兰知己的氛围中，认识了阿光。

已经记不清头一回见面时的具体场景。总之是头顶青天，脚踏山原，放下锄头，摊开书本，一见如故，相见恨晚，三言两语，顿成莫逆。我们后来曾在兵团同一个"团报道组"（乡下的土记者）共事多时。一同熬干油灯背诵李白杜甫苏轼李后主、抄写高尔基屠格涅夫雨果巴尔扎克，一同偷看禁书《斯大林时代》与《赫鲁晓夫主义》（后来我才知道，那就是传闻中的"皮书"——灰皮书、黄皮书之某种），一同翻山越岭去看"内部批判"的日本电影《山本五十六》与《啊，海军》，在九曲山道上迂回相送，为各种人物的命运争论得面红耳赤；自然，也包括一同为各自的第一次恋爱（他则为两次）的成败进退，昼夜搔刮头皮的出谋划策。

每一个文艺青年的文学梦，大抵都是从诗开始的。我那时自认颇有诗才，也模仿郭小川、贺敬之、李瑛（这都是当时最走红的流行革命诗人）的笔调，写过不少马雅可夫斯基体的充满"啊"与感叹号、省略号的阶梯式诗歌。其中，敝人以"大海作酒杯"的"宏大譬喻"开篇的长诗《献给明天》，曾经颇得知青伙伴和文坛长辈的好评，甚至也一度在小范围内成为"手抄本"们的青睐对象。不瞒你说，在那个"手抄本"流传的年月，我就是因为看了手抄本的阿光的《湘水行》以后——一首借用屈原"涉江"的意象，把自己变成了站在崔颢题壁前的李白的。尽管有"拙作"《献给明天》"盛誉在先"，我在诗才方面自愧弗如，决意罢笔，掉头而去，从此退出诗歌的竞技场而转行学写小说、散文。我一直保存着许多阿光当时写给我的才气洋溢的书信——包括他向我描述自己恋爱心情的文字，其中的意象沉旷，譬喻奇警，一言中的，当时每每让我一读再读，不忍释手。那时候没有电话，更没有电脑网页，写信读信，便成了我们一群知己好友间日常最高雅的娱乐享受，最有氛围格调的文字阅兵场。哪怕就是同住在一个农场、一个村庄里，只要声气相求，我们都喜欢互相写信。当时的知青能人里有很多"写信高手",就书信的文采质地而言,阿光也是一时之选。——由此你可以想见,阿光当年在我们这些自认不凡的"少年狂"心目中的"江湖地位";在海南岛乡下的知青文坛上,是何等闪烁一时的"才子"风采了。

阿光,个性平实温厚,长相是南方都市人的平民气质:圆鼻方额,眉目深朗,五官端正却无峻峭巉岩;将近一米八的个头,在粤地男性里倒算是玉树临风。他是那种平日不多言不多语,但言必由衷、言必有诺的人物。他在家里不是老大,在知青圈子里却有一种老大风范。我虽然跟他不在一个连队,但也听说过好几件类似几位知青哥们儿为争夺一个女孩子大打出手,或者生产队某位有权势靠山的"土霸王"欺凌弱小,最后都得请阿光出面摆平的轶事。那时候,我算是农场"报道组"里常设的"报道员",但常常因时因事的需要而要临时增添人手(比如"某某大会战"或者"某某路线教育"),我每次向上面首选推荐的,一定是阿光。一九七四年后,我因为开始发表文学习作而引起省内刚刚开始复苏的文学刊物、文学副刊的注意,常常被抽调出去参加省里这个写作组或者那个专题的写作,我在"报道组"的位置空缺,便一定是由阿光替代。一九七五~一九七六年冬春之交,我那时候已经从农场上调海口海南农垦局任创作员(即原来的兵团机关——那时"兵团"建制已撤消),我曾为编辑出版当时的"农垦诗集"将阿光"借调"到海口,由他任诗集主编。在当年海南农垦兵团文坛一众各显异彩的人物中间(比如今天文坛学界大家都熟悉的黄子平,还有粤地名家孔捷生、伊始、吕雷等),阿光不说是鹤立鸡群,至少,也是旗鼓相当的。

是的,写到这里,你一定明了我开篇引用的那段茶叶广告文字的真实用意了:多少年来,我对阿光以及阿光们的命运,是带着许多居高临下的愤愤不平的——因为不到初一的学历加上学业荒废多年,阿光先后在恢复高考的一九七七、一九七八、一九七九"新三届"考试中落第,最终没能搭上高等教育的末班车。他后来从海南农场办"顶退"(顶替父母退休)回城,在粤地基层的茶厂、茶叶公司打拼多年,昔日的文思、文才似乎因无用武之地而逐渐枯萎。借用朱学勤兄那个著名的"思想史上的失踪者"的说法,阿光,最终成为了遮掩在"第五代导演""知青作家群"等等光环后面的"失踪者"——众多被时代风潮裹挟而去、最终沉寂淹没的山野能人、知识大侠之一。

——然而,这,果真就是我们认识和评判自己的同辈人——"知青"与"老三届"这一代人的存在状态和精神价值的固有视野、真实图景和有效尺度么?

二、阿光们

且让我仍旧循着本来的思路,去追溯阿光和我共同的来路与成长得失。

假如把人生与命运分成"幸运"与"不幸"的两大群落,我会自然而然地把自己归入"幸运"的一群,而把阿光(和阿光们),悄悄地(为着表现某种风度),归入"不幸"的席次。以此逻辑推论,自然,我等者流——今天具有某某声名、或身在某某"主流话语"、或获得某某高位的人物,皆属"成功者"(可以港台味地称为"成功人士");而阿光和阿光们,则是"失败者"(用不知轻重的英文说法,则是"Loser")。——非常的"不正确"(incorect),对不对?我不愿意说,这,真的就是一种"成功者"们的势利尺度。因为至少,对于我的同辈人坊间是流行着许多类似的说法的:

——我们在需要长身体的时候吃不饱肚子,需要长知识的时候没有书读;在该谈恋爱的时候不能交异性朋友,该生孩子的时候只能生一胎;在需要工作的时候找不到工作,在可以工作的时候又下了岗;在终于成熟的时候,已经成了被淘汰的一代……

等等,云云。

看来,我们——至少是阿光和阿光们,"Loser"的一代,失败的一代,似乎已经被"主流话语"坐实了。

——或许,真是的?

那是一个营养匮乏知识匮乏思想也匮乏的年代。特别是偏居天南一隅,信息资源及其流通都极其贫瘠。在当时,无论我或阿光(包括阿光们),讲聪明、论才气可以,说有多少先知先觉的批判觉醒、多少智慧才情的耀眼光芒,是一点儿也谈不上的。

有一个今天说起来可以满天星斗、浪漫到家却几乎闯下弥天大祸的事件,此时进入我的回忆屏幕:一九七三年春节,开始想过点"自己的日子"的第一个春节（相较之下，我完全想不起来一九七二年的春节，在乡下是怎么打发的）。那时候，我和阿光等一众声气相投的乡下友人们，已经为"五一七工程纪要"和不搭界的《啊，海军》扯红过不止一回脖子了。于是我忽发奇想：今年春节，我们拉队伍到山上过，到儋州最高峰——"纱帽岭"的顶峰，讨论老话题——"我们向何处去"！

我下乡所在的海南西培农场培胜队（当时叫"广州生产建设兵团五师一团第十连"），恰好坐落在"纱帽岭"的山麓。不要小看这座被当地人口音念成"沙漠岭"的浑圆山包，它正是一再进入过宋代大文豪苏东坡诗文里的那座"儋耳山"。"千山动鳞甲，万谷酣笙钟。"这是当年被贬谪天涯海角的苏东坡初抵海南时，"过儋耳山梦中得句。"海南西部地处黎母山支脉的丘陵地带，海拔本来就很高；突出其上的纱帽岭似乎貌不惊人，却是当地人口耳相传的、富于各种神秘色彩的禁足之地——有人说那山里瘴气深重，住有一条会叫漂亮女孩子名字的千年巨蟒，冲犯了"蛇神"领地，会横遭灾厄的（我后来把这一个"蛇神"传说，化进了我的长篇《迷谷》里）；有人说那片三县交界、汉黎交杂的山原，地形地貌复杂诡异，据说是"美蒋空投特务"的定点降落处，常常传出不明电台与发报机的讯号，此时登山露营，弄不好会惹出一大堆麻烦来的。出发前我悄悄向村里的老农工问讯入山之路，竟然一问三不知——全村人，真的没几个敢斗胆闯进那架烟锁雾障的大山，都劝我打消念头，莫犯傻惹事。

我自然不信邪。"漂亮女孩子"是不敢叫了，我仗着当时自己身居"团报道组"的一点组织调度能力，点着人头，纠集了整整十个精壮小伙子——当然都是平日谈得来、玩得开、不会动不动就向上请示汇报的"铁杆死党"。他们都来自不同的连队，早早就分了工，各自备好过夜的行装干粮，只待大除夕假期一到，就分路集合到培胜山村；年初一一大清早，驮着米袋背上锅，便浩浩荡荡向大山进发。

虽说"望山跑死马"，毕竟村子就在不远的山脚下，入山之路，稍经当地黎胞指点就走顺了。一行十人以砍刀开路，攀藤蔓，穿沟壑，避过山蚂蟥的袭击，在潮湿多雾的热带雨林间"披荆斩棘"。时而粘了一身刺毛球从一大丛说不上名字的葛藤中钻出来，或者被一堆怪模怪样、散发着腐臭气味的菌菇吓得绕道而行。气喘吁吁，且走且闹，午后时分，终于抵达了密树锁禁了视野的峰顶——其实只是我们猜测的峰顶。因为前面再无高崖，但树高林密，根本望不见四周山原的景观。我们只从林间一个干枯山塘边斜埋着的勘查石桩——那是民国时代留下的，上面刻有海拔高度和三县交界点等字样——来判断：此处就是"纱帽岭"的最高点。这里林气阴森，视野局促，显然是不宜于宿营的。顺着指北针的指点，我们便朝背山的一面往下攀走，在一片长满野生香茅草的开阔缓坡上，扎下了度夜的营盘。冬日天黑早，四周一片寂然。行了一天山路，大家似乎都累趴了，并没有我想象中的雀跃兴奋。我心中倒暗暗松了一口气：至少没闹出任何诡异之事。便与大家合力寻摸枯枝干柴，点起一堆大篝火，开始用砍下的一节节毛竹筒，劈开，填上泡好的水米，再用细藤捆绑结实，扔到火堆里烧"竹筒饭"。如今留在我的记忆屏幕里，最清晰的就是这竹筒饭——吹着火烫的手指打开竹膛，焦煳味里仿佛蓄满了一山草叶的清芬；啖一口，被烟气呛得连连咳嗽，便大喊找水，却发现带上山的水壶，早在爬山途中就被喝光了。于是分路出发去找山泉水源——峭岭上只见一片山石荒芜，哪儿来的水源！便忽发奇想（其实刚才在做竹筒饭时就注意到了）：砍竹节取水！一行渴急了的愣小子们立即四处找竹子，砍竹子，果真，从各类新鲜竹节的竹膛内，聚起了微甜带草腥味的清水！如此折腾到新月初升，有水润喉了，大家也都累坏了。至于本次露营的主题——讨论"我们向何处去"，则就变得有一搭没一搭的。入夜山风寒冽，大家伙相互依偎着围着火堆取暖，无论我这个"主持人"如何引领话头，活跃气氛，大家对"向何处去"的"我们"似乎就是提不起兴致；倒是对这片山头磁场古怪，手上的指北针忽然失灵乱抖——明早下山的路该"向何处去"变得忧心忡忡起来。果不其然，第二天下山，我们就在密林中迷失了。一伙人在蔽天野林、蠘竹藤蔓之间东奔西突，就是找不见来时旧路，直到傍晚落黑，跌跌撞撞地来到背山腰上属于白沙县的一个叫"巴灶"的黎家寨子，还被黎寨村长热情招待了一顿晚饭，才算找回了下山的路向——这，就是日后我的长篇小说《迷谷》里，"巴灶山"的地名出处。

此次率众上山露营几乎惹出的弥天大祸，是我下山之后才获知的。那天，年假结束回到我的"岗位"——报道组所在的团政治处，平日待我不薄的现役军人李主任，绷着一张长脸把我堵在门口，劈头第一句话就是：

"你总算好头好脸的回来了？没有被儋州佬砍掉手指、脚趾的送回来？"我听得头皮发麻却一头雾水。李主任却拍拍我的脑袋，呵呵乐起来。原来，果真与上山前那个"美蒋特务空投降落点"的传说有关。大年初一那天夜晚，当我们在纱帽岭山巅开阔地燃起那堆篝火——那耀亮夜空的火光，果真一若"美蒋特务空降点"的烟火暗号，很快就被环绕山下几个村子的民兵发现了。山下的公社武装部接到了紧急报告。部长一阵紧张，正要动员环山几个村子的民兵，带武器和手电、火把连夜围山，捉拿"空投美蒋特务"——据说前几年黎母山里果真逮到过几个披挂降落伞的"蒋匪"，送去"军法审判"的。幸好，武装部长在下达命令前灵机一动，摇电话接通了农场总机，往山麓下我们团部的值班室挂了一个电话。果真天佑憨人，当晚值班的某干事恰好是知道我这个异想天开的"纱帽岭露营计划"的人，经过好一通解释，总算化解疑窦，一场逼在眉睫的大危机就此避过。"你你你，你还有脸笑！"李主任自己却止不住笑，向我正色道："小苏炜呀小苏炜，你玩心这么重，眼看都要玩出焚山大火来了！什么时候，你才能长大一点儿呀？！"

"长不大""玩心重"，确是追随我多年的"恶名"。我当时忍不住发笑，是觉得有点可惜：要不，满天繁星之下，群山巅连之上，置身于漫山遍野耀如火龙的围山火把与手电光之中，那该是多么浪漫壮观的景观呀！——这确是"玩心重"的我，一时之间浮在眼前的想象画面。自然，我不敢拿这"浪漫图景"来跟李主任调侃。我日后获悉：幸好那晚山上的"向何处去"主题讨论乏善可陈，大伙儿都没提起兴致，更没讨论出什么条条纲纲来。因为，跟我上山的哥们儿随后都受到各个连队的盘查追问，大家伙报告的都是山顶缺水、指北针失灵之类的无趣事，没有言及任何"敏感话题"，所以避过了追查，没酿出更大的祸事来。此次惹祸，最后以对我"缺乏对敌斗争观念"的一通批评警告大而化之。不过，说起来，我这个不安分的"肇事者"，倒真的是因为"玩心重"，日后，再一次避过了一场随之而来的政治风暴。

那正是"九·一三事件"之后，全国各个知青群落各种读书小组、"共产公社"发生大争论、大分化同时开始大串联的年头（当年海南岛太偏远闭塞，我们与外界的联系，相对"大陆上"的知青群落要沉寂得多，其实当时我们对此种风潮并不知晓）。某一天，我的一位当时正在乡间攻读微积分和"灵格风英语"的好友梁文江悄悄告诉我：听说两三位广州十六中的高中能人——他们是粤西某个"插青点"（插队知青点）读书小组的，带着各种手抄本越海而来，现在就匿居在紧邻的西庆农场某某队，想约我们西培这边的知青豪杰们过去一聚。我和梁文江当时都很兴奋，既意识到某种可能冒犯禁忌的敏感与刺激，也觉得是结交天下能人同道同时显露我辈才情见识的大好时机，顿时"豪情满怀"，玩心大作。梁文江一时灵光乍现，说：他所在的培文队有一条水利渠直通西庆场某某队，我们何不选择一个上游放水的日子，找一个废弃的轮胎推到水里，顺流而下，漂流到西庆去会他们，那该是我等"西培人"何等漂亮帅气的"亮相出场"！我连声叫好，还进一步提供细节想象：我拉上阿光等一众"西培豪侠"，到时把我们准备的随身衣物、干粮包括手抄本等等撂到轮胎上，几个人一边顺水浮游，一边吟诗作歌，讨论"我们向何处去"，到了西庆上岸，一定能够亮出让他们惊艳的成果！这个"轮胎漂流"的豪举，待梁文江找好废旧轮胎、打听清楚放水期之后，却忽然传来消息：西庆那几位越海而来的匿居高人已经闻听什么风声，倏然离去了。

随后某一天，我又一次被政治处李主任绷紧长脸堵在了门口，这一回，却是正经八百的"个别谈话"——李主任再没有笑脸："你坦白告诉我，你有没有参与隔邻西庆场广州知青最近的非组织小集团活动？省公安厅都派人过来追查了！"我心中大惊，却连声否认，信誓旦旦：绝无参与任何"非组织"之举。"那你知道西培的广州知青里，有谁参与了西庆场知青的这次反革命串联吗？"纲越上越高，我自然满脸无辜，一问三不知，却暗自庆幸自己在这场骤起的危机中有惊无险，擦身而过。李主任却用一种似乎看透我的眼神盯视我良久，说出了一段几乎在日后"不幸而言中"的话："小苏炜，我知道你玩心重，不安分，你还年轻，不知天高地厚。你可要当心，不要让自己一个不小心，就栽进了各种坑害自己的漩涡里去了！"

"玩心重"，果真成了我的无意庇护，也成了我的人生陷阱，这是好多年后的后续故事了。此事，却有几段余话值得一提：八十年代，我自编自导的五幕话剧《同辈人》在所就读的中山大学"隆重公演"。我曾把当年这个"在漂流轮胎上讨论中国向何处去"的未成壮举，编排进了剧情里，成为当时舞台上两位主人公浪漫而后破碎的革命爱情的重要情节依托。为此，我曾经特意查阅过自己当时还保存完整的一九七二至一九七四年前后的日记，想从中寻找当年的"思想闪光"，以印证剧情中"一代人觉醒"的流行主题。我记得，翻开还散发着煤油灯焦煳气味的陈旧纸页，那些当时的日记，读得我满脸愧赧，几乎有一种无地自容之感——货真价实的"乏善可陈"！精神苍白、才情惨淡的青春足迹，在那里一览无遗。尽管那些不乏华丽修饰的文辞里也有激情，有烦恼，有思索追求，但，那实在是一种不宜在日后追忆中过分浪漫化和理想化的岁月留痕。是的，我知道，这自然受了"日记"这一形式的特有局限（后世人会理解这样的"形式局限"么？）——形诸文字的日记，在那个假面时代，要么成为一枚定时炸弹，要么成为一种假面表演，那是"雷锋日记体"的遗传变种，其实，是很难留下真实的人生印迹的。

然而，记得当时，我也从日记里读到了当年被我恭敬录下的某些"手抄本"片断——不是当时流行并获罪的声名显赫的《少女之心》或《第二次握手》之类，而是同样声名显赫的类似"李一哲大字报"一类的当时的"民间思想部落"的文字留存（我还记得，其中一个当时我认为比"李一哲"更棒、更雄辩深刻的名叫"苏某某"的论"教育革命"的手抄本文字，从教育角度出发抨击时政，因立论新颖，文字辛辣大胆而在知青能人间流传，被我详录进日记）。但是，时过境迁，才只是三五年过去，世事图景与心态目光转瞬间已经是白云苍狗。那些当年让我仰之若星空河汉的文字却忽然变成了浅沼一汪，甚至几乎有点不忍卒读，这真真是让我始料未及而抚之怅然若失的。

顺及：这些年我一直在设法查询追寻那位叫"苏某某"的粤地"民间思想家"的真实踪迹。日前偶然从粤海知青网上看到一个同样名字（不知是否同名同姓？）便欲追踪而去，一位熟悉的知青网版主农友却忽然告诉我："苏某某"且待我为你细细查询；但你同样查询的梁文江，却早已逝夫多年了。我大愕。——却原来，梁文江，这位当年在乡间醉心高等数学、同样与我惺惺相惜的"山野爱因斯坦"，自一九七四年推荐回城读中专后就与我失去联络。这些年，我一直以为他应该早已在高科技领域里大展拳脚了，万未料想，早在八十年代中早期（正是我在《同辈人》中夸张那段"轮胎漂流"故事的时候),他就被恶疾夺去了年轻的生命!隔海怀想,世事苍黄,真让人生出无限慨叹!

三、谁"失踪"了?

还是把话题回到阿光。

回城前后,命运似乎刻意在我和阿光这一对"难兄难弟"之间划开了鸿沟。我在一九七八年春作为"文革"后第一批大学生(七七级)进入中山大学中文系就读。因为初一根底的数学在高考中考了零分,我是在未能进入录取分数线的情况下,由于以往些微的写作声名,在开学三个月后被中山大学"破格录取"的。阿光也在积极备考,七七、七八两届高考落第后,他在一九七九年将届超龄前夕,拼力一搏,终于进入了最低分数录取线,被广州一家师范学院录取。不料此时,他却患上了急性肝炎,身体检查过不了关,还未踏入高校门槛,就因得病、看病、养病等等杂事,糊里糊涂丢掉了学籍。或许,经过这好一番折腾,阿光也有点"无心向学"了,我却始终为他的满腹诗书被闲置抱屈。

那时候,一切重新开始,我父亲的老朋友、老作家黄秋耘伯伯正在负责《辞源》修订版的主编工作,需要向社会招聘一批年轻编辑。我便力荐阿光应聘。据说应聘考试很简单,只须每人当场写一篇命题作文。不料最后结果出来,阿光还是落选了。我追问因由,黄伯伯无奈地告我:你的这位朋友作文写得不错,文词清通,也富有思想,可是,就是一手字,写得太难看了。我心头一怵:字难看也是理由?!又不是科举考试!黄伯伯直向我苦笑:你想啊,这是做词典的编辑,讲究的首先就是字、词的清晰准确,如果字都写不好、写不清,在编辑手上就出差错,那怎么行?——文字编辑的大门,就此便向阿光关上了。我想起一九七五年我上调农垦局之前,我在农场政治处留下的那个位置空缺——专职报道员兼宣传干事,我本是力荐阿光顶替的,不料却被上头打了回票。理由竟是——口音。阿光不善言辞(或说:官式言辞),说普通话的粤地口音很重,"他连自己的意思都表达不清楚,怎么做报道,搞宣传?"——唉唉,在为文路上,阿光可真是"动辄得咎"呀!似乎无关乎真实的才学质地、道德文章,却是不搭界的口音、写字、得病……"天时地利人和",简直是处处跑出来跟他作难!

我不记得我是否把这些诸般"不顺"的真实原由告诉过阿光（为着不伤及老友的自尊，我似乎从未向他言及）。但我也注意到，他其实把这一切看得很淡。那时候，他是郊区茶厂一名三班倒的工人。我每个周末从中大校园蹬车回家，总要绕道海珠大桥，爬上桥畔巷子里的小阁楼，见阿光下班回来，照样气定神闲地在那里读杂书、记笔记、写日记，除了为他当时分居湖南的农友妻子的调动伤神以外，他似乎对当时林林总总的那些为文"门路"和"出处"，不闻不问，无动于衷——那可是一个弄文学可以"一夜成名"的年代呀！我愈是为他着急，他就愈加显得不紧不慢，纤尘不惊。我说多了，他反而跟我急：你少给我播弄你那点"世家子弟"的酸气！"世家子弟？！"我大惊失色。我和阿光，一起滚爬过海南山里的洪水烈风，同样的人生起点与历练，同样的人文趣味以至知识结构，什么时候，"出身"——在乡间，我那父兄系狱的"大特务"黑出身曾经让某些人避之唯恐不及——竟然成为横亘在我们俩身前身后的沟堑了？自此，我开始变得敏感。浩劫过后，"臭老九"确乎开始变得"香喷喷"了，我的"民主人士"的父亲好似也略略翻转过身来。我怕冒犯了阿光那点"平民子弟"的自尊（阿光的父母原是家境殷实的小业主，公私合营后家道便逐渐中落了），便刻意回避跟他谈论这个"出入""进退"的话题。当时大学校园里恰值一片红火热闹，诸多新潮的社会活动已经让我有点应接不暇，阿光的小阁楼便渐渐来得少了。大学毕业后我立刻负笈西洋，自美归国后又进京任事，我们俩似乎渐行渐远。虽然音讯尚通，见面的哥们亲热尚存，只是，也暗暗生出某些无形的隔膜。二度去国后，我一别故土经年，我们彼此，终于在对方的生活图景和精神视野里，彻底"失踪"了。

　　真正让我重新认识阿光、并检视这个"失踪者"话题的，已经到了整整十年之后的世纪末时光。

　　那一年秋冬，母亲急病骤逝，我万里奔丧并陪伴老父过年，在睽别故土多年后，第一次与阿光重聚。那个周末，约好的见面时间却不见阿光露面，当他气喘吁吁出现在广州图书城侧边的茶楼时，寒冬日子，竟是一身的淋漓大汗。多年未见，阿光倒不显老，闪着汗光的脸庞还是我熟悉的那副爽朗眉眼，脸上漾着的还是那样带点嘲弄神情的微笑。他为迟到直向我抱歉，却不忘开玩笑："对不起，我企了一天街呢，刚刚才完事！""企街

(站在街头)?"我很吃惊。"企街"在粤语里其实含贬义,或指妓女("企街女郎"),或指乞丐。——阿光,果然"带故事出场"了。原来,那段时间全国正大力推行"企业优化重组",大量国企工人下岗就发生在那个时期。阿光所任职的那个省属公司连年亏损(那时他已上调公司机关),属下的茶叶公司和茶厂都在准备关闭,遣散下岗工人已经箭在弦上。这时候,阿光主动向总公司请缨:且慢关门遣人,他愿意出面承包某家茶叶公司,"死马当活马医!"阿光向我愤愤道,那是好几百张饭口呢,大家面懵懵(面对面)共事几十年,他们说关门就关门!对于那些官爷们,反正"阿爷"(公家)给他的钱一分不少,及时跟上"优化组合"的大形势,恰恰是他们的最新政绩呢!我出来"执生"(搅局),被视为不识时务。这不,我就是为救活那家公司,今天企了一天街!

我这才明白:年来,每逢周末,阿光就带着一帮伙计,亲自到广州最热闹繁华的北京路(一若北京的王府井),当街设摊推销公司的新产品,"好酒不怕巷子深哩,"阿光话里不无得意,"我到图书馆做功课,查清了公私合营前这家公司源自一家百年老店,就从头开始去擦亮这块历史品牌,打品牌仗!你看,我接手这家公司不到一年,就已经扭亏为盈了!"本文开篇引用的那段广告文字,正是阿光当时"打品牌仗"留下的手笔。

读到这里,我知道读者一定窃笑我在叙述一个某某的流俗故事了。但,真正让我动容的,却是阿光随后跟我说的一段非常"不主旋律"的话——"我从来相信,精神的价值高于权力的价值。我知道自己精神上比他们强大,对权力游戏却没兴趣,所以,从来就不惧怕什么。"阿光缓缓吐出这么一句"人文味十足"的话,让我恍然想见他当年在山野里的风采,"要让那些官爷们明白这一点,其实并不难。"阿光吟吟笑道,"其实,一切都是事在人为。我接手之后,这家公司很快就活了过来。红眼病、绿眼病什么的,全都跟着来了。最近又提出,要推翻原来的承包协议,这家有盈利的公司,要重新竞争上岗。于是,找你学历低的茬,甚至给你编派男女关系的故事,这些,我都可以一笑置之;最可笑的一条,是说我不务正业,不尊重领导,理由是:每次总公司领导下厂检查工作,阿光都让别人陪同,自己照样在那里下围棋!"阿光向我朗声大笑,"呵呵,就是这围棋,真正让他们服了气。我可是围棋业余×段呢,他们背地里私下说:阿光这人其实什么都没有,就有那么一点精神,那么一股气。他们现在知道了,精神也值钱哪,还能赚钱哪!哈……"

那一刻,确实,有一种久违了的什么东西,从我记忆的深塘里翻搅出来。我一时说不清楚那"东西"是什么,但我明确知道,那"东西"是从当年那片山野里来的——从那些煤油灯熏黑的书页、从那次闯祸的"纱帽岭夜宿"和夭折的"轮胎漂流"、从那条黑麻麻迂回相送的九曲山路……来的。我熟悉的阿光还在那里,他并没有"失踪",而且,从来没有。(那天分手之后,我赶着赴另一个约会。我注意到,阿光又一头扎到图书城去了。他仍旧是个书痴。买书、读书、藏书,仍旧是他不变的癖好。虽然,他早已完全不求闻达。)

那以后,我和阿光又有过几次竖席长谈——就像当年在乡下熬光灯油读书聊夜一样,我们总是一人占据一个长沙发,一边瞄着电视上流走的欧洲足球赛事的画面,一边言说着各自这些年的人生历练和读书感受,半躺半坐地聊个通宵达旦。我发现,自己这个早已职业化的"读书人",虽然读了很多阿光未曾读过的书,却在很多两人共同读过的书中,往往并没有他读得深,读得细,读出那种摇曳丰盈的滋味——当时,那是我们在山野读书的一种特有方法:想法子把一本书微言大义地读得逸兴横生。比方我们共同读过一本残缺的《高老头》,在连封皮和作者都不详的情况下,却会在读书过程的细品细议中(比如比较"法国小说味"与"俄国小说味"的异同),用想象和理解相互补充,让书中内涵"充分挥发",直到在思绪驰骋的云蒸霞蔚间,把属于巴尔扎克的魂魄召唤出来(我是在大学时期复读新版的《高老头》时,才确认:此书我们在山里时就曾读过;而且在当时,就把作者丝毫不差地认定为巴尔扎克)。我还发觉,阿光对当时人文学界的那些热门话题并不陌生。仍"以非知识分子的身份,思考知识分子的问题"(朱学勤语),并且,仍能言人之所未能言,敢为人之所不敢为!以他的正气、才情、见识与胸襟,聚拢着周围的一大群"一口锅里讨饭吃的老老嫩嫩",连那些以为在老地头上可以一手遮天"官爷"们,都要怵他三分。"你以为打基层工就不需要学识么?——学识和见识,照样可以当饭吃——有大用!"所以,他把自己称作"蓝领读书人"或"蓝领布衣",工余时间依旧沉迷于读书、买书、藏书,"这是我日常除了养家糊口以外最大的一笔开销。当然，和你们这些白领、红领和金领的读书人不能比，你们是可以有课题经费报销的！"他说。我们聊及当下社会面临的许多问题——从"全球化"、"权力资本"到"学术腐败"，我才发现：和当年一样，我们仍旧有着那么多的"问题意识"与感悟角度，是完全同步的，是可以发生共振共鸣的；似乎岁月尘烟、身份歧异、时空阻隔等等，并没有拉开我们精神心智之间的真实距离。

一晃数年过去。这些年间，我时时得空便返国一行，与阿光及阿光们——当年农友中那些各呈异禀又似乎被世态湮没的"乡党"们，有着更多常态性的日常接触，我才幡然醒觉：当初阿光嘲弄我的"世家子弟的酸气"，所指何物了——无非，即是那种古老而世俗的功名尺度，亦即今天的"成功尺度"吧？如果说，历史上蔑视权势与权贵、"不为五斗米折腰"的陶渊明们、苏东坡们，从来就未曾在中国传统文化（哪怕是主流文化）的星空上"失踪"的话，那么，你可以说，今日的阿光和阿光们——这些不求闻达的"蓝领读书人"或"蓝领布衣"们，他们果真就在当代精神文化的星空上"失踪"了么？缺乏自己的色彩与分量么？可以漠视可以冷待甚至可以嘲弄么？或者，还可以这样问：放在历史价值的天平上，那些可以有量化、产出价值的文字——比如"药为百病之茶，茶为百病之药"一类的文字（同样"考据"自《本草拾遗》），果真就比那些滔滔言述"福柯""德里达""萨义德"和"巴赫金"的文字，分量更轻，更加"不作数"么？！

记得那天，又几乎是大半通宵的神聊，天蒙蒙亮从晃动着"世界杯"足球赛事的电视机前爬起来（几乎每年返国探亲度假，都恰可满足我的足球饥渴——在美国，一般是看不到足球赛转播的），淡青晨曦间，我和阿光睡眼惺忪的挥手作别。他要去上班"踩街"（做销售推展），我马上就要登机西行。目送他的身影晃晃荡荡步下山坡——就像当年在海南的九曲山道上目送他离去一样，我心头忽然一动：或许，要说"失踪"，在当代中国精神文化的真实版图上，更不用说在社会政经变革的整个进程中，果真"失踪"了、缺席了的，反而是我自己——也许还包括我等号称"自我边缘化"的、或者自以为拥有话语权、或者喜欢在各种泊来的概念术语间高来高去的——"知识人"们。我所熟悉的阿光——无论是"民间思想家"或者"山野才子"的阿光，还是"蓝领布衣""业余围棋×段"与"茂芝堂第一写手"的阿光——包括阿光们，他们，始终在那里——

在那个或者琐细沉寂或者喧嚣繁华或者时晴时雨的背景上，坦坦然也淡淡然地站立在那里，行走在那里，立身、思考、言说在那里。他们构成着和影响着当下世态人心的基调与走向。他们是一条大河的川流，一座桥梁的骨架，一片星空的光点，一幅时代画图的底色——一种更真实更厚重的存在。他们，从来就未曾"失踪"过、缺席过。

真的，没有。

四、篇末余话

其实，我无意把这个"失踪者"的话题理想化、浪漫化或者矫情化。

命运始终没有对阿光"网开一面"。我隔年便获悉：前面提及的那次"竞争上岗"，虽然阿光无论职业眼光还是管理能力，都是众望所归的当然之选，但最终，那家由他一手重新擦亮品牌、已连年从亏损变盈利的国有企业的CEO（总经理）位置，还是经过种种"合理化"的操作——比如指他"学历太低"等等，把他"撸"了下来，他只好"奉旨回调"。这里顺便说一句，尽管他经手救活的那家公司曾经获利丰厚，但阿光个人，多年来始终是两袖清风的。记得，还是上言那回的漏夜看球海聊，晨起匆匆赶去"踩街"，阿光把我从美国带回来送他的礼物——一瓶大包装的多种维他命丸忘带了。他事后打来电话，让我姐姐代为保存转交，顺口冒了一句：你送的可是大礼。平日见老婆大人日忙夜忙的，人憔悴了不少（也是我乡间好友的阿光夫人现为一家中专的校长，阿光笑她是"永远的工作狂"），想了几次给她买点维他命却都住了手——这时髦玩意儿，这里实在是太贵了，女儿正上大学，闲钱花不起哪……由此，我约略知道他日常生活的清简。

有念于此——见他这碗"饭"吃得如此辛苦，当其时，我有亲友正在某外资大财团任要职，好几个经手的国内大项目都在急征能担大任的人才。我知道阿光这个人，平日活得掷地有声的，放在任何环境里都见质地、显分量，给他一个大舞台，绝对是个大将之才。便力劝他：既然单位某些官爷们对你诸般不顺眼，你何必捆死在一棵树上呢？以你这样的人才身段，跳槽到外企，还不天天等着吃香的喝辣的！他朝我憨然一笑，却连连摇头，"承蒙你老人家高看我，可是此时，我是不能走的。""为什么？"他的口气越是笃定，就越是让我好奇："你不觉得，现在的池塘，对你太小了么?"阿光如此答我:越是池塘小,才越是不敢随便干塘。在这样的池塘里,我自己再有能耐,也成不了一条大鱼;这几年之所以还能干出点声气,是有一大帮弟兄伙计帮衬着一起打拼呢!无帮衬,就无饭开。我要是现在甩甩手就走了,那是要干掉一口塘的呀!他把指头关节扳得咯咯响:"这样的事我不会做,也做不得的。"看他一脸的肃然,我知道触动了他的某种底线,便不再劝。

说起来,这些年,阿光唯一被我劝动的事情,是二〇〇七年夏天,被我拽着(我也是被一位老农友越洋拽上的),结伴回了一趟下乡的海南岛,回到了当年一起垦荒种橡胶、一起在油灯下苦读无皮书的儋州西培山村。车子来到他当年所在的培荣队,村里当年相熟的老老嫩嫩全都在第一刻间就把他认出来了,同时也认出了我这个"四眼书生"——当年我以"傻大胆"著称,得空常时到培荣耍玩,没少在他们村口河塘那个高坝上翻滚着扎猛子,想必还让这些当年的野孩子、今日的老农工们记得。菠萝蜜树下,瓦舍堂屋里,我们被一众老叔老婶簇拥着,唧唧呱呱地争说着旧事:老知青们的下落去向,"某某和某某,还常在为某某事拌嘴吗?"似乎苍苍岁月只是昨日之一瞬,青春的喧闹仍活现眼前。天热,我摇着一把大葵扇就不肯放手,嬉笑着让阿婶送给我带走(而今就挂在我的美国书房里),就仿若我当年登门,向她讨一勺白砂糖冲糖水解馋一样。

回到我的老乡居培胜山村,却是物事全非了。当年萧疏空旷的村落变得拥挤而残破,而我牵念多年的老班长洪德江和老队长梁汉武,早已因年迈退休,离村多时了。恰遇一场多久未遇的大雷暴雨。我和老乡亲们躲在队部里避雨,大家直说我"好脚头,带来贵人雨",化解了山里多月的积旱。阿光和我相视大乐。我连说不敢当、当不起。阿光略带戏谑的眼神,好像在笑:你这个长不大的老小子,怎么净遇好事,又扮起"贵人"来了?哗笑声和雷雨声中,环望雨中曾经熟悉如今变得陌生的胶林和瓦舍(茅舍则全不见踪影了),我看见那座绿蒙蒙的儋耳山——纱帽岭,还是那样千年不变地耸立头顶,心头忽然就有点泛酸。

四十年流逝的时光一如眼前号啸而过的豪雨,它也许在此一时化解了久旱,在彼一地却酿成了洪涝——"贵人"或"凡人","有幸"或"不幸",也包括"得之"与"失之","成者"与"败者"——岁月长河里种种际遇异同，端看时空情境此一刻彼一瞬的更易选择，往往偶然多于应然，其实是作不得数的。无论历史与人生，命运与自然，有"变"就有"常"，有"常"亦求"变"。——轻看那些"变"的物事，守持那些"常"的存在，然后追寻那"变"中之"常"，"常"中之"变"，人活在这个世界上，或许，才会有定力，有余裕，同时也有兴味吧。阿光们在那边呼唤我上车，我知道自己又跑神了。摇着那把葵扇，由当年乡间跟着我淘气的那群野孩子（现在都是队长、支书了）陪着，顶着微雨围着老村再走了一圈，在被雨水冲刷的山道上，捡了一块山形的石英石（此刻就压在手边书页上）。揣上石头，挥手登车，忽然想起史书上那个著名的齐景公感叹人生短暂的"牛山之泣"。曹植有《感节赋》云："唯人生之忽过，若凿石之未燿。慕牛山之哀泣，惧平仲之我笑。"杜牧则有《九日齐山登高诗》曰："古往今来只如此，牛山何必独沾衣？"

走笔至此，本应打住。想想，还是补上最后一笔：二〇〇八年恰值知青下乡运动四十周年。上言之我和阿光一众农友结伴回海南，就是应粤海知青网的邀约，为纪念活动热身。从海南回来，我和阿光终于接续上了多年前的文字缘——仍旧以诗歌的形式，与农友作曲家霍东龄合作，完成了一阕粤海知青组歌——《岁月甘泉》，并于二〇〇八年九月在广州"隆重公演"。"失踪"多时的阿光的"大名"，总算一遂我愿，与敝人并置，印到了"太平洋影音公司"出版的CD歌纸上，为我和阿光及阿光们共同走过的青春岁月，留下了一点——"如歌的印迹"。

　　二〇〇三年春始笔而中辍，二〇〇九年一月三十一日完稿，九月重改于耶鲁澄斋

辑三 "甘泉"之缘

《岁月甘泉》的耶鲁缘

"I had my aunt and mom listen to it, and they had tears welling in their eyes in response to the beauty and power of the music, singing and Lyrics (translated). I feel honored and excited to be singing such an incredible piece.... wait til you hear it !!!!! "

这是一位居住在美国康乃狄克州的音乐人,写给她的合唱团友的一段文字。信中言:她和她的母亲、姨妈一起聆听这个作品,时时被她的旋律、歌唱和翻译歌词中的柔美与力量,感动得热泪盈眶。她希望她和她的歌友们能有幸一起演唱这个作品,并热切期待着早日和大家一起分享她的感受。我这里刻意把英文原文引上,是发现自己转换过好几种翻译都感到很蹩脚,传达不出言述者那种即时、即兴——包括某些不规则用法所传达的情绪感受。

这里述说的,是美国友人聆听这个来自中国的交响叙事合唱作品——知青组歌《岁月甘泉》的真切感受;而我的同辈同胞们——正在为二〇一一年二月于纽约卡内基音乐厅上演的耶鲁版本紧张排练的华人合唱团友们,又是怎么样的一番感受呢?"知青",这么一个隔年隔世也隔山隔海的陈年故事,为什么会在异邦异域,凝聚了这么多不同国界、不同肤色也不同经历的人们,并将在世界音乐殿堂登堂入室,成就出这么一段特殊的美国之缘和耶鲁之缘呢?

二〇〇八年是中国大陆知识青年大规模上山下乡运动四十周年。应粤海知青网的邀请,我和农友霍东龄共同合作——由我主笔作词,霍东龄作曲,用一年多的时间,创作了这部大型交响叙事合唱曲——知青组歌《岁月甘泉》，并于二〇〇八年九月在广州公演。演出产生的巨大反响，有点让我们俩始料未及。四十多年前的一九六八年，响应当时毛泽东主席的号召，全中国有将近两千万的中学生和城市青年，到遥远的边疆、海岛、山村、荒原务农劳作，在穷乡僻壤渡过了自己宝贵的青春岁月。霍东龄和我，都是当年十五、六岁就下乡到海南岛农垦兵团的老知青。我们俩最早的合作，可以追溯到三十年前海南岛的三江围海造田大会战。因为当年合作的一曲《巡坝》，被霍东龄在三十年后的一次电视采访节目中哼吟唱出，我当时恰巧就在广州家中的电视机前——由此偶然奇缘，引出了一次相隔万里、睽违几十年的耶鲁重逢和彻夜长谈，我们便相约于二〇〇七年夏天，结伴重返下乡的海南山村，寻根、访亲、采风，从而酝酿出这次绵延数载、甘苦俱全、富有争议性也富有成就感的难得合作。

"知青"与"上山下乡"，这是一段关涉到整整一代人命运的特殊人生旅程。这首大型组歌，从知青登船出海开始，乡间的垦荒劳作、男女恋情、思亲彷徨、洪水祸难，一直到他们的回访故地，感念土地和乡亲，其间充满的理想与幻灭、奉献与牺牲、苦难与风流、毁灭与造就、汗水和泪水、迷茫和欢笑……等等百味杂陈的意蕴，在我们笔下的旋律和歌唱中，只能述及其一叶一脉与一毫一沫，其引起热烈反响（包括音乐界的积极评价）的同时，伴随着激烈的争议和讨论，也就不难想象了。

有意思的，是这部作品降生后在耶鲁校园发生的后续故事。

知青组歌《岁月甘泉》在广州正式演出的同时（公演的过程其实也经历了一波三折），由广州太平洋影音公司出版了音乐CD。晚会结束，演出指挥——上海著名指挥家张国勇先生交给我一个名片，烦请我转交给耶鲁爱乐乐团指挥、耶鲁音乐学院指挥系的美籍韩裔教授咸信益先生（Shinik Hahm——当时其实还不知道他的确切名字），希望通过我的顺手牵线，建立起上海音乐学院指挥系与耶鲁音乐学院的校际交流。回到耶鲁校园，我便在我的中文助教（TA）、音乐学院低音大提琴手杨雯的引见下，把这张名片连同组歌音乐CD，送呈咸信益指挥。万万没想到，风动于青苹之末，由此涟漪荡漾，推波助澜，引发出耶鲁校园某个音乐角落的连锁反应。

最先，是我从前的邻居、耶鲁音院作曲系著名教授、作曲家戴维斯（Davis）和他的夫人——耶鲁社会学教授黛比（Deborah Davis），在听完

《岁月甘泉》CD后讶然表示：没想到是一个分量这么重的大作品。这里面，唱了你们整整一代人的故事！干练、敏锐的黛比是世界知名的当代中国社会问题研究专家，中文相当流利，熟悉"文革"历史，专攻当下中国社会问题。只是，她和先生对《岁月甘泉》的积极反应，我当时并没有太往心里去，我以为他们只是出于一种"专业礼貌"而已。

随即，新识的Shinik Hahm——咸信益指挥，永远精力超群、号称踢足球比当指挥更是他的专业梦想，二〇〇八年已带过耶鲁爱乐团为北京奥运演出的这位指挥系主任，风风火火地把我喊到他的办公室去了。

那是在学院音乐厅楼顶的一个排列着两架史坦威三角大钢琴的阔大空间。咸指挥劈面就提出要求：能不能尽快把《岁月甘泉》的歌词，翻译成英文？"为什么？"我略略吃惊。"我喜欢这部作品。"他直白说道，"尽管我在韩国上学时也学过一点汉文，但我还是读不通歌词，我想深入了解音乐后面的故事——我要把她，当作我下一个表演计划！"他显得话音急促。他对"拙作"的意外青睐，自是让我喜出望外，"能告诉我，你为什么喜欢它么？""我听不懂中文，可我听到了一种对青春的歌唱。"他在英文的回答中反复用了这个"Youth"（年青）字，微笑里带上了一种遥想般的凝视，"这样的旋律，这样的情绪气氛，让我想到我自己早年在韩国服兵役的年代。""那是什么时候？""上个世纪的七十年代。""——真的吗？怎么可能呢？"我瞪大了眼珠子，大为吃惊——这正是《岁月甘泉》描述的知青时代。虽然我知道，咸指挥也是五十年代生人，大体上与我们同龄，"可是……按说，这是纯粹的中国调子，中国的故事，与你在韩国当兵的生活，扯不上关系呀！""就因为这个——青春。青春，不管放在哪里，在什么样的环境下，都是一样美丽的。"咸斩截地说。

可是，还没待我把歌词交给我的耶鲁"高足"——以"知青文学"作毕业论文题目的高材生温侯廷（Austin Woerner）作英文翻译，一个电话，咸指挥又把我喊过去了。"你有没有十五分钟？我要给你介绍一位新朋友。"我的这位新朋友自己却"没有十五分钟"，他坐在钢琴边上，一边忙着给他的两位学指挥的研究生上课，一边示意我在旁边小坐，等待他说的"新朋友"光临。

"新朋友"匆匆赶到了。——满脸通红、一身汗光的汤姆·多菲

(Thomas Duffy)先生，原来是耶鲁校园内广为人知的另一位指挥——耶鲁所有大庆典、大场面他都得抛头露面的耶鲁铜管乐队的指挥，一见面，他就一迭连声说道："Shinik（咸信益）推荐我听了你的大作，我很喜欢，太好了！"他更是显得快言快语的，一开口，就吓了我一跳，"我认为，这是一部世界级水平的作品！"我连连摆手表示惊讶，实在是这个"世界级"（World class），把我给吓住了。"大作"，他在英文里说的是"Great piece"；他看出我对"World class"（世界级）的疑惑，便在后面的谈话里，一再地加以强调。

为着不打搅正在上课的咸指挥，我们悄然离去，随着汤姆在耶鲁校园里漫步。他向我仔细打听歌子里所唱的"知青"和"上山下乡"的故事，我则向他提出我的疑问："我感兴趣的是，这样的年青农民的故事，你一定从来没有经历过，你为什么会喜欢这部作品呢？"他的回答同样让我一惊："她让我想到了自己曾经投身的反越战、争民权的那个年代的音乐。"我心里一动：美国的越战时代，那也正是知青故事发生的同样年代呀。汤姆同样是我的同龄人，应该也属于相类于大陆"老三届"的战后"婴儿潮"的一代人。"是吗？"我打量他一眼，"你们所经历的反越战、争民权的年代，你们所唱的歌曲，所涉及的人生话题，应该和我们这些中国老知青，大不一样吧？为什么……""这就是我着急地想读到歌词的英文翻译的原因。连我自己也暗暗吃惊，这完全是另一个时代、另一个世界的旋律和歌唱，为什么她还是能那样打动我？"他略一踌躇，冒出了一个同样让我意外的提议："我想把这个作品，改编成一个铜管乐伴奏演出的版本，你觉得，作曲家东尼先生（霍东龄的英文名字），会同意吗？"

下一回见面，两位耶鲁的乐队指挥——咸信益和汤姆先生，都读到了我的学生温侯廷所作的精彩漂亮的《岁月甘泉》歌词的英文翻译。这里还应插进一段翻译趣事。《岁月甘泉》的歌题，源自于歌词"在苦难中掘一口深井"，在中文里含有"苦尽甘来"的意蕴。可是在英文翻译中，与"泉水"有关的词汇无论如何都翻不出这种苦涩意味来。温侯廷和我几经商量，最后决定，把他翻译歌词里的一句话，变成英文题目，全题是：*"Ask the Sky and the Earth——A Cantata for the Sent-down Youth"*，再转译为中文，则成了"问苍天，问大地——一个关于下放青年的清唱剧"，中文的意思显得很悲怆（英文里这种感觉则不强烈，反而很合适表现一个下乡知青日常在大自然中的感受），"没关系，上山下乡运动本来就有一层悲怆意味。"出身北大荒兵团的排练指挥陆成东说。我咨询了作曲家霍东龄，最后敲定了英文歌题。

咸信益和汤姆两先生都对歌词英译本大为激赏，兴致勃勃地一再向我倾吐他们的观听感受。"一边读着英语歌词聆听这部作品，不但让我回到了自己当兵、服役的年青时代，"咸指挥说，"也让我想起我父亲早年在日本人的劳动营里，到中国东北垦荒的故事。我一边听一边想，青春年代的磨难历练，不管放在哪一个时代、哪一种人群里，都会焕发出一种特殊的激情、特殊的闪光。我父亲讲起当年在东北的经历，也是充满对中国、对东北土地的怀念的。""激情"——"Passion, passion, passion！"咸信益指挥在日后的北京国家大剧院指挥演出这部作品，在排练中，他一再要求表演者以音乐语言也以身体语言去阐释激情，表现出某种特定时代的氛围。

"我们耶鲁乐队，有一个参与社会、见证历史的悠久传统，"汤姆·多菲先生说话的神情，则显得严肃、郑重，"前年匈牙利革命纪念日，去年的二战诺曼底登陆的纪念盛典，都是我们耶鲁管乐队在做现场演奏。我一直想进入一个关于中国的主题，一直在寻找一个可以让耶鲁管乐队作国际化表现的大型作品，我现在觉得，我找到了。"汤姆的神情让我觉得似曾相识——那里隐约压抑着某种理想激情，那是美国的"七十年代人"——从"嬉皮士运动"走过来的一代人所特有的，正如知青一代人拥有的某种"共名"化的情感特质一样。"我也要让我的耶鲁学生，用音乐进入中国这一段历史，见证这一段历史。"汤姆语气坚定，"以音乐进入历史，没有什么比这更有意义，更让人感到兴奋的了！"

这里面，还发生了一点小小的"波折"——汤姆·多菲先生对改编演出《岁月甘泉》的超常热情，显然超出了咸信益指挥的预期。因为在此之前，咸信益指挥已经应邀担任了广州华工大艺术学院交响乐队和合唱团在北京国家大剧院演出《岁月甘泉》的指挥。在咸指挥看来，要在耶鲁演出这部作品，他和他指挥的、由音乐专业研究生组成的耶鲁爱乐乐团，当然应该是首选。两位好朋友之间围绕这"耶鲁首演权"引发的小小争议，最终，却因为音乐学院管理程序上的原因，使得耶鲁管乐队比爱乐乐团拥有更灵活的演出安排的可能性，而占了先机。在得到了作曲家霍东龄的热情首肯和大力支持下，由汤姆·多菲先生指挥的耶鲁管乐队改编演奏的《岁月甘泉》版本的排练和演出，提到了具体日程上。

耶鲁周围的华人小区，首先动起来了。

这其实是一场浩大的艺术工程。知青组歌《岁月甘泉》是一个含独唱、重唱、领唱的大型叙事合唱套曲，相类于西方的康塔塔——清唱剧。共有八组九首歌，演唱长度四十五分钟。除了乐队的演奏，声乐部分——合唱与独唱，是更吃重的内容。二〇〇八年组建的广州粤海知青合唱团，是花了几乎一整年密集艰苦的排练，才最后得以成功演出的。凑巧的是，早在我参与写作歌词的创作早期，我身边的几位耶鲁圈子的华人音乐界人士，就一直关注并参与着整个创作过程——其中最早写出的《山的壮想》一曲，好朋友们甚至悄悄记住了旋律和歌词，暗地里排练，曾经作为"惊喜节目"拿到我家的新年聚会上表演。

一切，于是就变得顺理成章起来——老哥们儿、原北京中央歌剧院的著名男中音歌唱家和音乐教育家岳彩轮先生，出任了这个耶鲁版本的《岁月甘泉》合唱的艺术总监；同是老哥们的耶鲁医学院的计算机专家、曾经在北大荒当过知青的耶鲁华人合唱团指挥陆成东先生，便成为了新组建的"耶鲁《岁月甘泉》合唱团"的"大管家"——排练指挥兼召集人。按照运作惯例，耶鲁乐队指挥汤姆·多菲先生首先定好了纽约卡内基音乐厅二〇一一年二月二十六日和耶鲁乌斯音乐厅二月十一日的演出排期，在与我们三位——岳彩轮、陆成东和我碰头协商之后，合唱排练率先起步。——招兵买马，创建网站，安排场地……围绕《岁月甘泉》，一场真实的艺术表演与文化历史交织的"大仗"，在耶鲁校区周围打响了。

可以想象，超过一百人的合唱队，踊跃报名参与的，首先是有过"文革"和知青经历的大陆"老三届"一拨旅美学子。他们大多在"文革"结束后考上大学，八、九十年代负笈留洋，至今已经学业和事业有成。为一个苦难年代的特殊群体述怀还愿，便成为他们最本真自然的歌唱动力。随即，"知青的弟弟妹妹们"或者"知青的后代亲友们"，也一一上了合唱团的应召名单。"《岁月甘泉》合唱网站"建立起来以后，组歌动听感人的旋律广泛流传开来，更是把康州本地来自台湾、香港、马来西亚等地的华裔歌唱爱好者，都吸引过来了。没有作刻意的鼓吹，作为词作者，我只是花了不足二十分钟，利用一次华人中文学校的上课时间，向大家简略介绍了《岁月甘泉》的创作过程和自己的知青故事；合唱团报名人数很快就突破了七、八十人。二〇一〇年春节刚过，每周一次，分开耶鲁区和康州首府哈德福区两个地区的华人合唱团排练，便正式起动了。每周一次，风雨无阻，寒来暑去，每每须驾车几十哩，持续时间将近一年，这种没有报酬、完全出自自愿和热情的合唱排练，其间所经历的训练艰辛和团员们所付出的精力、时间，真的是一言难尽。整个团队所显示的巨大凝聚力，越到排练后期越是不断有生力军加入，更是令人感叹不已。

更奇特的是，因为调动工作离开了康州的原耶鲁华人合唱骨干彭兄，在新安居的美国中部印地安纳州，也组建起了一个《岁月甘泉》的合唱分支，在遥远的印州独立开始了他们自己有板有眼、按总谱分声部的严格排练，以求在来年的正式演出中，他们可以自掏腰包长途跋涉而来，与整个合唱团体"合璧"演出。艺术总监岳彩轮和排练指挥陆成东，则先后三次飞临印州，对这个将近三十人的小群体加以特别的排练辅导，并对"印地组"合唱小分队的严要求、高素质的排练成果，留下了深刻印象。

话题，于是来到了开篇提到的那封英文信件。康州、耶鲁华人小区大动作的合唱排练，自然引起了当地音乐人的关注（因为很多华人合唱队员，本来就是当地各个合唱团的成员）。"动人的故事！动人的旋律！"他们在传听了《岁月甘泉》演出录音后，很快就提出了加盟的要求，"要唱，我们就要唱中文！跟你们中国人一样用中文来向观众讲故事！"领头的女高音歌唱家南希，兴致勃勃地说。南希，这位罹患癌症已经五年的中年女士，以歌唱疗疾又以歌唱重塑人生，使得她在任何场合，都焕发着一种健朗动人的活力，令人感佩也令人动容。在语音复健医师苏珊的专业指导下，八组九首歌的长篇中文歌词，按西方人容易掌握的特殊注音方式，逐字逐句注好了拼读符号，并成为合唱网站已经有的简谱版、五线谱版之后，又一个英文注音的演唱版。——提到网站，组歌作曲家霍东龄在登陆耶鲁的"《岁月甘泉》合唱网站"之后，一再向我感慨：这是我所见过的，安排组织得最仔细周全的音乐排练！其中，专精计算机程序的合唱队员范滢对网站的设置、操作，功不可没。

二〇一〇年九、十月金秋，耶鲁校园里秋色烂漫。那个例行排练的周五晚上，当南希领着一众金发碧眼的美国友人来到耶鲁医学院阶梯课室的排练场地，如雷的欢迎掌声过后，随着指挥的手势起落，声音的奇迹出现了！——二、三十个"洋嗓门"的加入——他们完全按照中文的发音歌唱，好像一阵春风吹过池塘荡起的无尽涟漪，又仿佛是给一台运作良久的机器加足了润滑油，他们自然浑成的声腔，一下子，就把整个合唱队的音色提亮了、增厚了，歌唱的松弛性、紧张度和质量感，全都出来了！

"山有山的壮想，海有海的沉醉，不要问我青春悔不悔？没有什么，比生命更可贵……"一次《山的壮想》的合练——这是一首悲悼被洪水冲走的知青战友的领唱与合唱，同时兼任排练指挥和男中音独唱的岳彩轮，在一段低缓悲凉的女声和唱之后，轻轻地、却是沉重地吐出这段歌词。身在合唱人群后方的我——听过了无数遍演唱的歌词作者——却忽然，被这段演唱的奇异内涵慑住了，内心，如同被电流击中一般地震颤不已！这是我以往从未有过的聆听经验。事后，岳彩轮（我叫他"轮子"）告诉我：你坐在后面看不见，我在前头一边指挥、一边领唱，我看见好几位华洋女合唱队员，是噙着眼泪在和唱的！是她们的眼泪，启动了我的演唱激情，忽然唱出了你所说的奇异感受和独特内涵。

那场排练完后，合唱队员们似乎都有同感，把我层层围拢起来，七嘴八舌说道：苏老师，其实不光是《山的壮想》一曲，我们排练其它好几首曲子的时候，都是唱得直想掉眼泪。我们一定要把这种真切感受，传达给未来的美国听众……

二〇一〇年十二月二十四日圣诞除夕写于康州衮雪庐

"我"和"我们","当下"与"当时"

——关于知青组歌《岁月甘泉》的创作思考

怎样从"我",走向"我们"?

"朝霞似锦,晚霞若金,汗水和脚印,铺满我们每一个早晨。遍地篝火,满天繁星,那是我们青春长路上,闪烁的眼睛。"试图从一个具体的生活场景进入整个组歌的"知青言说",海南山地的早晨踏露出工和傍晚披汗收工,那满天如锦似金的彩霞;以及大会战工地夜晚连绵的篝火和漫天繁星,是我个人在知青生涯中留下的最深刻的记忆影像。但是,"一百个人有一百个不同的哈姆雷特。"一百个知青有一百个不同的岁月记忆。也许确有知青农友对四十年最深的记忆影像,是"朝霞若泣,晚霞泪滴"——那也可能是真实的——怎么办?我们——我和霍东龄,应该怎样把"我的"记忆影像转化为"我们的"——整个知青群体的记忆影像?"我的歌唱",如何才能最终转换为知青群体的"我们的歌唱"?这是组歌创作遇到的第一个大难题。

以"朝霞似锦,晚霞若金"和"遍地篝火,满天繁星"作为组歌序曲的起首语和连缀语,这就决定了整首知青组歌的基调是明快的,甚至是色调绚丽的。可以么?会被广大知青群体接受么?从一开始,我和霍东龄就共同认为:我们是以一种乐观、积极的情绪取向,去主导这次知青下乡四十周年的纪念演出和组歌的创作的,不然,整个演出和创作,都失去了意义和前提。我们不是要歌唱苦难,但我们歌唱(不是歌颂)的是苦难中的青春岁月——我们的劳动,我们的爱情,我们的彷徨,我们的牺牲奉献,等等。我们无意回避灰暗,但组歌却无须以灰暗做底色。这除了两位创作者共同的情绪取向之外(我们并不把自己的知青生涯看成全然一片灰暗),还涉及到歌词和歌曲创作在技术上需要承载相对单纯、明确的主题内涵的原因。组歌不是纪实性叙事,也不是历史文献性的记录。它要承载的,更多的是知青一代人的情感抒怀。但是，我们也深深明白，这个情感抒怀却是百感交集、悲欣相杂，甚至泥沙俱下的，从每一个"我"到"我们"，更是有着历史评价和个人感遇的巨大落差的。我们可以把握什么样的"度"去落笔，去修辞，去歌唱？作为一个知青群体的集体记忆及其纪念歌唱，其"最大的公约数"，在哪里呢？

俄国批评家巴赫金关于文学叙事中的"独白"（单一视角）与"复调"（多元视角，哈佛学者王德威把它译作"众声喧哗"）的理论，以及关于"个人叙事"与"宏大叙事"的理论，对我的歌词创作，是有启发作用的。围绕对知青上山下乡这一历史事件的认识和评价，本身就是"众声喧哗"的。知青组歌的写作，无疑也是一种"宏大叙事"而非"个人叙事"的抒写。然而，可不可以在"个人叙事"中显现"宏大叙事"？或者相反，在"宏大叙事"里含寓"个人叙事"？用"复调"的方式写"独白"，可不可以？《汽笛一声海天阔》有"我"，《山的壮想》也是"我的"吟唱，但那却是"个人叙事"引出的"宏大叙事"；《一封家书——夜校归来》，按说则纯粹是"个人叙事"了，但其内涵却是从"独白"走向"复调的"——有思亲寂寞，有人生彷徨，有乡村生活实景，也有乡亲土地的真情。我和霍东龄在创作过程的不断交流中，一直是力求把这种"一曲多义"的"复调性"——也就是尽可能把知青生活的诸般内涵（从劳动，爱情，彷徨，死亡，希望等等），融合在每一首歌曲里。比如《半湾银月半湾潮》，就不仅仅只是写了男女恋情，还写进了男女恋爱在那个年代的某种忌讳和猜测及其谐趣；又如《山的壮想》，则是力求在悲悼战友中寓含了对整个知青生涯的缅怀、反思与前瞻的。我从网上一些农友的批评中，确实认识到歌词尚有许多内涵欠缺；但同时，我们也从合唱队员和农友观众热烈而正面的感受中，体悟到组歌的创作过程，就是一个从"我"（独白与个人叙事）走向"我们"（复调的宏大叙事）的过程，我为《岁月甘泉》能获得大多数知青农友的喜爱和认同，感到由衷的慰藉。

文学批评家曾镇南在关于《岁月甘泉》的一封通信中的这段话，我以为是确切地反映出创作者的思考和追求的："从历史上看，也许知青的下乡是一次大的政治迷误中的一个负面意义多于正面作用的权宜之计，但从知青群体的命运而言，这却是一段实实在在的生活，一段千千万万年轻人付出了青春的热情和血汗，怀着梦想去投入的生活；是千千万万年轻人由此获得人生的经验、身心的磨炼并积累走向未来的力量的生活。这一段如混浊的大江般的生活，苦乐参半，美丑杂陈，但却并非虚掷的。凡是真正属于生活、属于生命的一切，就是值得敬畏、珍重的。正是这种对生活的热爱和尊重，决定了歌词的生活实感和华丽修饰下的质朴内涵。这一点才是组歌能感人的主要原因。"

怎样从"当下"，言说"当时"？

"一曲回唱四十年，一曲唱尽四十年。"这是我们写作知青组歌的初衷和期许。但是，我们分明又知道，一曲怎么可能"唱尽"四十年？站在"今天"当下的角度，该从哪里切入、言说"当年"的"当时"呢？或者说，今天的"回唱"，怎样才既能从今天的角度出发，又能重现当年的感受和气氛，同时还能获得四十年后的知青农友们的感动和共鸣呢？

这是第二个大难题。举《垦荒曲》为例。当年农垦的垦荒大会战，虽然确实大大扩展了农垦橡胶事业的基地，同时也由于盲目的砍伐，带来了对热带雨林和自然环境的破坏。从今天的角度抒写垦荒，我想把这种反思意蕴放进歌词里去，在劳动场面之后，写进了"大山累了，我们也累了……"一类调子相应压抑的歌词。但东龄在作曲过程中总是感到哪里不对，找不准旋律感觉。后来请另一位农友麦田光写出一稿歌词，谱曲也请另一位农友作曲家写出了一稿，但创作群体又对此觉得不满意。东龄在重新回到《垦荒曲》的写作时和我商量：也许我们的书写视角，要让"今天"和"当下"退出，回到四十年前的"当时"的"现在进行时"，才能写出和唱出当时的气氛来。这样一个思路的小拐弯，无论词作的修改重写和曲谱的重新创作，都顺畅多了，据了解，合唱队员的反应也如此。因为《垦荒曲》完成较迟，他们前面排练的都是从"今天"回溯"过去"的《岁月甘泉》《山的壮想》《我们回来了》等歌，大家都觉得"唔够喉"——当年的激情、气氛还没唱出来，也唱得不过瘾。我当时也悬着一份心，一直觉得《垦荒曲》的分量，在知青组歌里是至关重要的"歌肉"——知青的主题内涵（从这个角度，不妨说，《山的壮想》是"歌骨"——主题承载）。当东龄写完曲子，在越洋电话里向我放歌一曲，我一下子松了一口大气。东龄在谱此曲时刻意吸收了苏俄歌曲旋律的影响，而苏俄歌曲从某种意义上正是贯穿我们知青生涯的一种"主旋律",这就一下子把"当年""当时"的气氛找回来了。从今天的角度看,"把青春热血撒遍边疆,让理想的歌声飞扬",我们的许多热血也许白白抛洒了,理想也落空了,但这却是当年知青一代共同的心声。我听说此曲交付排练时得到合唱队员非常热烈的认可,也是大家认为"唱起来最有感觉"的一首。近日,批评家李陀在听完《岁月甘泉》后向我感慨:从歌词到旋律,这完全是今天的曲调、今天的书写,可是又处处、时时充满了当年当时的时代气氛和往日氛围,这个度其实不好掌握,你们是怎么样做到的?

然而,无论如何,知青组歌不是一个"文革作品"。《岁月甘泉》毕竟是站在"今天"去言说"过去"。这里面,是有着"当下"和"当时"的巨大的时空视角歧异的。不妨这么直白地说:"岁月甘泉"的歌题,就是一个"今天"视角。我们是站在今天回望过去的岁月,"在苦难中掘一口深井",期待把知青岁月转化为我们今天巨大的精神资源,昔日的苦难才可能成为今天的宝藏,成为今天的甘泉的。不然,无论缅怀往事,追念过往,奠祭青春,我们何所为而来?"岁月苦水"甚至"岁月苦海",当然具有"当时"视角的合理性,但这确乎是一个尚未走出"过去"的"当时视角"。这里其实无关乎"青春无悔"或者"青春有悔"的争论。"不要问我青春悔不悔,山有山的壮想,海有海的沉醉。"我在《山的壮想》中是刻意提出了这场"悔不悔"的争论又把它大而化之的。我呢,对采用《岁月甘泉》作为歌题,倒是至今"不悔"。这里面涉及到的问题其实是:我们应该用一种什么视角和心态,去面对苦难?怎么认识苦难对于我们今天的意义?我们知青这一代人都非常熟悉的罗曼·罗兰的《贝多芬传》和《约翰·克利斯朵夫》反复言述的,其实就是贝多芬第九交响乐的那个主题,也是席勒《欢乐颂》的主题——从苦难走向欢乐,用苦难创造欢乐。可以说,这,就是"岁月甘泉"这一歌题的本义所在。

"感念人生,感念土地。"这是知青组歌《岁月甘泉》的主题落点。其实我也感念这一次知青组歌的创作和演出的全程,把我从今天浮躁、纷繁的现实情境里拉回到那个"苦难与风流"(这是一本老三届回忆录的书名)的年代,让我重温了一遍自己的青春时光,和这么多相识和不相识的知青农友们重新欢聚一堂。我欣赏网上名为"云龙北恭山人"的农友这一段话，请允许我节引如下，作为本文的收篇：

"古往今来，苦难的确是人生的必含内容，一旦与之遭遇，它也的确为你提供了一种机会。人性的某些特质，唯有通过这种机会的磨炼和考验才能得到升华。一个人通过承受苦难而获得的精神价值是一笔特殊的财富，由于它来之不易，就决不会轻易丧失。我们'老三届'知青，以肯定人生的立场来发现苦难的意义，所以即便处在最恶劣的生存境遇中，我们仍然拥有一种不可剥夺的精神自由，即是我们可以选择承受苦难的方式。这就是我们'老三届'知青实实在在的内在成就，因为它所显示的不只是一种个人品质，而且是整个人性的高贵和尊严。知青的历程证明：一个人的尊严比任何苦难更为刚强！上山下乡，'老三届'知青因此而认清了真实的自我，克服了'文革'当年的浮躁，单纯与狂妄！丰富的苦难阅历是我们晚年生活更加深刻的一种底蕴。

领悟苦难也要有深刻的心灵，人生的险难关头，最能检验灵魂的深浅。"

二〇〇八年十一月二十一日写于耶鲁澄斋

卡内基音乐厅演出之后

"一个不小心",近期以来,我竟要时时担当起"知青精神"代言人的角色。

二月二十六日,纽约卡内基音乐厅上演了拙笔作词、霍东龄作曲、由耶鲁交响管乐团演奏和百人华洋合唱团用中文演唱的中国知青组歌《岁月甘泉》,英文题目是:"Ask the Sky and the Earth: A Cantata for the Sent-down Youth"。Cantata(康塔塔),即交响叙事曲。《岁月甘泉》是为纪念知青上山下乡运动四十周年而创作的一部大型交响叙事合唱套曲。二〇〇八年在广州公演后获得广泛反响,曾于二〇〇九年底在北京国家大剧院上演。词、曲作者——现为电信企业家的霍东龄与大学教书匠的我,都曾是当年下乡海南岛的知青。当晚演出前,当耶鲁指挥汤姆多菲先生要求曾经有过上山下乡经历的观众站起来的时候,全场有超过三分之一的观众站了起来。"雷动的掌声响起来,我的热泪也不由自主地流出来。优美的歌声把我带回酸甜苦辣的知青生涯……"知青网上,一位从加拿大多伦多通宵开了十一个小时车赶到纽约看演出的现场观众这样写道,"对这场充满激情的大型合唱组歌,不少人是含着热泪听完的。"人民网的报道,则记录了西方观众的感受:"一位名叫苏珊的白人妇女对记者说,今晚的音乐太优美太感人了,完全可以与最好的百老汇音乐剧比美。"可以想见,中国知青的故事登上了举世闻名的音乐殿堂——纽约卡内基音乐厅,无论在耶鲁校区或是在美国华人社区,都是一件牵动公众视听的大事。耶鲁两份校报、当地英文报章杂志和华文媒体,都先后作了大幅报道。作为歌词作者,我不断向各方华洋记者、观众讲述着这个"中国知青故事",反复回答着同一个问题:你说的"知青精神"究竟是什么?它对于今天现实,有什么意义？

其实，我知道，这也是一个容易引发争议的话题。四十多年前的一九六八年，响应当时毛泽东主席的号召，全中国有将近两千万的中学生和城市青年，到遥远的边疆、海岛、山村、荒原务农劳作，在穷乡僻壤度过了自己宝贵的青春岁月。这一段经历，曾经影响和改变了整整一代人的命运，"知青"——一个特殊年代造就的特殊群体，由此成为一个共名性的称谓；"知青精神"，也就成为一种或许可资传承的精神资源（这是"岁月甘泉"之"甘泉"所谓），进入今天社会公众的文化视野。"那一场暴风雨铺天盖地，把多少年轻的花季粉碎。"（《岁月甘泉》歌词）"知青"一代人也俗称"老三届"（即"文革"时期初、高中各三届的中学生），他们同时也是经历过"文革"的"红卫兵"一代人。在那个忧患的年代，他们曾经狂热过、迷失过、挣扎过、彷徨过；同时又在底层生活的艰难困苦中跋涉过，辛劳过，思考求索过，牺牲奉献过——这是经历过时代炼狱锤炼、有过凤凰涅槃一般特殊经历的一代人。所谓"知青精神"是什么？在我看来，她首先是一种直面苦难的能力——在沙泥俱下的时代洪流和人生逆境中，不放弃、不屈折、奋发自强、满怀理想同时又学会脚踏实地、追随时代同时又不随波逐流的能力。

是的，曾经有过很多负面、消极的字眼，描述过这一代人——"被耽误的一代""失落的一代"甚至"喝狼奶的一代"，等等。"我们在需要长身体的时候吃不饱肚子，需要长知识的时候没有书读；在该谈恋爱的时候不能交异性朋友，该生孩子的时候只能生一胎；在需要工作的时候找不到工作，在可以工作的时候又下了岗；在终于成熟的时候，已经成了被淘汰的一代"。——这是坊间曾经流传的关于知青一代人的某种自怨自艾。然而，恰恰就是在这样一种时代性的歧异和迷误中，知青一代人并没有沉沦。——理想主义的一代并没有因为曾经的理想幻灭而放弃理想追求；集体主义的一代并没有因为今日弘扬个体精神而放弃利他助人；强调牺牲奉献的一代即便在今天利益当头、物质至上的时潮中仍然乐于为社会、为公众作牺牲奉献——这就是"知青"。这就是"知青精神"在今天社会的现实意义：他在犬儒逃避中代表责任、承担，在玩世颓唐中代表沉实、进取，在奢靡浮华中代表刻苦、简朴，在虚矫油滑中代表质直、诚恳……你在今天各个行业、领域的领头、中坚队列里，仍旧可以鲜明地分辨出这些身上始终铭刻着"知青"二字的倔强、硕壮的身影。我深信，中国社会的现实发展进程和未来的历史图卷，都会珍视这样的身影，记住这样的身影。

二〇一一年三月十日记于耶鲁澄斋

在苦难中掘一口深井

——为知青组歌《岁月甘泉》深圳、香港演出而记

文题为序曲的歌词,是歌题"岁月甘泉"的语意出处;也是近年围绕组歌引发的"苦水——甘泉之争"中,我常常需要回答年轻友人和中外媒体的问题:如果十年"文革"和知青经历,曾经是我们个人和社会的一段苦难历程,我们有没有可能从这段苦难中掘出一口深井,把一代人的汗泪经历,转换为今天的精神资源?

这,既是霍东龄和我创作《岁月甘泉》的初衷,也是我们对《岁月甘泉》问世后所能产生的社会影响的期许。我是在二〇〇七年春天,因为当年曾在海南岛乡下合作过的知青作曲家、现在的成功企业家霍东龄万里迢迢造访耶鲁,我们俩经过彻夜长谈,决定要为二〇〇八年的大规模知青上山下乡运动四十周年纪念做点事情,而开始联手创作这部大型叙事交响合唱的。我们在二〇〇七年夏天结伴重返下乡的海南岛,回到当年挥汗洒泪的山村,探望当年呵护过我们的乡亲父老。一路上有泪光,有唏嘘,有追怀,有感念,但坦白地说,没有怨恨。我们一行返乡的大约有十人,其中有事业成功者或者生涯平凡者,但大家不约而同地都珍视知青下乡这一段经历,感念这一段经历带给我们人生的历练和锻造。我知道是因为岁月淘洗,人的记忆也同样容易"隐恶扬善"的原因;也是因为我们自身已经成长、成熟同时自信,学会了以明朗、积极的态度去超越黑暗,去面对人生真面的原因。组歌《岁月甘泉》里"感念人生,感念土地"的主题,就是在这次返乡之旅中成型的。青春的昂扬和人生的沧桑,糅合到椰风蕉雨的南国乡土旋律里,形成了今天《岁月甘泉》的音乐基调。我们没有以灰暗为底色,但也没有刻意回避生命中的灰暗——"那一场暴风雨铺天盖地,把多少年轻的花季粉碎。""山苍苍,夜茫茫,人生的路啊,走向何方?"但同时,我们也放手呈现着自己青春岁月里的激情、劳作、爱恋与牺牲奉

献——"把青春热血洒在边疆,让理想的歌声飞扬。""我们是大山大海的儿女,有海的辽阔,有山的壮伟。"作为写作人,歌词的创作于我并不难,八段九首歌词,像是泉水从心里自然流出来的,两三天的工夫就全写好了(虽然日后不断在调整、重写)。难的其实是作曲。东龄老兄虽然在知青时代就自学了五线谱和全套作曲理论,而且在乡下就写过众多声乐作品,但毕竟本行不在音乐,作曲也丢荒多时了。从二〇〇七到二〇〇八整整一年,这个演唱长度在四十五分钟的大型声乐套曲(在西方称为"康塔塔",即清唱剧),每一首歌的旋律几乎都是他在出差途中——在飞机上、旅馆里写出来的。我们俩整整一年"疯魔"在越洋电话的哼唱、斟酌里。今天让很多观众落泪的《一封家书》写得最艰难,歌词就换过《一件寒衣》《一碗鱼汤》等好几个版本,谱曲时则是东龄时时被我的越洋电话相逼(我生怕他因难写而放弃),最后终于在二〇〇八年九月广州公演前夕的一个月,才最后完成。

  知青组歌《岁月甘泉》问世后,获得了广大知青群体的热烈反响(包括引发争议讨论),也引起了音乐界人士的高度关注。二〇〇九年底获得广东四年一评的"鲁迅文艺奖"后,于十一月在北京国家大剧院上演,并在清华大学、中国传媒大学等高校巡演,成为当年度北京、天津各大知青群体奔走相告、争相兴会的一件盛事。今年二月,《岁月甘泉》由耶鲁大学交响管乐团演奏,先后在耶鲁乌斯音乐厅和美国纽约卡内基音乐厅隆重上演,引发了"台上一片泪光,台下一片泪光"的轰动性效应。目前,《岁月甘泉》的演出在美国及海外已呈野火蔓延之势——今年十月,在美国首都华盛顿和印第安纳州的巴特勒大学,将会有两场不同版本的《岁月甘泉》演出;休斯敦等地的华人合唱团体,也准备在近期安排《岁月甘泉》的排练、演出。据闻,澳洲悉尼的华人艺术团体也在认真筹划,敲定档期,准备二〇一二年把《岁月甘泉》搬到悉尼歌剧院上演。

  记得,我曾略带困惑地,询问过耶鲁两位同样喜欢《岁月甘泉》,并一再向国际社会推荐的乐队指挥——耶鲁大学交响管乐队的汤姆·多菲先生和耶鲁爱乐交响乐团的美籍韩裔指挥咸信益先生(他是这次深圳、香港音乐会的指挥)。我问:这样一个隔年隔代的中国特殊年轻群体的故事,为什么会引起你们的兴趣呢?你们为什么喜欢"她"呢?咸信益指挥回答得很简捷：因为青春的美丽。这个作品表现出苦难中的青春那一种特殊的美，特别能打动我，我也相信能打动任何国家的观众。汤姆·多菲则说：《岁月甘泉》让他想起美国上一世纪七十年代反越战、争民权时期的音乐。她让我们参与了历史，见证了历史。在纽约卡内基音乐厅演出时，汤姆指挥曾要求现场曾经参与过上山下乡运动的观众起立，结果全场站起了三分之一观众，满场白发，掌声雷动，气氛非常感人。

我想，聆听一个苦难年代的青春的歌唱，贴近、参与和反思那一段汗水和泪水、激情与忧患交杂并存的特殊历史，也许是这次《岁月甘泉》深圳和香港的演出，可以奉献给观众的一个特殊体验吧。

二〇一一年七月二十八日记于耶鲁澄斋

十一月的节日

十一月,在中国,本来是一个没有什么节日、也没有什么特色的月份。近年来,由于年轻网民的推波助澜,十一月有了个非正式的、带戏谑色彩的"光棍节"(单身节)——11.1 叫"小光棍节",11.11 叫"大光棍节",很显然,其意韵直接从阿拉伯数字"1"的字形而来。每到这两个日子,互联网上都会有一番别具"X世代"特色的喧哗与热闹。

其实,对于如同我一样的、全国将近二千万人众的"知青一代"而言("知青"或也属当年的"光棍"吧),十一月,大概可以获得一个新的命名——"知青月",或者干脆叫——"知青节"。因为发生在四十五年前的中国知识青年大规模上山下乡运动,一九六八年十一月,是起点,也是高潮。尤其在南方城市如广州,大多数下乡的"老三届"中学生们,都是集中在十一月出发的。于是,近些年来,每到十一月的金秋季节,就成为"知青情结"集中发作的月份。各地"农友"纪念下乡、缅怀青春的各种聚会与活动,也都热潮滚滚,热闹滔滔。

今年是知青下乡运动四十五周年。逢五逢十,都是纪念日的"大节庆",进入十一月,也就高潮迭起了。先是我当年下乡的海南兵团西培农场知青群体,早早就定好了在当年十一月的广州太古仓登船赴海南日,举行盛大聚会。隔洋邀我"必须参加"。我因为耶鲁学期间教务脱不了身,这个"必须",便化成了这样一首隔海遥递的小诗:

秋忆——为西培农友下乡四十五周年金秋喜聚而记

朗月澄天不染尘,胶林旷朗纵天真。听鸡倦旅书灯冷,打稻炎荒粥饭亲。紧裹风衫渡海夜，轻舒泥脚踏歌晨。相逢莫笑华颠雪，融出嶙峋自在身。

随即，美国中部大城市圣路易斯，定于十一月十六日上演笔者作词、霍东龄作曲的知青组歌《岁月甘泉》，主办方又向我邀诗。眼前正是一片秋光烂漫，便急就章如下：

秋咏——为圣路易斯《岁月甘泉》演出而记

未待秋声赋怨辞，千峰红叶竞芳姿。风飘万朵虹霓伞，水映一河醉胭脂。草木有情皆哺我，蓬轩无酒亦吟诗。村歌樵语沧桑调，写入丹枫寄远思。

所谓"秋声赋怨辞"者，表面语义，自是得自宋贤欧阳修的《秋声赋》："噫嘻悲哉！此秋声也。"深层寄寓，则就牵涉一个触动情感、神经的大话题了。——知青组歌《岁月甘泉》，本为二〇〇八知青上山下乡运动四十周年纪念演出而创作。词曲作家——笔者和霍东龄，都曾为下乡海南岛的知青。作品诞生后曾引发的热烈反响，音乐界人士也给予很高的评价，连同由此引发的网上争议，都让我们俩有点始料未及。二〇〇九年获广东鲁迅文艺奖后，此组曲已先后在广州、北京、天津、深圳、香港、海口等地多次演出。因为受到耶鲁大学两位著名指挥的大力推荐，二〇一一年在耶鲁大学和纽约卡内基音乐厅上演之后，此曲一若滚雪球一般，三数年间先后在华盛顿、印第安纳州、芝加哥、休斯敦、圣路易斯以及澳洲悉尼歌剧院等海外各地盛演不衰。海外各地主要由老知青组成的华人合唱团的热情投入，当地华人社区（不分大陆、港台背景）的参与，都使得《岁月甘泉》的每次演出，成为当地蔚为壮观的文化盛事。这一回，又是十一月金秋，海外各地的知青合唱团自费组团回国，要与国内知青合唱团一起，唱响这首一代人的"青春之歌"了。——不是没有理由抱怨。在那个忧患年代，一代人的失学、苦劳、迷茫、牺牲，有太多的苦水可以向外倾倒。这首描写知青的歌子之所以叫《岁月甘泉》，语意源自歌词"在苦难中掘一口深井"；其寄深咏远之处，在于两点：一是时光的淘洗，帮助我们更加珍惜自己曾经经历的这么一段多难人生；二是心智的成熟，使得我们学会了超越苦难而化忧患历练为一种全新的资源——将沧桑岁月，转化为滋润人生的甘泉。这就让知青这一代人站在今天回望过往之时，增加了一个"感念"的角度——"感念人生，感念土地，感念我们的乡亲父老"。许多知青合唱队员都告诉我：每逢他们唱到《岁月甘泉》终章的这一个句子，他们总是忍不住泪水盈眶。——人生，土地，父老乡亲。这是铭刻在"知青"这一历史共名上的三个最深刻的印记。也是"十一月"如果作为一个"知青月"或"知青节"，最值得我们缅怀、凝思的地方。

二○一三年十一月九日写于美国康州袞雪庐

小注：为纪念知青上乡下乡运动四十五周年，十一月二十九日广州大剧院和十二月二日上海东方艺术中心，将上演由笔者作词、霍东龄作曲的大型交响叙事合唱、知青组歌《岁月甘泉》。由五年前首演时的著名指挥家张国勇指挥，深圳交响乐团和上海歌剧院交响乐团伴奏，粤海知青合唱团与美澳知青合唱团联合演出。

辑四　天地之门

天地之门

——休斯敦纪行

"上天有路，入地无门。"那天初抵休斯敦，我的加州大学老学长Z兄，聊起此地闻名的两大企业——美国太空总署（NASA）和石油公司，用这样一句俗语拉开了话匣子。

他感叹道：现在，人类仰望星空，几十亿光年外的遥远太空，借助于射电望远镜，都可以描画出明确、细致的星系图来了；可是，如果从原始智人进化的历史算起，我们人类踏在脚下已经有上百万年的这片近在咫尺的土地，从地表、地壳、地幔到地心，究竟是怎么样的一幅图像？人类至今还是懵懵然的。所以，今天，也许我们可以准确预知外星撞地球的轨道和时间，却对几乎每日、每时都会发生的地震束手无策，这就是为什么，科技再先进的国家、部门，至今都无法作出准确的地震预报的原因。

一席话，说得我茫然错愕又遐想联翩。

我的这位语速飞快、喜欢直来直去的老哥儿们Z君，当年和我一起在洛杉矶加州大学（UCLA）的合作宿舍（Co－op）打滚玩闹、扫地洗盘子，现在，却是此地——也是全世界——最大的一家石油勘探服务公司的技术高管，干的就是给地底世界描图画像的营生。用专业术语，就是地内世界的多维成像专家。这位毕业于老北大地球物理系的最资深的"洋插队队员"（一九八一年就赴美留学），是当今世界名列前茅的地内成像专家。所有石油勘探、油田定位，亿万投资的获利或受损，都跟他的工作息息相关。所以在行业内每每一言九鼎，一句话就决定一个几十亿元投资，或暴利或泡汤。

"你真的要一幅幅地把地底下的岩层构造画出来么？"我很好奇。

"不是画出来，是算出来。"Z君得意地笑着，"打一个简单的比方，就像日常检查身体,通过照 X 光来探究病源病像,我们是给地球这个大身体照 X 光,通过各种高科技仪器获得的亿万种数据,通过各种复杂的模式运算,计算出地底的具体呈像来。"他看我还是满脸狐疑的样子,笑声响亮,"呵呵,可真的是一幅幅图画——由电脑描画出来的三维成像呢!"

"这么说来,"我真的有无数的疑问,"如果大家都是依靠电脑的数据,使用共同的计算模式,你的计算和别人的计算,难道不会是大同小异吗?怎么判断孰优孰劣、谁高谁低呢?"

他的笑声更响了,"你们搞文学艺术的人,不就最讲究个分寸感么?这种分寸感,落实到数据消长、计算模式的把握上,可就是天大的差别了。在这个行当里,同行们最怕我这位 Mr. Z 说的一句话是:你算错了。这句话我不会轻易说,可我要这么一说,他们的脸色就刷地白了。我总对他们说:不用紧张,不用紧张。我会把结论先告诉他们,再慢慢让他们明白,计算的过程错在哪里。你知道,随便在哪里钻一口井,扔出去的就是一亿美元,你这个计算位置,直接关涉的就是老板荷包的消长,也关涉到他们本人职位的生死存亡呀!"

我一时肃然。

确实很难想象,这地底世界如此深邃浩瀚的奥秘,在他口中说来,好像玩儿似的轻快。更难想象,地表、地壳、地幔、地心,这么飘渺玄奥的名词术语所连接的未知世界,怎么一下子就离我这么近?仿佛眼前的 Z 君,就是那个刚刚从凡尔纳的科幻经典《地心旅行》里走出来的"李登布罗克教授"一样!

"跟你举一个更贴近、也更残酷的例子:关于最近的日本地震。"他略略敛住了笑容,"越严重惨烈的地震灾害,对于做我们这一行的地球物理学家,就提供了越丰富、越宝贵的地内构造信息数据,也最是可遇不可求的认识地内构造及其呈像的大好良机!"

"呵呵,你这,可真是另一种意义的幸灾乐祸呀!"我调侃道。

"不错,每次地震完后,最忙碌的是这样两拨专业人士——地面的救灾抢险专家,和我们这样的地内专家。"他脸上神色仍旧那样淡然,"我们这些地内专家,需要不失时机地捕捉住地震释放出来的每一个细微数据信息,再把已知的庞大数据库组合起来,置放到一定的计算模式里,运算、观察，就可以更深入地了解一个全新的相关地域的地内成像。你来得时间很巧，如果在日本地震刚发生那段时间，对不起，我就顾不上陪你这位小老弟啦！"他呵呵地笑着。

"地狱"——"天堂"。我在想，"地狱"的幽深莫测，在 Z 兄的描述里几乎给"数码化"和"多维化"了；而"天堂"呢？那个被康德认为人类最值得敬畏的两个"东西"之一（另一为"心中的道德律"）——那个人类每每敬畏仰望的，星光灿烂、浩瀚无际、深邃无比的星空与太空呢？

很巧，这回造访休斯敦，本来是为着一场关于海外华文文学的专题演讲。接待我的来自台湾的美南作家协会 S 大姐的先生，姓名开头的字母也是 Z。和上面那位姓 Z 的"地内专家"相对应，这另一位更年长的 Z 先生，恰恰是"管天"的——他是在休斯敦美国太空总署（NASA）工作超过三十年、退而未休的航天专家。那天，休斯敦的早春风和日丽，老 Z 先生亲自开车带着我们参观 NASA，他熟门熟路，领着我们在贴着大小标记、符号的门楼间穿梭来去，四处穿制服的人员都恭敬地纷纷向他点头招呼——原来，他，Z 先生，正是管辖那架闻名天下、当时行将退休的美国航天飞机（台译"太空梭"）的热处理总工程师，是 NASA 直接参与设计、建造和发射、监测太空梭运行的主要负责人之一！

参观 NASA 的大半天，于是成为我近年人生中的一段真实的童话之旅。头顶那片永远伴随着神秘和梦想的璀璨星空，那些往日那么遥远的、仿若神话一般的故事——无重力生活、太空漫步、关于地球和太空之间的往返轨道，关于航天器穿越大气层时生死攸关、需要严格把握的热处理数据等等，在他的娓娓道来之中，一霎间，简直成了活现在眼前的传奇——一个个有温度、有气味、有细节、有质感的具体存在！

金阳若酒，鸟鸣似笛。休斯敦四季如夏的和暖熏风，在耳边轻轻地吹着。Z 君领着我们参观 NASA 航天员训练中心和研发中心的一路上，像叙说着琐细家常一样，跟我们讲述当年震惊全球的"两次摔太空梭"事件——一九八六年那次"挑战者"号发射升空随即坠毁、以及二〇〇二年"维多利亚号"返回地球在大气层焚毁的两大太空发生的人类大悲剧。这位如今白发萧萧却温煦心细、富有幽默感的 Z 先生，不单是两次大事件的亲历者，而且，是参与调查造成事故具体技术责任的人。令人惊诧、感慨的是：他是负责太空梭"热处理"部分的专职工程师，两次大事故的发生，又都与"热处理"有关；而最后调查确认的结果，他却都不是具体的责任有关者，在两次与"热处理"相关的惊天大事故中，他这位"热处理专家"，竟都能幸运地"全身而退"——成了"不幸中的万幸"这个中国成语的最佳注脚！

只是一念之差或着一二数据之差，茫茫星空的壮伟探索之旅，就成了灵肉瞬息间毁灭的惨烈血火之旅……这些摄人魂魄的故事，在老Z君道来，显得云淡风轻又举重若轻，却听得我大眼瞪小眼的惊诧连连。在NASA附近的一家中餐馆午饭的时候，他拿到一个幸运谶饼，笑着指着上面的英文谶语说：你看，这上面写着——走过高山悬崖以后，只要你稍加留心，就一定会看到瀑布流水。哈，真被它说准了，这真是我的"命"！

他望着绿影蓊蒙的窗外，轻轻叹了一口气说："命运好像总是这样安排我的——专业生涯中遇过很多悬崖、深渊，但只要你在每一个小关节上不粗心、不放弃，有问题先要追问到底，就是悬崖、深渊在前，你最终都能化险为夷。"

我心头微微地一震。

Z先生掰着手指给我们计算：从一九八一年开始，美国的航天飞机在地球与太空轨道之间来回飞行了一百三十多次。他几乎从一开始——从第三次一直到第一百二十二次之间，都是负责这个航天飞行中关于热处理的总负责人。他随即举了那两次惊天大事故中他始终没放过的"小关节"为例，"好像冥冥中有个声音始终提醒着我，这些常态下显得不重要的小关节，正是非常态下的关键所在，所以在最后的事故调查中，恰恰就是这样不起眼的小关节，成了调查结果里的关键性症结，同时也帮我廓清了责任，一切都像是命中注定！"

听起来，这位世界顶尖的科学家竟然如此信"命"，喜欢谈论宿命的"命定"，让我暗暗生奇。不过仔细想想，他言及的，其实正是天道中的人道——人为所左右、所对话的天命。原来，在浩瀚的可敬畏的星空之间，渺小的人力却不能自甘渺小；在宇宙巨大的空无之中，"小关节"竟现出了它奇伟的"有"的分量——人最需要敬畏的，是那种由敬畏自然、敬畏无限所产生的有限的能动和努力——无论是"常态"或"非常态"的人生际遇，微末，都是力量，微末，就是力量啊！

我忽然想到前面那位"地内专家"Z先生提到的"分寸感"，它和这位航天专家一再言及的"小关节"，可谓不谋而合。

我心头一时变得豁亮——原来，打开这道天地之门的无垠奥秘的，掌控这道奥秘之门的那根神奇的钥匙，恰恰不是"大"，却是"小"——从微末处着眼，于细碎里求全，在跬步里攀高行远，以卑微虔重面对天宇浩渺。在宇宙的空无面前，在未知和认知的浩瀚无边之中，人的能耐，人的尊严，也包括人的局限，事物的极限，不正是这般呈现的么？

休斯敦春日的蓝天深邃无垠，碧透欲滴，让我想到余光中先生当年那个引发过争议的名句："天空蓝得如此之希腊。"美南暖暖的和风熏得人昏昏欲睡。回程路上，我记得我真的在老Z先生的车子里酣睡了一觉。及至从浑沌中醒来，觉得心神灵廓一清如洗，连日来在休斯敦"上天入地"的见闻经历，便好似过电影一般，在眼前走画。车轮奔转，联翩的浮想便随着那些流动的画面，在美南大地上驰骋起来。"……从生到死有多远？呼吸之间。从迷到悟有多远？一念之间。从爱到恨有多远？无常之间。从古到今有多远？谈笑之间。从你到我有多远？善解之间。从心到心有多远？天地之间……"想起近日在网上流传的这一组短语，我便想往前接龙下去——"从天到地有多远？咫尺之间。从人到神有多远？毫微之间……"

二〇一一年三月十三日起笔于休斯敦归途；结笔之时，竟是二〇一三年十二月二十二日的圣诞前夜了，于康州衮雪庐

千岁之约

——北加州行

那一排刺向青天的红杉树，看得我两眼泛酸。

它们齐崭崭、笔挺挺地壁立高崖上，顶梢枯槁而下身葱茏，像是一群被时光追逐着逃向苍穹的麋鹿，一个不小心，就被光阴凝固在那里了，天真却苍老，率意而沧桑。可是一转眼，窗框上的风景，又被一大片巨灵般雍容华贵的红杉群落填满了。它们披着一身炫眼的紫袍守望在那里，挥挥手就迎送掉千年百岁而不改一脸的从容，真真让我们这些为脸颊上每一点时光留痕发愁发窘的俗人汗颜……

车子，就这样穿过一片又一片红树林区，渐渐远离尤里卡（Eureka），沿着北加州的海岸线蜿蜒南行。因为选择坐灰狗巴士到湾区，不必劳神开车看路，便可以把握住全部闲空，死命撑开因连日刺激兴奋而略带疲惫的眼盖，将这个红树王国地界上的每一点最后风景，填进我这个树迷树痴贪婪的视网里。这一回，我是借着大学春假，应北加州洪堡州立大学（Humboldt State University）之邀，来参加一个中国当代文化讲座活动，同时也为听众朗读自己的作品——有部分英译的长篇《迷谷》的。主持其事的王瑞教授把话说得很白：借个由头请你过来，是湾区这边朋友们点的名。都说念叨了这么些年，还未识你老兄的庐山真面目呢！说起来，这真是网路时代的一桩好玩奇事：人，可以相交、相熟、相知多年，却从未相识。身边友人都知道我在加州湾区有一大票"死党"——朱琦、刘荒田、程宝林几位"哥们儿"，是有事无事都可以一个电话打掉半张电话卡的；陈谦老妹子则甚至连刨根掏底的"某某人印象记"都写过了，说是"素昧平生"并且"素未谋面"，真是"打死都没人信"。所以，我几乎是带着一种"发现"和"确认"的心情踏上这次加州之旅的——对多年时空相隔的想象与期待的再确认和再发现——噢噢，那简直就是维特根斯坦说的：

"通过认识世界的神秘而达致完全幸福"的过程哪!

很凑巧,"尤里卡"（Eureka）这个地名的拉丁文原意,就是"发现"的意思。据闻,在加州的州箴言上就明明白白写着"Eureka"一词,意思是"我发现了它（黄金）"。一个词,就道尽了百年前加州淘金热的繁华与沧桑。至于"Eureka"一词的古意,更有一个神奇的故事来源:传说,古希腊时代的大数学家阿基米德,曾为计算王冠中的含金量日夜苦思而不得其解。某一日洗澡,却在澡盆里不经意地顿悟浮力原理,欣喜若狂地裸身跳起来,大喊:Eureka! Eureka!……更奇的是,上引的这点词语掌故,天巧地巧,竟然就出自于我启程前往 Eureka 前夕那个周末,新到的《世界日报周刊》的一篇"都市传真"上（见王健《尤瑞卡——加州的美丽瑰宝》,二〇〇六年二月十九日《世界周刊》）。仿佛是上天知道行者要上路,先就掐准时辰,将历史的箴言与先哲的启示,明示于前!

——巧合巧缘,其实是世间一切宿命意蕴的根由。所谓"神喻",所谓"天人感应",都离不开这个"巧"字。于是,你就不禁要为此行的一连串巧事发出浩叹了:平素爱树如痴。为文、摄影,留下过无数树的影迹。那天,王瑞兄发出出访洪堡大学的邀请,来电相问:到北加州,最想看什么?我脱口而出:红杉树!你无论如何要带我去看看那里的红树林!记得当年在 UCLA 做学生时,曾造访过北加州的红木森林公园,那些巨大得令人目眩的图腾一般的大树群落,是我多少年来梦魂牵绕的所在。没想到,王瑞兄的回答很"酷":不用带,我家就在红树林里,一伸手就可以摸到千年古树。"真的吗?真的吗?"我孩子似的跳起来,惊喜莫名。及至出发,一整天的转机换机后终于坐上螺旋桨小飞机"三叉戟",俯瞰机翼下的尤里卡小城,看一眼被嵯峨的红树淹没的童话般的屋宇,心,都要为之融化了。没料想,出得机场,王瑞兄告诉我的第一句话,又让我陡然生惊:"你知道么,你我现在脚下踏着的土地,就是中国人在北美建立第一座唐人街的地方。你读过我写的《消失的唐城》吗?……"我懵懵然环身四望——真的吗?真的吗?真的是冥冥中又有一只妙手牵引,要把我带到这个自己当初寻觅经年而不得其门而入的地方吗?

二十年前,人在哈佛,曾应北京某大剧院之约,遍访图书馆、博物馆,写过一个以北美华工修建太平洋铁路为题材的舞台剧。这个题为《铁汉金钉》的剧本后又应作曲家建议先行改写为电影脚本，当年还获得过一个名为"华夏杯"的全国电影剧本征文奖的首奖，却终因时势、人事的诸般因素而搁浅至今。剧本一开头，就根据史料写过一座被北美第一阵排华浪潮焚毁的"唐城"。那里有一条据说至今仍叫"Igo"的小街，那个名叫"阿昆"的淘金华工被警察马队拖曳着脑后的长辫子，嘶声喊着"Igo！Igo！"跌跌撞撞，被驱赶出大火熊熊的街市……我，如今，果真就站在洒落"阿昆"血泪的地界上吗？那条叫做"Igo"的小街安在否？还寻得着阿昆们遗落的铜盆、铁镐、竹节工牌、"白鸽票"（一种赌具）和鸦片烟枪么？

落脚第一晚，我就在穿天的红杉林间听了一夜朔风嘶啸。两场"中国当代文化讲座"节目顺利落幕，我迫不及待要主人夫妇带我寻访小城古街，踏足红树林。著名的"卡森豪宅"（Carson Mansion）和对街的"粉装淑女"（Pink Lady）建于一八五〇年淘金热期间，据说是全加州最优美、上镜率最高的维多利亚老屋，也是游人必到的尤里卡地标。我们匆匆在两座俏丽屋宇前拍过"到此一游"照，便开车驶往城南邻近最古老的小城芬代尔（Ferndale）去了。那里保留着一片据说在无数电影、电视里入过镜头的维多利亚时代建筑，私下里，我却想在老城区里，找到那条名叫"Igo"的小街。——果真是一片色彩斑斓、精巧玲珑的维多利亚式街区！高低错落、千娇百媚，每一座建筑都雕镂着岁月的繁文琐节，像是穿金戴银的龙钟老太，又像是披挂着不合身大人礼服的老顽童。连路灯式样都仿制成煤气灯型的，我留心着每一个街角那些线条繁复的古旧路牌，可是，我找不见那个——"Igo"。落着细雨，钻进路边一家家灯光幽暗、色彩陈旧的小店。每一家店面都仿若一座博物馆，似乎仍旧贩卖着淘金时代、伐木年头的工装裤和牛仔帽，铁皮壶和杂豆饭。我甚至为妻女买了好几件也许是"Made in China"的"当地特产"，可是，雨气瀰朦中，我却寻不见"阿昆"们留下的丝毫印迹。举起相机拍下一排排疑似江南烟柳的春树，<u>丝丝缕缕</u>间，落满了我的怅然。

可是，一脚踏入红树林，劈面而来的风涛林涛，很快就把我的怀旧感伤淹没了。红树林无须怀旧。这里，时间和空间的尺度，既是远古，也是当下。——《侏罗纪公园》亿万年前的古林景致就是在这里取景拍摄的，据说杰克·伦敦为寻找真正的男子汉曾在这里和伐木工人动过拳脚，那些广义上和恐龙同龄的大红杉树奔涌着堆砌着你一连串的惊诧与惊叹，又在狭义上非常具体地向你炫耀着它们在枯桩上刚刚爆萌的青嫩新枝。我故意落在了最后面，踩着腐叶上的泥泞，大口大口呼吸着林间似乎还带着恐龙体味的清膻空气，慢吞吞地走，看，摸，听，以便和我钟爱、牵念了这么些年的大树伙计们，敞怀独处，把臂传情。就个人心境而言，这一回出行，我是刻意为寻求一种松弛与释放而来的。刚刚从一位骤逝的、海内外尊崇的兄长的追思后事中脱身出来，心头其实灌满了铅样的沉重，郁结了万千悲情。没想到，茫茫人海中，身边熟悉亲近的一棵大树訇然倒下了，红树林，你就把苍劲得如此高古、威伟得如此形而上的大树巨灵，托举着捧送着，成群结队的推到我的面前，随之，就一把将我拥入怀抱了！雨丝拂面。清湿的空气中，我甚至能感受到这种被树影紧紧抱拥着的凛凛重量……

　　人的渺小，不但是在你和一片浩瀚古林的相对，一若微末的自我与洪荒大自然的相对；也是一个个体和另一个个体的相对，一个生命和另一个生命的相对。面对这些作为个体至少属于你的曾祖父、高祖父、曾高祖父、曾曾高高祖父的生命们，你不能不敬畏，谦卑，愧赧——你从它们的伟岸雍容里看到了私己的卑微，你从它们的华严肃穆中听到了神的耳语，禁不住，就有一种想俯身跪下膜拜的冲动……我就是在这时候，注意到这些稀世巨树的共有特征的：它们穿天而立，坦然迎受风霜摧折，大多顶梢枯槁而树身葱茏，便忽然想到：树的品格其实也一如人的品格，树在时光里的屹立也一如人在时光里的屹立。支撑着它的不败之身的，与其说是华彩的冠盖，不如说是挺然的骨格。记得爱因斯坦悼念居里夫人时说过这样一段话："第一流人物对于时代和历史进程的意义，在其道德方面，也许比单纯的才智成就方面还要大。即使后者，它们取决于品格的程度，也远超过通常所认为的那样。"——真是诚哉斯言！……仰视，平视；逆光，侧光。视线不时需要从镜头里抽离。只有把眼波的投射，换成指掌肌肤的直接触觉，搂抱那些搂抱不过来的身体，触摸那些触摸不透的苔痕，你才能在具体感触到时光的体温与岁月的爪痕时，获得那种如同亲炙一段历史、亲抚一个伟人一样的荣耀与满足。不，不是我的矫情。"这里每一棵树，都站在这里至少一千年，等了你至少一千年。"那边厢，王瑞兄不动声色的一句话，简直把我的眼眶都说热了。可不是么？想想看，你驮着满腹愁绪千里万里的远道来访，这些帝王一样贵胄一样立在面前的树身树干，这些乌云一样城堡一样仰在头顶的树裙树冠，为着等你，已经站立了千千百百年！我伸手抚摸着一棵倒树断面上的巨大年轮，那褐红鲜亮的纹路，似乎还洇洇渗滴着汁液。哦，那是一滴泪水，为你淌流了百载千年——你，你可承受得起？担当得起？……

"惊心动魄的头三秒。"这不是电影语言。这是车抵湾区，和一众早闻其名亦闻其声却从未闻其影的"老朋友"的第一次照面，大家哈哈笑着吐出的真言。其实，不怕玉树临风的浪漫想象中突然钻出个猪头狗脸——我们各自早已颇为沧桑的心境，倒不至于如此以貌取人；惊怕的只是：不投缘。生硬，失措——就是俗话里说的："有缘千里来相会，话不投机半句多。"可这种担忧，在接过湾区文苑老大姐吴玲瑶递过来的一碗花生汤圆，就糜然化掉了——约好的第一个出游行程，是一起去看此地著名的"十七英里海岸线"，她大姐已亲手包了汤圆，提着篮子，守在朱琦家厅堂，非要看着你咽下了这口散发着台湾浓冽人情味的温热软甜，才让你出门——"生硬"？你如何"硬"得起来？写小说的陈谦快言快语，言谈行走都带着一阵风，身为硅谷电脑工程师，却每每落笔飘风起云的新象迭起；散文老枪朱琦在斯坦福大学任教，可算是我的中文教学同行，却以"湾区名嘴"名动一时——多年来，他在此地举办的各种中国古典文学与文化讲座可谓"弟子三千"，"周末听朱琦"一度成为此地华人社会最时兴雅致的社交活动。正是北加州的雨季，"本来连天阴雨不住，怎么我们一出门它就停了，太阳老爷子还露了脸？"玲瑶说，不改她为文的幽默本色。三位新识的老友陪着我，在景色颇带丹青古风的"十七英里"海岸线上走走停停，漫步畅聊。那里同样有着千姿百态的古树——却是逼肖黄山奇松的海岸松林，被面洋的风雨雕镂出各式美姿奇态。巧的是，一路行来，每每一进车子就飘起雨丝，一踏脚海边就初阳乍现，让我们啧啧称奇。"可见，老天爷都把咱们这次难得的加州聚头，很当一回事呢！"朱琦同样是漫不经心的一句话，又把我说得心头一热。

当晚的朱家聚会，巧事又来了一连串：平日和我低头不见抬头见的"难兄难弟"——耶鲁同事康正果，这些年和我一样，同样为文罹祸又因文结友，在湾区拥有一堆的"粉丝"；本来是到南加州看望女儿的，这时却像是约好了似的，和我齐齐在湾区现身。他的关西大汉丈八高个头，一下子把鄙人的南人身量比短了。以至这些年在电话里用乡音聊过无数天的老乡刘荒田，一见面就惊呼："哎哟，你怎么个子比我想象的要矮！"我连忙怪罪康大个子，让我在"惊心动魄的头三秒"破相啦，大家便呵呵大乐。刘荒田笔下把南粤乡土与华埠风情那种草根化的融合，原汁原味，率真质直，一如其人。但真正浑身洋溢着泥土气息的农家之子，却是诗人、散文家程宝林。他当初以一篇直写"九一一"事件的大文《苍天在上》成为我的剪报珍藏，几年后在网上相遇便一"见"如故，如今头一次见面，他马上就把贴身私事——顺利获得一份教职的最新喜讯附耳相告；无须寒暄客套，握手之间已成莫逆。他日后送我的散文集《一个农民儿子的乡村实录》，几乎每一篇都读得我动情动容（那天到他家吃四川火锅，不意间发现彼此都是老京戏发烧友，一口气帮我刻录了六七盘杨派老生于魁智的唱腔全集，让我乐颠颠沉迷至今）。——原乡，他乡，母语，文学。这几种酵母，在洋风洋水的氤氲之中，特别容易酵酿出醇酒样的诗情。于是，一众本来完全应该是天涯陌路人的面影，一时间，都在美酒美食之间热络了起来，放达了起来，纵情言笑、吆喝、歌咏了起来。大家起哄着要我们讲几句话。我说：都说"文人相轻"是中华千古陋习，这么些年来，我却在北加州这群素未谋面的文友中间，感受过最深挚的"相重"之情。——真的，我听到过最动我心弦的赞誉，把鄙人的个性嘴脸描摹得最为入神的文字，都是从这些朋友口中、笔下真诚流出的。我于是讲起了"三生石"——那个好友知己约定前生来世要在那块有血有魂的石头前面相聚的古久传说，讲到加州的红杉树其实就是木头中的"三生石"，讲到我在红树林中听到的那句"千年之约"……掌声喧笑中，有谁提起，我们今晚的聚会，不管新知旧雨，能够如此的千里咫尺、心有灵犀，其实都得益于一个人和一个园地——主持《世界日报》文学副刊长达三十年，刚刚在主编位置上荣誉退休的"世副"大家长——远在台北的田新彬大姐。"三十年，就是一个世代啊，我们这是世代之聚啊。"有谁感慨着。乘着诗情酒兴，大家便轮流在一张硕大的贺卡上为新彬姐留言。微醺中，我写下了两个句子："苦心千叶，一代芳菲……"

　　加州行的高潮，其实是在诗人北岛家。似乎是连日来各种流连欢聚、竖席而谈的一个小结——那晚，北岛从任教的UCD, UC Davis春假南归，妻子甘琦自京中客旅万里归来，多日来"只听楼梯响，不见人下来"、被公称为"湾区怪杰"的画家兼小说家范迁，也终于露脸了。并且一露脸就担当的是"苦力角色"——专程开车到机场接的甘琦，又先行随车置办好了酒菜饭食，和陈谦、程宝林的车子在伯克利会合，一行人护送着甘琦，"像嫁女出行似的"，浩浩荡荡，开到被北岛动情描述过无数遍的"他乡的天空"——戴维斯来了。我因为有旧友相邀，早一天来到戴维斯，见到老友北岛已甚是欢跃，岂料，从车子里钻出来的，除了"身量像大提琴，一开口却是小提琴"（北岛语）——顶着胡子拉碴的北人方脸，张嘴说的却是"吴侬国语"的范迁，又冒出一位"江湖异人"——名字奇特、北京中央音乐学院的授业背景、拍过电影、今日却专精古物辨识并写得一手漂亮文言文的谦谦君子常罡（念"刚"）。没有任何客套，女主人甘琦，好一通万里飞行下来依旧神采奕奕的，挂起围裙就在厨房忙开了。手脚甚至比他的笔头更灵便的北岛，一个人飞快擀着皮，就能对付我们一众"下手"们的急需，大家一块儿包着饺子，拉杂说着各种新事旧事。北岛与我，相遇相识于上个世纪末那场世纪大风涛的前夜，便说起当年不期然一起出席一次"鸿门宴"旧事。岁月流逝，过往的严霜血火并未灰飞烟灭，眼前，似乎也可以成为我们吟吟的谈资了。常罡则谈起在一个叫"二闲堂"的网站上读过我的文章，他欣赏"二闲堂"弘扬的那种"二闲精神"——"何夜无明月，何处无竹柏，但少闲人如吾两人者耳。"此乃苏轼《记承天寺夜游》中的名句。他在伯克利开着一家古董小店，新近用文言体写了一本谈古物辨识赏玩的漂亮小书。闲时操琴读书写作，陶浸于赏古辨古思古的幽情中，真乃一"化外"雅人也。范迁便在一旁打趣说：你别看常罡一脸的青嫩，上网查查，其人其名，可是很有名！大家便为这话题起哄起来。先以北岛开涮，再从李安《断背山》的获奖谈到陈凯歌的《无极》与新近的"血馒头"事件，又从谢晋、余秋雨和陈逸飞，"无厘头"地扯到鄙人似乎逼肖某某谁谁的长相……管你嬉笑怒骂，北岛都是一副宠辱不惊的笃定样子，笑眯眯打开了两瓶珍藏多时的法国红酒，一时间酒香满屋，大家杯盏叮咣，豪饮起来……

酒过三巡，美肴扫空。北岛把壁炉的红火点起来，该是歌诗畅达的时候了。常罡坐到钢琴边,一曲贝多芬的《热情奏鸣曲》,点燃了满屋被酒兴烘起来的滚滚热情。都知道北岛喜酒好歌,喝了几口酒,一口男中音更滋润得厚重通亮。俄罗斯民歌几乎无一例外是这种海外大陆客聚会的热场曲子——那是两三代人的血液留存与青春记忆,北岛的《喀秋莎》刚开腔,曾因翻译《日瓦戈医生》而在"文革"中罹祸的康正果,就用俄文原文和唱进来了。常罡却以他的"音乐史"专业的底蕴,唱起了"妹妹想哥哥"的原汁原味的陕北酸曲。一张嘴,黄土高原的泥土味、汗酸味扑面而来,大家齐齐叫好,北岛举着酒杯大喊:"还是唱中国民歌,民歌有味儿!"范迁于是从哪里找出一块蓝毛巾,要为常罡脑袋上绑上"羊肚肚手巾"。"不对不对,陕北农民的头巾不是往后绑的——那是河北农民的绑法——要往前打结!"康正果一声喊,大家才醒过闷儿来:真正的"陕北老农"在这儿呢!老康世居西安,曾落籍渭北农村,有过一个给当地农民当过继儿子的名字"李春来","……你爸爸打你你跟哥哥说呀,为啥要把洋烟儿喝?""春来哥"仰脸对着黑屋梁,扯开嗓门的第一声吼,就把满屋人乐翻了,把炉膛的火花笑飞了——那才是可以裂金石也可以掉土渣的秦腔汉韵!我虽南人,却也好北曲,趁着酒力,也随着吼了一曲《泪蛋蛋》。"不对不对,这陕北味还不对,你该这么唱!"顶着"羊肚肚"蓝头巾的常罡站起来,我一声他一句的,两人斗歌比试起来。三个女声这时候加进来了——坐在炉火边的陈谦,似乎什么歌子都能朗朗上口并且记词齐全,是范迁打趣的"侧影像刘胡兰,歌声像邓丽君";甘琦一边当摄影师,一边唱起了美国民歌《Sad Movie I Always Cry》("我总是为苦电影掉泪");名字和出身、经历都有过人奇特的巫一毛,拉上我做帮衬,连蹦带跳的,给大家表演起……

"酒瓶又空了,北岛,上酒上酒!……"谁在大叫。

窗外春雨淅沥,屋里炉火正红。我望着这群在歌声酒气中忘情欢闹的旧友新知们,忽然想起前一阵子辅导学生读的唐宋古文里,古人众多诗酒酬唱的篇章。苏轼贬谪黄州,却在前《赤壁赋》中畅写月夜泛舟,扣舷而歌,"举酒属客,诵明月之诗,歌窈窕之章"。欧阳修《释秘演诗集序》有云:"曼卿隐于酒,秘演隐于浮屠,皆奇男子也。然喜为歌诗以自娱。当其极饮大醉,歌吟笑呼,以适天下之乐,何其壮也!"此情此景,可谓千年前的回声了。在北岛的沧桑和常罡的淡逸之间,在康正果的逆杵不群与范迁的落拓不羁之间,这样的"歌诗自娱",其实也有着一种"适天下之乐"的意蕴呢。古来士大夫喜欢说"隐",那是读书人对于时代沉沦的一种守身之道。用今天的语言,"隐",就是自觉的"边缘化",就是"精神的自我放逐"吧。可以这么说:当此物欲至上、功利熏天、犬儒横行的滔滔俗世,有这样一群人——这样一群不低头、不弯折、远离故土却坚持用母语写作、淡漠权势实利而固守诗性追求的人,他们所选择的,也是一种"隐"——一种自觉自愿的精神放逐。北岛"隐"于诗酒,常罡"隐"于古物,你我他她"隐"于文字歌哭;在一个梦想与价值失重失衡的时代,甘愿做一棵缺少华冠而腰身挺直的树。是的,就是像我在北加州海岸上、在尤里卡土地上看到的那些在岁月风霜中默然挺立的红杉树。这也是一种千年之约——从欧阳修、苏东坡到曼卿、秘演,再从田新彬到北岛——不错,无须自谦,也包括你我在内的王瑞们、吴玲瑶们、陈谦们、朱琦们、刘荒田们、程宝林们、范迁们、常罡们,等等等等、那么多那么多这一回我在北加州行中仿佛前生相约而来、今生声气相投的文友们诗友们歌友们。我们,确乎在践着一个千年千岁之约:为一个古老文化的血脉传承,为一个沉沦时代的留存真气,为旧年岁屈辱的"阿昆"们活出一副朗然的面容和挺然的腰板,为一种消逝的古典精神证明一脉兴灭继绝的坚持——哦,那是为一片青山留住一朵云彩,为一条河流留住一叶扁舟的诗性坚持哪……

夜半雨停。曲不愿终,人却必得散。大家依依向北岛、甘琦告辞出来,一时惊觉:寒露飘降,夜气变得有点逼人了。"时间的玫瑰"——迷茫湿冷中,我脑子里忽然浮出北岛新近一本新著的漂亮名字。她在我眼前摇曳着,叠印着,化进了此行中始终留在我视网上的那些高崖红树的巨影里。

二〇〇六年四月十五日写于耶鲁澄斋
——噢,正是昭示春天和新生的"复活节"时光呢。

记住那双脚

——墨尔本战争纪念碑抒怀

不是计划中的行程,却给我带来意外的震撼和感动。

临离墨尔本前一日,老友小韩(应该是"老小韩"了,知青时代的金兰之交)坚持要带我到中心市区走走,说是墨尔本的都市繁华,其实毫不逊色于悉尼。我却选择了去看市中心的植物园——还是不能忘怀那些澳洲特有的植物与生态景观吧。

这是一片梅兰竹菊和棕榈仙人掌可以共时共生并且各呈极态的神奇土地。自植物园登车离去,心上满盈的,依旧是飞红走绿的蓬勃生意,车子却慢了下来。小韩说:"这里是墨尔本很有名的战争纪念馆,要不要看一看?"

驻车漫步前行,一座仿希腊巴特隆神殿的巨石建筑远远耸立在广场尽头,斜阳下,大色块大明暗,劈然而起,幽亮生光。墨尔本战争纪念馆(Shrine of Remembrance,又称为忠烈祠或圣者纪念馆),最初的建筑原意,是为纪念在第一次世界大战中为国捐躯的维多利亚州市民,但很快就被当作澳洲的主要纪念场地,以悼念在战争中丧生的六万名澳洲人。现在,它则被用作悼念所有为国家服役的澳洲人的战争纪念馆,成为澳洲最大的战争纪念建筑。每年的澳纽军团日(四月二十五日)和休战纪念日(十一月十一日),在这里都会有隆重的纪念仪式进行。

我随意阅读着草坪护墙上的介绍文字,不经意抬头,视线立刻被迎面影壁上的那座雕像所吸引——这是一个面容有着强烈澳洲人特点的战士塑像。横枪而立的高壮身架,山岩般斧削的五官,凹陷的眼窝透闪着质朴锐利的光芒。那种警惕中透着紧张、紧张中流露出疲惫的神情,是一个真正经历过战火、又仍在战场上站立守望的普通士兵所特有的。

我打量着他,我一时觉得,我面对的是一个有血有肉的躯体——你的母亲，不就是日前那个在坎恩斯牧场上刚刚挤完牛奶抹着袖子向我们旅游车朗笑招手的白发妇人么？你的父亲，不正是在"十二门徒"滨海路上那个从运矿砂卡车上跳下来、忙着帮路边一辆抛锚车子出主意、递扳手的红脸汉子么？我认得他们，就像我认得你，其实就是前晚在悉尼大街上迷路，那个热情而又谦恭地为我绕了三条街带路的憨小伙一样。是的，你和我的青春，都是同一样花季的青春；你和我的父母亲，都是同一样每日傍晚翘待儿女归家的父母亲；只是如今，你的花季，凝成了这么一堆用鲜血白骨铸就的青铜，而我，已经成了比你当年的父母更年迈、却同样在翘待儿女归家的"准老人"了……

战争和战场，一时间离我变得那么近，那么触手可及。在下一座掩映在绿树下的座雕前，更让我一时肃然屏息——这是一匹拖步缓行的垂头老驴，驮着一个容颜孱弱、似在呻吟的伤兵；牵驴的士兵战友用肩膀帮扶着他，在泥泞中怅望远方，踯躅前行。不，这不是战争的想象，这是战争的真实：每一个肉体，每一滴鲜血，每一声呻吟，都因你我此刻在这蓝天绿草之间的存活，而凸显出它的如同圣箴、如同天问一般的意义及其质疑——

战争——战争是什么？什么是战争？

战争的意义在哪里？战争的有意义牺牲和无意义荒谬，又在哪里？

关于战争，每一本教科书都会这样告诉你：

战争是一种集体和有组织地互相使用暴力的行为。广义来说，并不是只有人类才有战争。蚂蚁和黑猩猩等生物都有战争行为。

人类的战争，是政治集团之间、民族（部落）之间、国家（联盟）之间解决矛盾的最高斗争表现形式，是解决因利益冲突引发的纠纷的一种最暴力的手段，通常也是最快捷最有效果的解决办法。也可以解释为：使用暴力手段对秩序的破坏与维护、崩溃与重建。

自人类出现以来，战争就一直没有停止过。战争和文明始终交错，既对人类文明的发展和进步起着催化和促进作用，又时刻威胁着人类自身的生存。另外，由于触发战争的往往是政治家而非军人，因此战争亦被视为政治和外交的极端手段。

……还可以详引出无数不同门派、不同类型细目的关于战争的解释：

比如"民族战争"、"革命战争"、"宗教战争"以及"常规战争"、"高科技战争"等等，等等。

我却想刻意去无视，这些关于"战争"的干巴巴的教义和定义。

散布在草坪四周的立雕、圆雕，白石大殿上的浮雕、壁画，重复着各种不同的战争图景：硝烟、烽火、战马、战旗，呐喊、冲锋，车轮滚滚、前仆后继……

我不是一个历史虚无论者或者乌托邦主义者。临风怀古，我知道人的历史无法逃避战争、漠视战争或者超越战争。我也知道，几千年人类文明史上的那些耀眼虹霓、斑斓色泽和悠远情调，有多少册页，都是被战争的鲜血和牺牲所染就、所照亮的。正是因为战争的残暴，才辉映出凛然走向残暴的身影的英勇高大；正是因为对死亡的恐惧，才突显出为战争牺牲奉献所叠加出来的每一个微末生命的超常价值……

但是，我不能由此无节制地讴歌下去。因为我马上就遇到了"正义战争"与"非正义战争"的诘问——难道，"非正义战争"的牺牲，与"正义战争"的牺牲，有着同样的价值么？或者，更可以这样反问：难道，无论"正义"或"非正义"战争所牺牲的躯体，不是同一样活生生、血淋淋的躯体么？在这如山岳堆积、如地层累加、如河流凝固一般的血淋淋的躯体面前，那个各说各话、高高举起、轻轻落下的"正义"和"非正义"，难道真有什么实质的意义吗？

此一刻，战争于我，绝不是干巴巴的教义。它是淋漓鲜血，它是血火劫难，它是生离死别，它是被无情撕裂的儿女情长、亲子之痛，是父母和亲人的撕心恸哭……

战争的荒谬，就是这样，被历史的血渍显影出来了。

眼前的战争纪念馆，本为参加第一次世界大战的澳洲阵亡者而建。我不禁想起不久前读到的这样一则与一战有关的轶事——

以揭示"荒谬"主题名世的法国作家加缪，对自己的父亲从来没有印象。他的父亲，是第一次世界大战时第一批被派到战场、又第一批在战场丧生的人。直到四十岁那年，他才找到被埋葬在战场附近的父亲的陵墓。当他看见墓碑上的两个数字："一八八五——一九一四"，他算出了父亲战死那年是二十九岁。二十九岁！四十岁的他，竟然比埋在地下的父亲还要年长！一刹那间，他领略了战争是人世间最大的荒谬——战争竟然造成了让儿子比父亲年纪更大、由儿子来怜惜父亲的古怪结果！（见杨照《我们没有权利弃守的人文底线》）

清风和煦。我在这片南半球的绿茵草坪上漫步，我的思绪，却袅散萦绕到了滔滔大洋相隔着的，那片曾经发生过无数逐鹿亡羊、金戈铁马的战争与杀伐的家乡土地上。因为不久前一次偶然的阅读，我读到网上一篇关于"按死亡人数排序人类战争"（List of wars and disasters by death toll）的文字。一行数字，如同一通劈面抽打的长鞭——我这一介自以为生长在"礼义之邦"的华夏文弱书生，一时竟感到震惊错愕不已：

原来，人类历史上，按死亡人数排列最惨烈的战争中，和中国相关的，就占了七个！分别是安史之乱，蒙古征服，满清灭明，太平天国，帖木尔征服，第二次中日战争，春秋战国。此外，还有黄巾之乱等，都在死人数字上"名列前茅"！这些数据未必准确。

——我还来不及细究这篇网文的数据其来何自，一个洋网友的跟帖，就蓦地刺痛了我的视膜："Huh. By those statistics alone it appears that the Chinese really like killing people."（哇，从这些统计数字显示，中国人真的很喜欢杀人。）我不赞同！我们的民族绝不好战！

——是耶？非耶？悲耶？怒耶？

却原来，按说在世人眼里，一般身材并不彪悍、普遍性情并不狂烈暴戾的我等"华夏儿女""炎黄子孙"，在我们绵长、漫长而又悠长的辉煌历史中，除了三坟五典、四书五经，孔孟老庄、李杜苏黄，竟然还与"嗜血好战""战殍盈野""血流成河""命如草芥"等等这些"不伦"的字眼相连！"醉里挑灯看剑，梦回吹角连营。"我们少年时代曾经沉醉过的那些"金戈铁马"的诗意想象，一旦真的与这些血淋淋的数字和真实相连，就一点儿也不浪漫，更毫无诗意可言了！其实世界各地都有战争历史，不仅中国。

就说上言之"满清灭明"吧，清初词人陈维崧就曾对那一场改朝换代所造成的兵荒战乱，写下过这样一首《虞美人》："无聊笑捻花枝说，处处鹍啼血。好花须映好楼台，休傍秦关楚栈战场开。倚楼极目添愁绪，更对东风语。好风休簸战旗红，早送鲥鱼如雪过江东。"

映着青春楼台的好花好风月，若然要与关河枯骨、深闺独守、凝血家书、冰封笑容等等相关相连，战争所撕毁的，其实正是人之所以为人、人性之所以区别于兽性的那些最根基的东西。因之，千年前的一代诗圣杜甫，就在他的名诗《洗兵马》里，发出过如下呼吁："安得壮士挽天河，净洗甲兵长不用。"

我默默吟诵着古哲先贤们的诗句，漫步徐行在广袤的草坪绿野上。听见小韩在耳边轻轻说："走，去看看那个设计很独特的战争纪念碑……"走过那盆哀悼牺牲英烈的长明火，不意间抬头，蓦地，我整个人仿若被雷击了一般，呆立在那里，眼前的图像把我震慑得莫名以言，泪水，便抑制不住地涌出眼眶……

映着湛蓝湛蓝的天空，我最先看见了那双脚。

那是一双阵亡战士的残足，被六位抬棺将士以棺板托举着，又被巨大的方碑拱护着，屹立在南半球的朗朗青空下。

我的视线始终离不开那双脚。它仿佛还在滴着血。那个棺板上我们看不见的阵亡身躯是如此的沉重，以至六位抬棺者的面容都是扭曲的，脚步是沉重迟缓的。这沉沉的脚步声一时在我耳边隆隆响起来——不，我知道这是幻听，心头隐隐响起的，是贝多芬《英雄》交响曲第三乐章"葬礼进行曲"的旋律。那悲怆沉缓的旋律，此刻就和这抬棺将士的画面一起，充溢于蓝天绿野、天地乾坤之间……

这是最具象、最真实的战争场景，也是最广义、最悲切的人性呼唤——

不要以任何崇高的名义轻言战事，轻启战端。世界上没有什么比生命——比那一双耸立在青空下的残足，那个被战争血火带走了生命的躯体，是更崇高、也更重要的东西。因为生命，是人类存在的最高形式；和平，才成为了人类的最高价值。珍视和平，就是珍视生命。而珍视每一个微末的生命，鄙弃毁损生命、践踏生命尊严的暴力和战争意识，正是我们人之为人的良知和人文的底线。

此时此刻，被称为"二十世纪最伟大的战争小说家"——写过反映二战的著名的"战争三部曲"《战争风云》《战争与回忆》和《凯恩舰哗变》的美国作家赫尔曼·沃克（Herman Wouk）在《战争风云》的"作者前言"中说的一段话，浮上了我的心头："如果世上确有和平存在，那么这种和平并不是基于害怕战争，而是基于热爱和平。它不是行动上的限制，而是思想上的成熟。"

在横跨大洋洲和北美洲的越洋航班上，墨尔本青空下那双高耸的残足，始终在我的视网上浮现，令我久久无法安眠。我倚着白云簇拥的舷窗，写下了这样的诗句：

双足卧云天，战云担两肩。沉沉移踬步，雳雳撼山川。一鏊飞戈剑，千家断脉泉。旌旗掩落日，白雪哭荒烟。

二〇一二年七月二十五日起笔，二〇一三年十二月二十二日结篇，于康州衮雪庐

豆青龙泉双耳瓶

——追念铁生

是在加勒比海邮轮上听到铁生骤逝的噩耗的。那一回，我们和郑义、北明两家人，为两家前后脚出生、相伴长大的女儿的"成年礼"（英文叫"甜蜜十六岁"——Sweet Sixteen），安排了这次的加勒比海之旅。是在二〇一一年新年钟声敲响的瞬间，接到了北京传来的不祥电讯。那天从海上归来，早晨把女儿送到学校，我转身就进了附近的花坊，买了一束黄白菊花，回家找出了那个豆青开片双耳瓶，再从电脑里印出一帧铁生的遗照，小心仔细地，置放在插好的花丛中。

隔着一道大洋，我想为铁生，也为我自己，安排一个小小的、私己的追思仪式。

我和铁生大致同龄，同属下过乡的"老三届"和"老初一"。与铁生的众多好友相比，我和铁生的交往历史不算久远，却也足够深、长。深的是心，长的却是距离。所以我常说，我和铁生之间，属于一种"过心之交"。回想起来，初识铁生，应该是由建功（陈建功）介绍引见的，大概是一九八四年夏天，我从美国留学的半途，为两年后的回国工作进京打前站的时候。和铁生有了比较多的来往，则是一九八六年底我自哈佛回国，在社科院文学所落脚以后。

那时候，或许我算是最早的"海龟"（海归），所以单位上给了我一点特殊待遇——作为单身汉，却给我分了一套单间一单元，就在当时很有名的海淀双榆树"鸳鸯楼"（有过一部同名电影，时称亚洲第一公寓楼——专供大龄未婚青年结婚用的密集小公寓，楼高十八层）。那个年头，对于北京的同龄人，能拥有这么一个独立的居住空间，确是非同小可的事情。于是很快，我的双榆树小居室，就成为了当时北京文学界和学术界圈子里的一个小据点。日后蜚声遐迩的"赵越胜沙龙"（北京青年学术圈子）和北京作家的小圈子，都常常在这里聚会。

在当时北京几个文学圈子里，我和铁生，算是"一伙儿"玩在一起的。一九八七、一九八八、一九八九那两三年间，铁生和我们几个——建功、万隆（郑万隆）、李陀、何志云、小楂（查建英）、还有黄子平、陈平原以及朱伟、鲍昆（摄影家）等等，常常在一块玩儿。所谓"玩儿"，其实不是别的，就是聚在一起谈文学，办杂志，开作品朗读会，商量和张罗各种有意思的文学活动（今天这么说起"谈文学"似乎很稀罕，其实在当时北京的氛围里，我们这一伙算"纯文学帮"，已经开始显得稀罕了。我们当时叫"抡"——"抡小说""抡评论"什么的）。清晰浮现在记忆屏幕里的，有这么几件事：当时我的留学生小说集《远行人》刚刚由北京出版社出版（建功夫人隋丽君任责编），但此书没能进李陀等人的法眼，认为我的写法太老旧、拘谨。查建英也是最早写"留学生小说"的。她写出了一个短篇系列，发在南京、上海几个刊物上，写得神采飞动；其中的中篇《丛林下的冰河》还在手稿阶段，李陀读完觉得"苗头很好"，又传给我们大家读，就商量着召应大家聚到我的小家，好好聊一次。李陀还对我说："顺便敲打敲打你。"那时候，我们大家都乐意这样被互相"敲打"。

每次这种聚会，铁生总是手摇着他的大轮椅车（那时候他还没有机动轮椅车），早早地就从雍和宫边他当时住的小院出发，至少要经过一个多小时的旅途跋涉，才能抵达我在北三环魏公村附近的双榆树公寓。因为住得远和路途不便——想想，当时的行人道还都没有残疾人便道，铁生的手动轮椅，一定是贴着车流飞驶的马路牙子，一点点蹭过来的——可是，铁生反而常常是来得最早、也最守时的一个。每次看见他的轮椅从电梯升上十六楼，满头大汗地出现在我家小居的狭小过道里，他冒出的第一句话总是："我没晚吧？"大家夸他是最早到的，他便憨憨地笑着说："路远，我这是笨鸟先飞呀！"

在那种讨论场合，铁生并不多言，总是眯着他那双永远带笑的细长眼睛，在黑框眼镜后面沉静地闪烁。但每一开口，他的明晰意见总让你明白：他是最好的倾听者和有关议题的"解人"，他不但是听进了、而且是马上就吃透了，才吐出来的思考精粹，绝无废话渣子。那晚讨论的直接结果，就是查建英的《丛林下的冰河》日后在《人民文学》发表后，获得的广泛好评和反响,并成为她出版的第一本小说集的书题和压卷之作。我记得就连这个文题书题,也是在黄子平(查的大学同班同学)建议下改定的,因为"丛林下的冰河"本来是两个互相矛盾的意象,以此作题目,显得很特别,也大气。那次聚会,我还记得一个友人留下的一句名言。她风风火火地一踏进门,看大家一个个正襟危坐的样子,便笑道:"嗬,进苏炜的家门,灯一亮,就开始——谈、文、学,"她拖长着声调、顿挫着句子,"进某某的家门,灯一黑,就开始跳——舞!"我没有考证过她话里的真意。但当时的一个作家,也是北京作家圈子里另一个聚会点,那倒是事实,那属于另一个趣味群落的聚合点。而且,在八十年代中后期的北京作家圈子里,以"讨论文学"为聚会之旨,确乎已显得酸腐老套,真的是不多见了(今天把这称作"八十年代的沙龙现象",在当时,我们倒不这么称呼,用英文称"Party"——派对,倒是常见的)。

在我家举行的"二刘作品朗读会",为两位当时落难的兄长辈作家来一次"雪中送炭"的友情之聚,是一九八七年深秋的故事。我在海外别的回忆文字里曾记述过这次铁生也在场参与的难得聚会,碍于篇幅与相关原因,这里不打算详述。值得一记的,倒是为办杂志,铁生和我们大家一起的热心投入……

当时,带着"湘军"在新建省的海南创业的韩少功,每次进京,大都是落脚在我的小居,夜夜睡沙发。少功的几次编辑组稿聚会,都是在我家办的。自然都是大家随便买点德州扒鸡、酱牛肉、粉肠什么的,撕着鸡腿,喝着啤酒,边吃边聊。这种聚会场合,自然也少不了铁生。或者说,在我这个"东道主"看来,每次聚会,只有摇着轮椅满脸闪着慈亮光泽的铁生到了,才算是"够档次"了,功德完美了——我这里用了"慈亮""功德"这样的佛家字眼,是因为当时大家都有一个说法,说铁生笑融融安坐轮椅的样子,有"佛相""菩萨相",像是一尊"拈花微笑"的菩萨样子。铁生总是微笑着不置可否,大概因为,这种说法他已经听过多回了。

现在老友们回忆起当年的"沙龙"聚会,都会提到一个特殊的记忆影像:为了上我家聚会,铁生摇着轮椅顶着风雪赶路,轮椅在半途中断了链条而困在酷寒中的惊险故事(可参看查建英的《八十年代访谈录》),但一般都语焉不详。那其实是一件让我"记恨"至今的、与大导演陈凯歌有关的轶事（凯歌兄，若你有幸读到，切莫生气，我相信是你的"无心之失"）。

一九八八年底，陈凯歌根据阿城小说改编的电影《孩子王》摄制完成，在北影厂的小放映间小范围试片。当时看片子的有二三十人，我们几个应该都是李陀召来的，铁生也在场。看完影片，陈凯歌过来问大家的观感，李陀看大家讷讷难言的样子，便说：三言两语的，怎么谈得清楚？这样好了，咱们为这专门聚一次，大家仔细聊聊。当下就商量：定在某个周六的晚上，聚到我家来，认真聊一次。陈凯歌算是我家聚会的"新人"，我还特意把我家的地址和电话都留了给他（那时候双榆树的青年公寓有总机和分机电话）。结果，那个周六傍晚，北京下起了入冬以来少见的大雪。看着窗外大雪纷飞的，我以为大家都不会来了。没想到，门铃一响，进来一个；门帘一掀，又进来一个，都是满头满身雪花的样子。可是，极为少见的，从来只有提前、说好一定会来的铁生，却迟迟没见现身，大家不由得担心起来，也觉得这种恶劣天气让铁生出门，实在是不该，几乎要声讨起此时召集大家"讨论文学"的李陀和我来。正在纷纷议论间，门开了，铁生和他的轮椅车像一个雪球似的缓缓挪进来，后面推着他的是同样雪人般的万隆，他一边大口呵着热气，一边大声说：咳！比过雪山草地还辛苦！原来，冒着大风大雪手摇轮椅赶路的铁生，在还没走到从雍和宫到双榆树三分之一的半路上，轮椅的链条就突然断掉了！风雪之中，铁生还是依凭双臂之力，推动着两个轮子艰难前行。幸好这时，被同样在赶路过来的郑万隆遇见了。万隆便赶忙推着铁生，两人顶着凛烈的大风雪，终于一轮一坎地，抵达了我的双榆树"一六五七"！

抖掉雪花，为二位奉上热茶（我家里总有一等好茶），大家都在为铁生在这样的风雪天坚持出门感佩不已。按说，此时该到要"谈文学"的时光了。点着人头，却发现：最需要现身的主角却没有踪影——那是陈凯歌，因为当晚的聚会，就专为讨论他的电影新作《孩子王》而来，他自己反倒不现身！我们大家一时都忿忿然起来。自然，"缺席审判"式的批评讨论还是可以做的——因为大家普遍对《孩子王》的电影改编很不满意，对做作、板滞的电影语言有一大堆的意见和建议。可是，话题说尽了，热茶喝凉了，凯歌还是没有影子。按说他有我家电话，若是临时因为天气或别的的原因缺席，也应该打个招呼的，可是，直到每次聚会的"极限"时间到临（十点半前——一般以我家楼下的公车的晚班车次为限），他陈凯歌老兄作为聚会的主角，却始终就没有丝毫音讯！当晚散聚，风雪略住，我记得是万隆和建功两人联手，把铁生和他的断了链条的轮椅推回家去的，整个冷冻泥泞的路程，他们足足走了两个多小时。平日体弱多病的铁生，后来好像并没有因为这一次的长途栉风沐雨而犯病，这是我当时感到额首庆幸的。

可是，我们无故缺席的凯歌老兄呢，在下一次见面场合（记得是在小西天电影资料馆放映刚完成的据王朔某部改编成电影或是贝纳多·贝托鲁奇的《末代皇帝》的试片间——二者必其一），我见到陈凯歌，问起他来，他把脑袋一抓，连声低呼：哎呀，忘了！我最近为出国的事忙昏了头，压根儿把那天聚会的事儿忘光了！我当时真想敲他一记脑壳子，却只是调侃他：你老兄，不会是因为害怕听到我们大家七嘴八舌的说长论短，而隐身不见的吧？他着急分辩说：不骗你，真的是忘了！抱歉抱歉！记得当时我没向他提起，双腿截瘫的铁生为了赶这次聚会，在大风雪中轮椅断了链条的故事，若然，我想，他会更为懊丧的。

上面几件轶闻逸事，算是我和铁生交往中的"公众叙事"。我们像兄弟一般交往中一些"私人叙事"，以往我从未与他人言及，或许铁生也不会向他人提起，此刻，却一波一波地在眼前浮现。

老友们都说，半生残疾的铁生目光远，心气高，热心肠，心胸宽，人缘好……他比大多数正常人更正常，更健朗，感情也更丰富。无论是作为一个作家和一位个人，还在铁生健在的当时，内心里与私下里，我们大家都不吝用"伟大"的字眼，作为对于铁生的作品和人品的基本评价。可以想象，用今天的语言，铁生会有很多"粉丝"。一般读者对铁生作品和人品的爱戴，更是不在话下。况且，八十年代的中国正是铁树逢春，铁生又正是处在这么一个青春鼎盛的年华？被人爱——几乎没有一个认识铁生的人不是深深衷爱这位半身截瘫的智者贤者；爱他人、爱世界——对身边的每一位亲友、每一种花草自然都施与至诚深挚的爱，这就是铁生的本真生活，我想也是铁生的作品里总有一个博爱主题的原因所在。但是，作为个人，其实在以往，我从来很少想象过，铁生对爱情生活的具体感受。

大概是一九八七年末到一九八八年中这么一段时间，我注意到，铁生似乎有些日子没见到了。因为他身体状况的原因，铁生有时候不会在我家的聚会里出现，我开始也没太在意。铁生有很多密切交往的好友。在我的朋友圈子里，建功和万隆，包括他们的夫人，与铁生的关系最为亲近。某一天，记忆中，是万隆给我打的电话。告诉我：铁生最近不愿意见人，很多好友到访都吃了闭门羹。原来，是铁生又犯了老心病。过去这些年来，据说有一位性格开朗的女孩子深爱着铁生，铁生也很爱她，她曾经带给铁生许多快乐。可是，真正进入到实质性的交往（也许是确定关系或者谈婚论嫁？当时万隆语焉不详），铁生却婉拒了这位女孩。就是因为太爱她，铁生才不敢接受她的爱，怕自己截瘫的残疾身体，耽误了女孩子的青春和前程。铁生拒绝得很决绝，女孩子几经努力还是得不到铁生的回应，最后伤心地走了（也许是出国了？我听闻过好几种版本的铁生爱情故事）。女孩的离去，却让铁生更深地受伤。好几个月里，据说铁生情绪低沉，闭门不出，不见朋友，也不准任何人跟他谈论相关的话题，身体更见衰弱了。而最近这一段时间，或是此事的旧伤又触碰上了新痂，铁生又已经多时杜门谢客，不出门也不见人了。铁生的父亲、妹妹和好友们都为此焦虑不安。万隆在电话里说：我跟建功想来想去，我老婆也是这个主意，觉得由你上门，跟铁生走动走动，也许是比较合适的。都知道铁生跟你很投契，很过心，你刚从美国回来不久，你上门去看他，铁生不好拒绝你。

我那时候还是个单身汉，也刚刚经历过一段伤痛恒久的失恋。铁生也是单身汉，可是每逢建功、万隆等老友总闹着说要给我介绍一个"王彩凤"时（说我什么都不缺，就缺一个老婆，哪怕是找个"柴火妞"呢！故名"王彩凤"，甚至说要把我的"一六五七"小居命名为"栖凤楼"），这个在聚会中常常似调料似的话题，铁生却从来不参与起哄。我怎么想象得到，在铁生日常吟吟的微笑后面，藏着这么一段痛楚逾常的感情经历！一辆自行车，一个破书包，无论炎凉寒暑，我当时在北京穿街过府地四处买书、淘唱片、侃大山和访友蹭饭，是我的"光棍"生活常态。于是，我便把饭"蹭"到铁生家去了。

"蹭饭"，倒不是刻意的。铁生和父亲那时还住在雍和宫附近胡同里的一个灰砖小院里。以往每次上门，都可以看见门上贴着一张铁生手写的小方块条子，大意是：因为本人的身体状况，不接受没有预约的访客；敬请一般到访者，勿超过多少分钟，等等。虽然我们这些老友熟友到访，其实每次都超过了多少分钟还是被铁生一再挽留，但我们确实也都很注意，一般不会在铁生处停留太久。可是，那些日子上门，铁生院门上的条子换了，换成了类似"本人最近身体状况不佳，不方便接待访客"之类的客气文字。那是一个冷冰冰把门的铁将军，很多熟友好友，都因此知难而退。

大概我的"海龟（归）"身份（那时其实没有这个说法）确实略为特殊，按惯例，每次登门，都是伯父先出来开门，看见是我，伯父会对着铁生紧闭的屋子喊一声：铁生，苏炜来看你！然后，伯父就会笑吟吟对我说：铁生让你进去。现在想来，铁生那一段时间的纠结状态，大概属于一种忧郁症或者自闭症吧？进得门来，还是那个卧床四面环着书架的小屋，多时未见，坐在轮椅上的铁生显得疲惫而憔悴，只是笑容和暖依旧。我装着不经意路过，每每掏出书包里的"猎物"（或买的旧书或淘的唱片等等）跟铁生炫耀，随即，便大大咧咧跟铁生海聊起各种美国见闻和留学趣事来。那年代，海外的留学生活总是一个吸引人的新鲜话题。铁生天性敏感，好奇心重，我的那些海外趣闻每每说得铁生呵呵大乐，说着说着，就把时间忘了。这时候，伯父会掀开门帘进来，说：铁生，我们就留苏炜下来吃饭吧。看见铁生点头，伯父会特别高兴，铁生便说：你看，我爸留你，你就别客气，好好尝尝我爸的手艺！

回想起来，那段时间，我在铁生家大概蹭过三五回饭。我不知别的好友有没有享受过这样的"殊荣"，我甚至已经忘记我跟铁生和伯父一起吃过什么了（炸酱面肯定是常有的，还有别的米饭小炒之类），但我清楚记得，铁生喜欢我的到临，每次我的那些天南海北叽里呱啦的瞎扯，总是会让铁生高兴，舒展开眉头，拉开话匣子。他平日话就不多，但我记得铁生仔细向我询问过残疾人在美国的具体处境、福利待遇和就业情况。我跟铁生讲起美国所有马路上、公共场所必有的残疾人步道，每辆公共汽车和校车都设有的让残疾人随轮椅升降就座的特殊装置；我还跟铁生讲起：我在加州大学的日文课上和一个口眼歪斜的残疾人配对子练习，老师照样会对这位口齿不清的同学提问，而全班同学从来都耐心等待她结结巴巴的回答，不会有任何特殊的反常反应。这一切，在八十年代的中国，确实是匪夷所思的奇闻，铁生每每听得动容，感叹说：对于残疾人，那简直就是天堂一般的生活了。话题渐渐拉开。虽然我一次也没有触动铁生那个伤心的话题（铁生也从未正面提及），但是，我却向铁生坦白谈到过自己在大学和留学期间那段大喜大悲的恋爱和失恋经历，谈到自己至今未能走出情感的阴影，谈着谈着就动了感情，长吁短叹起来。铁生还设身处地地为我开解。于是两人越谈就越投契，心气越近，小屋里的气氛也越来越和煦。伯父有时候进来递茶送水，看见铁生脸上渐渐显出的宽颜，自然也暗下高兴。所以有那么一段时间，我算是那个灰砖小院一位颇受老少主人欢迎的客人。

我与铁生之间的"过心之交"，还不能不提及这件曾让我感到很难落笔的事体——我在此姑且隐去所涉之真实姓名——此事之不能不提，因为它也可以看出平素以性情温厚、广结善缘著称的铁生，内心里铁骨铮铮的刚烈之气。那是一九八八年中的某一天，我从社科院文学所每周一次的"正式上班"之后，蹬车路过，顺便去看望铁生，发现他当时满脸愠怒之气，少言寡语的，有点感到诧异。细聊下来，原来，他刚刚看了某位当时正当红（堪称炙手可热）的知名作家新发表的中长篇，以一种油滑冷漠的文风语调，隐晦但行内人一看就明白的叙述文字，嘲弄一位刚刚在不久前的政治风潮中落难的同辈作家。铁生看罢恼怒气愤不已，正在为此生闷气。"我们文学所的同事，刚刚也在上班中议论此事呢！"我向铁生叙说着坊间大家的议论，"我最受不了的，是此人在字里行间透出的那种幸灾乐祸的嘴脸！""这是最典型的落井下石！"铁生少见地涨红了脸庞，滚推着他的轮椅在小房间里转圈，"这样乘人之危，以如此不堪的文字谄媚权势，连基本的为人底线都没有了！此人的文风人品卑劣到这个地步，真是超乎想象！别说文字不足观，人更不足观！真的是让我产生——生理性厌恶！""生理性厌恶"一语，这是我明确记得的、也是我听到过的铁生嘴里冒出过的最激烈的批评言辞，而这恰好吻合了我读此人那些毫无节制的油滑文字的真切感受。

自此，这位当时得令的某名人的名字就不能随便在铁生面前提起，每提起必遭他的一通鄙视嘲弄。而铁生也知道，此君与我们日常交往的诸位作家同行们有许多人事交集，所以这个"生理性厌恶"的话题，铁生一般也不会在众友面前提及，倒是常常在我抵临他的小屋之时坦白表露，成为我俩的一个"私房话"。他会摊开那本发表某某大作的杂志，每举出其中某些鄙俗油滑的文字例证，彼此都会心大笑，我们会痛快地对此评点、痛贬一番。

此事，其实很可以看出铁生在纷纭世态面前刚正挺立的腰杆和肩膀。不畏权势，也敢于担当——他的勇于为落难朋友两肋插刀，敢于在社会公义面前拍案而起、挺身而出的为人行事风格，正是铁生这么些年来广受身边友人和文学同行由衷尊崇和深挚爱戴的原因之一。

一九八四年，当时的总书记胡耀邦访日归来，曾有过邀请三千日本青年访华的"中日友好船"盛举。为纪念这一历史事件，国务院曾指定由著名的浙江龙泉窑，烧制一批仿自宋代哥窑的豆青开片双耳瓶，作为"国礼"赠予参与者作纪念。我的一位江南好友的父亲，恰是这批"国礼"精品制作的主事人。一九八八年底，好友因事进京（我也带他出席了那次陈凯歌《孩子王》的北影放映间试片），让我惊喜的是，他给我千里迢迢带来一对当年"国窑"烧出的豆青开片双耳瓶，曰：那是出窑后做质量检查时发现略有瑕疵的（如有气眼等），按惯例要一概敲碎销毁，父亲给悄悄留下来的。"你看看，对比整个成品成色的精美隽永，那点小瑕疵，简直不算什么啦！"好友说。

我望着这一对绿润如玉、造型敦朴厚重的国窑精品，细阅着瓶底的"中日青年友好联欢纪念"的篆书印鉴，第一个念头，就想到要把她的另一半，赠予我的"过心好友"——铁生。我知道铁生虽然不嗜收藏，但他对各种文房器皿的品位高雅而独特，家中也多有朋友赠送的各种奇巧珍品。可以想见，当日的铁生，是以一番怎么样的欣喜珍爱之情，接受了我这件特别馈赠的礼物。

生死契阔，世事如烟。经历了跨世纪也跨洲过洋的颠沛流离与风云血火，这件龙泉豆青双耳瓶，多年来竟然奇迹般地一直陪伴在我身边。二〇〇四年初夏，当我睽别北京整整十五年后第一次和铁生重聚，踏进那个对于我显得略略有点陌生的公寓单元，我记得铁生和我在轮椅上相拥后的第一句话，就是——铁生轻轻推开我，指着当门的书橱说：你看看，你认得这是什么吗？

正是那个龙泉豆青双耳瓶，我赠予他的"另一半"——还是那样闪着莹光，绿润如玉地立在那里，和我们对望着。这么些年，她一直陪伴着铁生，守护着铁生，就像我的心魂我的牵挂也一直陪伴着他守护着他——她，成为铁生和我的这一对"过心之交"的一个最好的生命见证。

此一刻，这"另一半"的豆青龙泉开片双耳瓶，闪着静静的莹光，又一次立在我眼前。

铁生，我知道我的这个想法很可笑——人寿，往往不如物寿。有一天，或许我也随你而去了，你我都不在了，这一对豆青龙泉双耳瓶还会在；你我相交相知的心魂，就还会附丽在上面，还会带着她自身的生命光华，在尘世间流转。我祈望，我的这段不经意的文字，会成为这一对豆青双耳瓶的不老传奇，沉入岁月深处，并传之久远。

二〇一一年一月十日起笔，二〇一三年十二月二十日结篇，于康州衮雪庐

附：

哭 铁 生
——海上惊闻噩耗急就

酹酒荒涛碎酒杯，涛声代我哭千回！
文章倾国残躯立，厚德聚人金石开。
寂寂故园惊雁逝，凄凄夜海孤鸿徊。
温眸暖颊音容现，宽掌再难抚我哀。

*吾兄史铁生双足残疾，却有一双厚壮、融暖的大巴掌（我曾向他言及，他笑答：当然，那是我生命的支点所在呀）。每回道别，铁生紧紧的一握，一若春阳在捧，暖透心扉——而今已矣！往矣！

急记于加勒比海游轮旅途，二〇一一年元日零时新年钟声乍响之时，订正于元月二日长途驾车归抵耶鲁之夜。

翁山访画

车子一进入翁源地界便仿若越过一道关隘：山形变得陡峭，树影变得峥嵘。一场雷暴雨劈头盖脸落下，好一似大幕拉开前那一阵急鼓紧锣，我就知道，一定会有一场好戏，在前头等着我了。

荒凉地。真个是荒凉地。行前就有了思想准备，至少须在京珠高速上行车两个小时，才能赶及在天黑之前进入粤北山区路段。但刚刚离开省城天际线的混凝土森林，一下子坠身于眼前的山坑田畴与耕牛犁耙之间，窗框上的繁华瞬息换画，便像是车子驶进了时光隧道里一样，回到了一段久远而又久远之前的日子。

四十年多年前的大饥荒年间，一位美术学院中专部的高材生，因为出身不好而肚子太饿，多吃了学校饭堂师傅偷赏的锅巴，而被以莫须有的理由开除出校，从省城广州撵回粤北山区乡下务农。那时候的山、树、田、牛，应该和眼下没有什么两样——当时迎接他的和现在迎接我的，都是一样的寒山瘦岭，一样的雨云晦暗，一样的溪谷哑默。视野外，是一片绿苍苍、黑森森的荒芜，山鸟的啼叫，更托出空谷的寂寥。山崖与农田之间，只有缓缓升起炊烟的瓦舍，流露出几分活气……

记得，当我在孩提时代，从画界兄长处第一次听说这个为锅巴丢掉画笔的故事时，几乎没失声笑出来——太夸张了吧？也未免太小题大做了吧？兄长说：夸张？那个年代，为锅巴丢掉脑袋的都大有人在，丢掉画笔，那才算小菜一碟呢！可是我也知道，对于那个千军万马奔独木桥的年代，作为全凭上学才能改变命运、又想以画事安身立命的一位稚嫩的粤北山乡少年，这处罚，可不是小菜一碟。那种忽然失去所有扶持的虚空无着，那种对生命的羞辱和对人身尊严的漠视，真是连生存的根基都被连根拔掉了。以至几十年后的今天，这一页并没有真正翻过去——至今画家一仍蜗居山乡，曾多年困居穷厄；虽然笔走龙蛇、画境雄阔，却至今"藏在深山人未识"，就像历史上隶属岭南衡州府曲江府的这个多匪、多虎、多鼠与多疫的翁山穷乡，至今仍然是发达多金的南国省份最边远、最穷困的"扶贫县"一样。

我想象着当年的少年画家，背着残破的行李和画箱，从屁股拖着长长黑烟的长途汽车上跳下来，就站立在这道荒芜的人生关隘上，孑然一身，四顾茫茫。一想到父老乡亲哀怨的目光就心头哆嗦，知道只能面对，却不知如何面对。一如我的今日，为了看一眼画家隔洋知告的"新突破"，跨山跨海风尘仆仆而来，却难以想象，已被人生各种顺境宠出一身怪毛病的自己，与这位因画相识却素昧平生的穷画家，将应该怎样面对，以及，可以怎样面对。

小车在山城的果摊和肉市之间穿行。市井泼剌剌的喧声嘈杂让我忘记了适才的荒芜，却又陷入了另一种更大的荒芜感之中。至少在古来文人画的趣味上，琴棋书画，与寒山荒屋、蓬门茅舍是搭调的；与卖鱼担子前头的夺命吆喝，俗丽招贴展示的时新标语以及"摩的"后座上半敞的超短裙，可就太不搭调了。我但求车子快点穿过眼前的市俗烦嚣，驶向薄暮中的远山流霞；唯恐这样一桩隔洋访画的雅事，要被这"计划生育放环结扎年度检查"和"泄停封特效肠胃药特价推销"什么的，彻底败坏了胃口。

车子却停住了，就停在那个"泄停封"广告不远处。刚下过雨，从车门下汪着的积水跳过去，我几乎没跟一位拥上来嚷嚷着叫卖龙眼的硕壮妇人撞了个满怀。我的躲避着脏水洼的皮鞋，先是遇见了一双露出脚趾头趿拉着的人字拖鞋，再是听见一阵"来啰""来啰"的客家话吆喝。抬起眼，一位同样身材硕壮、身上湿漉漉、哗哗摇着蒲扇的中年男子，咧着厚嘴唇，向我憨憨笑着伸过手来。

我当然知道他就是刘国玉——我这回隔洋隔山专程造访的中国画家。我伸过手去使劲握着，摇着，尽力说着久仰久仰缘分缘分之类的客套话，以掩饰自己心头一时弥满的莫名尴尬。我明白，这个立在俗闹街市当口的院门，就是画家的居所；这位凡俗得就像街市贩夫走卒一样的汉子，就是文章里被我誉为"丹霞画派"的领军人物。尽管,心底里好像有点不甘不愿——谢天谢地,穿山过岭穿云踏雾的,我好歹到达此行的目的地了。

穿过窄街摊档走向那院门,一座水泥砖石砌就的低矮楼房,掩映在重荫里。门楣上横着一块"井观居"的牌匾。仔细端量,铁栅门两边,嵌着一对刻字的行书木匾对联:

　　井底固寒　几许清晖养道骨,
　　观天无碍　一声蛙唱动星云。

我心里被轻轻撞了一下。

进得门来,一位身穿碎花衫褂的老妇人迎上来,捧过一托茶盏,"请坐请坐,辛苦啦辛苦啦……"她说的是仿若川蜀味的客家话,浓重的口音里似吹来一阵山野微风。我知道她正是刘夫人——山区农家出身的刘国玉的糟糠之妻。当日在粤北大山的朔风里拉木放木,在水蛭横行的山峒水田里插秧割稻,就是这双今天给我递过茶盏的手,给凄迷沉默的刘国玉递过去纸笔砚台,为他在漏雨透风的茅舍里掌起灯火,铺开展墨抒笔的马粪纸张的。

我打量着这方露出天井的小院。低矮,清简,却也收拾得敞亮利索。一根纨曲的紫藤攀援而上,凌空抖散开一片绿影。仔细看,不是紫藤,是岭南特有的繁花似火的簕杜鹃。天光幽幽,花香淡淡,这倒是有点南阳诸葛之卧龙茅庐的况味——"淡泊以明志,宁静而致远";但"井观"的自嘲和"动星云"的自许,却又带着点敢冒天下之大不韪的鲁钝质直,就像这座耸立在尘嚣中的清雅小楼一样,于山果担、肉贩子的叫卖声中,雅丽得有点偃头偃脑,带点刻意冒犯的味道。

我定了定神,拎出相机,想用镜头摄下这座门楣的突兀影象,却被刘国玉的一声低唤打断了:"上楼来,上我的画室坐坐。"

步上水泥扶手的楼梯,我似乎随着主人的足履,一级又一级,一步又一步,踏进他与翁山的因缘来路。

翁源,又称翁山,公元五五四年梁朝分浈阳县地置,元初并入曲江县,是广东历史上最早建制的十六个县之一。历史上,翁山出过好多有头有脸的人物。如果被称为"张曲江"的唐代开元名相张九龄姑且不论（张九龄一般被认为是曲江首府韶关人），翁源当地，最显赫却不太著名的，有三十二首诗被载入《全唐诗》的"岭南五才子"之一——晚唐诗人邵谒。至今翁江河畔，还可以隔水瞻望邵谒当年读书曾坐卧过的"书堂石"。唐贤温庭筠曾称赞邵诗"识略精微，堪裨教化，声词激切，曲备风谣，标题命篇，时所难著"。明代进士黄佐则赞邵谒曰："五岭以南，当开元盛时，以诗文鸣者，独谒与曲江公（张九龄）巍然并存。"可是，邵谒为何在后世默默无闻，不为一般人所知？论家称：想必是其诗多抨击时事，敢为被压迫者鸣不平，故不得历朝当政者的赏识是也。

翁山史上的名人，还可以再从宋代"父子进士"梅鼎臣、梅佐，明朝出将入相的抗倭名将陈璘，一直数到民国黄花岗烈士李祖恩。但是，真正使"翁山"在史上留下大名的，却是一位不是翁源人，而是自号"屈翁山"的明末清初著名诗人、学者屈大均（一六三〇——一六九六）。

史载：屈大均乃明朝遗民。初名绍隆，字翁山，又字介子。广东番禺人。身处明末清初，终生不仕清朝，与陈恭尹、梁佩兰并称"岭南三大家"，有"广东徐霞客"的美称。诗有李白、屈原遗风，受到清季名贤顾炎武、朱彝尊等人的高度评价。屈大均的著作曾被清廷列为禁书，多毁于雍正、乾隆两朝。后人辑有《翁山诗外》《翁山文外》《翁山易外》《广东新语》及《四朝成仁录》，合称"屈沱五书"。

我之关注屈翁山，除了作为粤籍作者，屈大均的《广东新语》曾让我在写作中获益良多之外，更在于——细读刘国玉的诗作与画作，我很早就注意到，刘诗刘画之"南人北相"，无论诗思的耿介豪直，或是笔墨的浓烈生骨，也包括被我称之为"丹霞画派"的浩莽意趣，都可以很明显地看出屈翁山的影响（很多年后刘兄告诉我：他们打算在新建的"翁山诗书画院"大堂里立一个屈大均的坐像，证实了我早时的发现）。

踏入刘国玉画室，首先，我就被其"奢侈""排场"的空间布局镇住了。楼高就异于时下那些豪华矮胖的"盒子屋"。面山的大片主墙至少高达三米，是墙面覆以金属薄板而再在其上覆盖吸墨长毯的巨幅画壁。墙上的正在书写的各种尺寸的大小宣纸画幅，是直接用磁铁"画钉"吸附在上面的（据闻这种别具巧思和功用的画壁，是刘国玉独创的"专利"——虽然他并没有为此申请什么专利权,但日后我知道,至少在广东书画界,有条件的书画家一般都会在画室置办这么一面以毛毯覆盖金属版、以磁铁作画钉的"专业画壁")。

但是,此处的画壁,其实并不是夺人"眼球"之所在(毕竟,画壁是画家的"题中应有之意"),满屋堆积的书山如海才是。——那么高大雄武的油黑书橱!那么满盘满钵溢得满屋皆是的琳琅书籍!案上台下,椅边脚旁,满是书,都是书,全是书!我仔细读读书脊题头,除了可以想见的古今画册、画传、画论一类书籍,竟然有全套并列的中外典籍——经史子集,西方文论,个人专集如《苏东坡集》《康南海集》等等,这完全是一位坐拥书城的大学者的书房啊!而且我看见,许多书籍、杂志的册页间都夹着纸条记号——显然,它们是被主人日夜抚读的随侍伙伴。我忽然明白,眼前朴拙一若粤北农人的这位"山人画家",何以随手就可以写出"赊酒高谈白马论,换鹅不惜黄庭经"这样潇洒而深隽的诗句——笔底之浩荡乾坤,其来何自了!

"水入平川静不语,黯然回首忆来途。人间多少辛酸事,一路殷勤洗净无?"(刘国玉《江边寄语》)我默默打量一眼这位在山城闹市喧嚣中坐拥书城雅室的新识兄长,他的年过甲子开始略显疲惫憔悴的身影,印在窗外的远山远影之间。这个"其来何自"的问询,便化作了许多我从他的画作、诗作里不时会陷入的想象画面——我不如就径直引用他诗作残篇里的那些旧题吧:"小径山挑煤""山溪放木""雪夜茅棚堆火拒寒""雪夜登山望远"……在一首题为《伐木副业队山中遇大雪》的旧作里,作者如此浩叹:"老天何事恁无情?雪刃风刀欲杀人。一夜山林头尽白,不容寸草把腰伸。"三四十年的韶光,就在这样的寒山孤林、风刀雪刃之间流过。在那些忧患岁月,作为孱弱的个体,他没有被罡风摧折、被狂潮湮没已实属万幸;他,究竟是怎么样最终守持住自己心中的梦想和手中的画笔的?在那样酷寒无尽的日子,这样的守持,又需要怎样的坚韧筋骨和不死襟怀,才能得以锥脚立命?

抬起头,立在眼前画壁上的,正是那幅似乎刚刚停笔,还带着氤氲墨气的《山之脊梁》。尺幅不大,恍眼望去,仿若某个人的侧脸轮廓——不,那确乎是几乎填满画面的焦渴山脊。我曾在日后的评论文字里,如此描述过这幅被我长久偏爱的"小画":"……撞眼而出的焦黑绝白里满布笔力的经纶,山势淋漓倾泻却又昂然坚挺,山形的骨骼脉络清晰却又有一种劈甩摔打出来的浑然率意。那淤蒙抖颤的墨色既是具象的,也是抽象的,小小的斗方尺寸里,竟凛凛然有一种横空出世的大气大象。其布局章法,则简直是用一种挑衅观者视觉的破局式处理,一上来就是不留余地、逼得你喘不过气来的大黑大满,墨色破满得几乎要溢出画面去,却含蕴着不瘟不火的笔力节制与收蓄……"

"煮过的灵魂和煎过的河山。"画小而像巨,一若荒寒孤远的翁源丛山,忽然天兵天将似的冒出这么一位以奇崛的焦墨惊世警世的大画家一样。我真的要把这幅《山之脊梁》,视作一个人的真实面影了。是的,它有巉岩棱峥的五官轮廓,有参差泼剌的墨色的呼吸,真的可以叠印在刘国玉的那些挑煤挖煤的黑手墨面里,深山伐木放木的山野吆喝里,以及,咬牙吞下屈辱、低头迈进悲风的卑微行吟、忍隐歌哭里。——《山之脊梁》,这是一个被时代忧患驮着的身影,这是一篇直面苦难又超越了苦难的宣言,又是一帧在真山水、真笔墨里有骨有格的生命感悟。其山形山势的流动,松枝松影的有无,就是真情的倾吐,就是灵魂的寄寓,就是精神的表征。

我在画家随之在巨大画壁上向我展示的《劲松图》里,《雪霁》里,《丹山霞韵》里,《万里江山铁铸成》里(更不必说,日后气象更为恢弘的《南国雨林图》《望岳》《丹霞风骨图》……里),我都听见了这种作者以自己坎坷多舛的人生体悟与生命热血,去凝注、去倾吐、去抒放的声音。站在这样直见性命的淋漓笔墨面前,我甚至可以想象——画家在作画时,是如何随着笔底的墨色的或润或枯、或张或弛,其内在流走奔涌的心潮,是如何汩汩滔滔地拍打着画壁,捶击着纸幅,一若东坡《赤壁》诗里描述的"乱石穿空,惊涛裂岸,卷起千堆雪"的!

一幅幅墨气苍莽渹朦的新作,在我眼前流走,在画壁上起落明灭……

刘国玉笔下的山水笔墨,可以来自书本,来自师承,但更直接的,其实来自于他曾经苦劳在其中、挣扎在其中、也成长在其中的粤北丹霞山脉的大山大岭和真山真水。山水既是他的粉本,也是他的襟胸。他画的其实已经不是从前文人画的山水,而是一种山水的史诗——一个真实身份的山人，在真山真水的亲炙中，画出来的山水史诗。他的山水里边有真的大视界，大寄托，大胸襟，大关怀。作为一位老知青，我曾为"苦难岁月是否可以转换为生命的甘泉"这样的命题，和许多相识或不相识的友人发生过许多有趣与无趣的争论。但是此刻，在远离都市烦嚣的翁山，在刘国玉这片溅浪起波的巨大画壁面前，我对此无语，无言，亦失语，忘言。

因为，一切，都已经不言而喻——没有那些风霜披沥的岁月坎坷，就不会有眼前这些几乎每篇每幅都令人欲歌欲哭的画作。正如乌台诗案之后苏东坡的黄州—惠州—儋州的贬谪之旅，是不幸，也是大幸；是摧折，也是造就一样。坦白说来（这个坦白之言，其实有点残酷），我曾经为画家的坎坷来路，至今仍蜗居粤北深山的身世际遇打抱不平；如今，我却甚至要庆幸，刘国玉之多年没有"出山"，没有成为当今大都会画界画行画商们的时潮宠儿，没有沾染上那些媚世媚时媚众的流俗流尘，乃是老天爷对他的眷顾，也是对艺术至美的最高眷顾！——艺术，可以有出位的高价，却不可以无出尘的清高。刘国玉画中的焦黑绝白，大黑大满，或许真的如某些人所说，不称当下市场时潮之意；但，我深信，高山流水，自有知音；更深信，时光之流赋予历史老人的那双火眼金睛……

然而这一切，都似乎与眼前的刘国玉无涉——无论画壁前我的内心激荡，或是访客茶盏相交间的谈笑风生，他都仿佛置身事外，只是怯怯地把我拉到一边，嗫嚅着想向我解释：他为什么受邀到香港城市大学出席自己的画展，而最终没有成行（这本来是我和香港《明报月刊》主编潘耀明兄为之用力多时的事体）——身体不适……不善应酬……这些理由，都没能止住我对他的嗔责。他最后讷讷道出的真情，倒是让我释然而笑了。"……我听说，那边不准许在公共场所抽烟……那么多公众场合……我怕自己烟瘾犯了，要出大洋相，给你们大家丢脸呀……"

在众人的笑声中，他呵呵憨笑着回应，直到夹着长长烟灰的指头被灼疼了，才醒过神来，丢掉那截烟头。

他，确乎还不属于那个世俗清规多多的世界。

他，仍旧应该属于他自己的这个"翁山世界"。

翌日清晨，踏上归程前，我在车笛的催促声中，最后掏出小本，记下了小院山墙上嵌挂的这几副楹联文字：

窃思我岂薄缘万卷诗书半楼明月，自顾身无长物一支画笔满目青山。

细读汉瓦秦砖辨认千秋国色，激荡唐风宋韵徜徉万树玉林。

烟火人无欺世笔，荒凉地有绝俗花。

二〇〇六年七月始笔，结篇于二〇一三年十二月二十五日圣诞日，于康州衮雪庐

记芳魂

——遥寄父亲

那些日子,我常常会因窗外的风雨犯愁——为后院小池里乍开的莲花。

莲池是两年前自己动手挖下的。一方葫芦形的水面,连接着半弯的小木桥。当年栽下的荷花,却只见团团的荷叶疯长,不见花骨朵儿,倒是那几盆沉在水底的睡莲争气,落满池面的拳头大的团叶之间,头一年便挑起了盈盈的小盏。今年的花信却大不寻常,时序未及端午,池边的莲荷就有了消息。那团团的荷叶一仍恣肆,可那大小高低、深翠椭圆之间,一枝枝硕壮的荷鞭早已探头探脑的钻出来,昭告在下诸君,该要好生瞩目恭候了。惨的,却是这个"诸"字——一入夏天,老婆大人就应约到北部一家大学教中文暑校,女儿却顺势送回了北京。都说,女为悦己者容呢,满池的娇羞,却"悦者"寥寥,这可是怎么好!老父亲也算个资深文人,平素雅趣不少。一个电话越洋打过去,问安之余便是报告屋后的荷花消息。父亲说:众乐乐先得独乐乐,独乐乐然后不如众乐乐。"悦容者"稀?给我用相机拍她下来,你不就可以"独乐乐"然后"众乐乐",且又能传之久远么?

放下电话,却微感心酸:父亲老年目瞽,积疾多年的老年性青光眼,令得老人家只剩光感以下的视力了。父亲命我为莲荷留影,其实只是为了抚慰我的照影孤寂罢了。他自己,也才刚刚自病魔手上历劫归来啊。也好,摄影既是自己多年癖好,我就不如听从父嘱,姑且"独乐乐"一番吧!不敢怠慢,风雨晨昏的料理探望,添肥补水的伺奉在侧,那不起眼的尖尖簇簇,便渐渐绽吐成浅淡薰红、摇摇曳曳的荷蕾。不想,风雨却袭来了。

"留得残荷听雨声。"此乃千古名句。可那是"残荷",新荷,却是最怕"听雨声"了。头一枝刚刚撑开花苞的红荷,未消半日风雨就被打蔫了，自此就欲开欲合的提不起精气神儿；以至我在雨声中瞥见她的影子，乍开的红蕾还抖着一身珠光，待风雨过后拿着相机冲出去，就见花容失色，低眉木讷的，很不是那么回事了。风雨无常，一如人世之无常；嫩草细花的，其实最是需要日丽风和啊。自此便成了件心事。确曾想过，不如为那几枝新荷，撑起一把避风避雨的遮阳伞的，终觉悖逆自然，罢了。况且这水中芝兰，本就生于沧浪而成于风露的，就是让风雨凋谢了零落了，不也是"求仁得仁"么？这么一想，便觉释然。每逢风雨来袭，只听得梭梭罗罗一片肥厚雨声敲打荷叶，为了捕捉她在急风斜雨中拼力粲然一红的瞬间，干脆冒雨冲出去抢拍——撑着伞，则只为着保护相机镜头，不知多少次，把自己淋成个落汤鸡模样。"沐雨芙蓉"听来可人，只可惜，雨中的光线散漫，取景框内很难抓拍到理想的色彩与画面，以至日后编选自己那本"百莲图册"，无论如何选不出合意的"雨莲图"来，那是后话了。

　　说起来，这荷莲还真是"阳光的女儿"呢。一方小池，若是欠了日照，那绿意必定萎靡，是无论如何不肯踊跃伸姿吐蕾的。所以同理，观莲赏荷，最要紧的，还是要选择天色晴好的日子，而且，还一定要等到日上三竿。（曾有相约赏莲的友人登门早了，她姑娘家的还没睡足，蔫蔫的不肯睁眼，便不敢打搅，先行离去，然后再折回来补课的。）荷花、睡莲其实有着同样的秉性——花瓣在白日绽放，夜晚闭合，真正的花期，也不过两三天。晨起，那芙蕖微微闭合，顶着露珠，隐隐透见黄蕊；待到雾露散尽，日头跃上树梢，在林影间闪烁着偷窥的眼色，那花儿像是陡然一惊，唰的便把苞瓣张开了。一张开，甩出来的就是痛快彻底的颜色——中文里的"怒放"的"怒"字，真是精妙绝伦——醉红酡红绯红殷红，渐淡渐浓的渲染过去，那脉瓣间便像是有血丝从肌肤里渗出，细细的血脉纹路，一丝丝从瓣根一直聚涌到尖角，那尖圆的花瓣便被这血脉兜捧着，拱成一窝窝小掌，掌窝里，举着融融的灯盏——那是金黄的花蕊呢！那卧在金黄嫩穗间的莲蓬——那时还未成蓬，便像是一把被一群戴着黄冠的孩子围拢着的圆圆的绿琴，却不敢发声，只是陪着展起霓裳红衣的花仙子们，静立在森森黛影里。

　　这时候，你阳光老兄就尽管发威吧，放肆炫耀你的热能和亮度吧！不管那舞台上的灯光是追光是散光，那光照角度是从头顶打从侧面打，我们的"出水芙蓉"（这才是此词的本原之义）不惊不嗔的，总能把饱孕光华的最佳面相，款款地向你递过来。托着深重的林影，莲荷之美，那种呼之欲出、娇嫩欲滴的女儿的娇羞，那种被深叶深根深水所赋予的自重与沉稳，一时间，真是要让人失神，失语，无感，无言——那真是一种大音希声、大美无言的无言哪！

我的相机兄弟忙碌了起来。

我记得，印象派时期的法国画家——特别是莫奈，最喜欢在不同的光照条件下为同一个对象作画。他的莲池、圣母院、麦草垛、塞纳河等等，都留下了不同光影色泽的传世佳作。正是漫长慵倦的夏日时光，我何不权当一回自家莲池畔把弄相机的莫奈呢？我把茶壶、书本连同尼康老弟，一起搬到户外凉棚里，枕戈待旦。"花间一壶酒，独酌无相亲。举杯邀明月，对影成三人。"李白的《月下独酌》如此吟咏。可惜我不喝酒，姑且便以茶代酒，借日成月，照影对花吧！对的，还应该为花儿们放响音乐——莫扎特或者贝多芬的钢琴奏鸣曲。不是说，"对牛弹琴"可让牛奶旺涌么；对花闻乐，莲荷也一定会更添妩媚吧？隔着纱窗，我一边读书、品茗，一边在乐声中随时观察着不同光影下的荷莲姿容。她们听乐，我在看花。只要偶有新见，心有所动，就提起家伙冲出去，及时捕捉她们各个微妙的瞬间。好像是《罗丹艺术论》里说过的：一个豆蔻少女最美的时刻，只有三五天；以我的观察，一朵荷花从含苞、绽放到闭合、凋谢，最璀璨的瞬间，也就只有两三个小时。这真是寸美如金的时光啊。

我的越洋电话，也就开始隔三岔五的，给老父报告着我的花摄影，花消息。海那边的父亲不禁童心大发，电话里嗡嗡响着他的大锣大嗓：《诗经》有言，"爱而不见，搔首踟蹰。"隔着大山大洋，我看不见哪！（父亲，就是花骨朵儿捧到你跟前，你的眼睛也看不见哪。）——古人有"爱莲说"，你就给我一朵朵的，仔细说说你的"爱莲"吧！

那时候，其实父亲刚刚大病初愈——说"初愈"只是顺口之言，年近九旬的老人，却动了结肠癌的大手术。医院几回告急，我曾携妻女越洋飞回濒危的父亲身边，陪伴老人在阎王爷门口走了一遭终又安然归来。如今总算能够出院回家静养，只是，几经手术的刀光剑影，癌细胞却已经扩散，身子骨更是元气大伤。尽管父亲天性开朗达观，我心里明白，老人家，或许……来日无多了。

莲花，于是便成为那个夏天，我们父子俩隔洋通话，不言伤病而只言花事的专属话题。

胶片一卷卷吃进去，照片一张张洗出来。兄弟姐妹们隔洋悄悄告我：年底恰值父亲九十寿诞，阖家上下打算为大难不死的老人好好做一个大寿，聚聚福，冲冲喜。我便开始千挑万拣，从十余卷胶片、几百张毛片中挑出心仪者，编选我准备献给父亲的"百莲图"集。

隔着大洋，我真的开始逐篇逐幅的，为父亲——"说爱莲"。

——爸爸，这是"莲炬图"。"莲炬"，古人本来指的是廊庙殿堂里的一种灯盏，我这里取的却是它的本义——这是一朵绽开如同黑暗中的烛炬一样的红莲。今天的巾帼英雄，常被人们称作"铿锵玫瑰"，我这里拍的，却是一朵有风骨、有傲姿的"铿锵红莲"。杜甫《秋兴八首》诗云："波漂菰米沉云黑，露冷莲房坠粉红。"你看，只要心中饱孕阳光，无论经历几多风雨、几重黑暗，她都是那样不卑微、不畏惧地站立在那里。那夺势而起的颜色却是毫不含糊的，大色块，直言语，大开大合的。每一瓣殷红里都尽力伸展出自我与个性，而那金碧的蕊心，却又含而不露，融融然消隐于有无之间。不错，一定会有凋谢、会有弯折的时候，但她的天性，终究难改其亮眼夺人，年年岁岁，在暗影里呈现着刚烈，也呈现着娇媚；为世间传递着温热，也传递着自信……

——爸爸，这幅莲花，我题名"不染"。用的是唐人孟浩然诗句"看取莲花净，方知不染心"的意蕴。你看她，自一汪浊水中悄然而立，纤纤细手托起繁花一枝，那沉醉阳光的红瓣金蕊，透亮一如水晶蝉翼一般，直把弥天的暗影黑幕，也托衬成了天鹅绒色泽。有微风的轻拂，有目光的惊叹，那尖尖圆圆的轮廓线条，却一径是峭然坚挺的，不扭摆、不低头的，一副纤尘不染毁誉不动宠辱不惊的泰然。其实，虽然孤高，她却并不孤单。你看陪伴她的，有大如团席、经络分明的绿荷，仔细瞧瞧，那碧翠的叶脉间，还印出我们勤勉守望家园的大狗亮亮的投影呢！

——爸爸，这是"莲心图"。古人说的"莲心"，常指敬佛之心。我这里，就姑且借作"赤子之心"、"敬畏之心"、"感恩之心"吧。正午骄阳下，荷瓣飞扬怒张，那一无遮蔽、娇黄粉嫩的莲蕊莲心，便全然裸露在天光下了。灿灿然，莹莹然地，她是在向青天炫耀她的无邪而坦荡的生命呢，还是向世界发表她的无挂碍、大自在的宣言呢，我不知道。但我知道，她的坦直里还是有矜持的，阳光、目光的灼照还是太刺眼，拉过一小片卷瓣，傍傍脸颊、遮遮羞颜吧。况且，可不要只顾丽色自赏，你看，繁华落尽后的前行姐妹，那一挑莲蓬里，饱孕着一颗颗回馈沧浪水土的莲心莲实，那才是活着、活过、到这繁华世界走了一遭的真正归宿呢。

——爸爸，这是"莲殇图"。拍过了莲花的骄傲，也想拍拍莲花的伤心。那侧畔荷叶上的伤痕，让人想到时光留在各种青葱绿叶上的齿印鞭痕——原来那超绝群芳的红艳，是"拼然一怒是红颜"的红哪！因为愤怒，才有激情；因为关心，才会痛心；因为地气，才有血气。出污泥而不染，集千娇而不媚，那是莲花的担当；虽九死其犹未悔，无论炎凉冷暖、显隐浮沉而不改一己的颜色，那就该是赏莲人、爱莲者的担当了。我们存活的这个世界上，正因为风花雪月里有太多的饥号哀啼，才更须在那哀啼饥号里，守持着内心的风花雪月。忘记了是古人还是今人的句子：赋到沧桑句便工。这，或许就是一朵红莲，也能让我们参透大千世界的诸色诸相的缘故吧！

——爸爸，这是"莲桥图"……

——爸爸，这是"洒然图"……

——爸爸，这幅的题目是："女儿，莲花，狗"……

是的，我知道读到这里，读者诸君一定在窃笑了：你这是在做骚人墨客的文章呢！隔着大洋通话，你是断断不可能这么着跟父亲说话的——自然。其实当时，父亲也一再这样点穿我：你怎么是在说莲花？你是在说人呢！我便含笑不语。知子莫若父。我当然知道自己是故意借莲花，说着人生的道理——父亲，这也是你从小身教言传，教会我的立身处世的诸般道理啊。

……一转眼，花谢了，荷残了，夏尽秋临了。我的"百莲图"也终于在千筛百选中以《莲炬集》成册，而父亲，又从医院几进几出，已经步向人生的冬季了。我知道，按古俗，农历六月二十四为荷花生日（那正是我在莲池畔为荷花立影奔忙的日子），我却在忧心着，父亲日渐衰颓的身体，能不能支撑到农历十月老人九十大寿的日子。父亲平素古道热肠，好人缘，广人脉，我听说已经有大江南北、海内海外的诸方亲友相约赴会，要好生为历劫归来的寿星公醉一场了。屈原《离骚》云："制芰荷以为衣，集芙蓉以为裳。"我则开始从我的《莲炬集》里挑选出数十篇幅，放大为8

×10 的大幅影照，过塑上膜，准备作为献给父亲的贺礼——同时也作为代表父亲，送赠远道亲友的谢礼。我选择了大学的秋假启程，专程万里赋归为父亲贺寿。临行之日百感会心，曾赋有《金缕曲》二首，中有莲荷句："岁岁红莲今犹妍，雨过风荷又起。再沽酒，共贺翁喜。"

　　秋声朗朗。北美新英格兰已进入冰天雪地，海那边的南国花城，仍旧是一片金爽天色。父亲的寿筵，开成了一个百十人欢聚的诗会。各方亲友朋辈轮番上来敬酒诵诗，我朗读完自己的《金缕曲》，又代父亲诵念了他新写的十首"九十自度曲"。席散，我的放大制作了的莲花精选册页，终于捧到了坐在轮椅中的父亲面前。略带病容疲惫的父亲，眯着眼睛，笑盈盈抚摸着那些他似乎那么熟悉的《莲炬图》《不染图》《莲心图》们，依旧那样声气响亮地，向远道从北京、山东以至北美洛杉矶、温哥华来的诸方贺寿亲友，一幅幅讲解着这些莲花故事。于是，我自己亲手养植、拍摄的这些荷花的影照，就被围拢过来的亲友们哄抢而尽。如今，荷香万里，她们应该已经一帧帧、一阕阕的，悬挂在四海八方的青壁之上，像沧浪间优游的一盏盏灯火一样，散发着岁月的芳馨，照亮着各位人生行旅上的雪泥鸿爪、辙印履痕了吧。自然，这莲荷的芳馨，也覆被于父亲生命的余光之中，陪伴着老人，又从死神手中抢夺回一年有余的光阴；在度过他的九十一华诞之后数日，于睡梦中平静离去。父亲，我知道你是带着莲花一样的微笑，无怨无憾离开这个世界的。你生前好像没有为莲花作过诗，在你辞世一周年的日子，我遥寄这篇关于莲花的文字给你，却想记下你的两首《咏兰诗》作结：

　　　　为爱温馨喜种兰，一株独秀影姗姗。小园半角藏清淡，留得幽香沁两间。

　　　　翡翠为衣玉为裳，天生丽质不寻常。诗成蕙叶字犹绿，吟到兰花句也香。

　　爸爸，我斗胆为你改一字：果真是——"吟到莲花句也香"呢！

　　　　　　记毕于二〇〇四年十一月三十日至十二月十日北美耶鲁澄斋

秋光神笔

"绮色佳——Ithaca，是荷马史诗里尤利西斯的故乡。""'绮色佳'的中文译名出自胡适，从他早年在此地留学一直沿用至今。"你想想，带着这么两种绮丽的印象踏入康奈尔校园的秋光里，会招引出什么样的浪漫期待？可是，这一回的远程秋游，却是友人盛邀而临时起意的——"带着术后的夫人，好好出来散散心吧！"妻罹患上某种早期恶疾，虽然术后康复良好，却一直为是否要步入闻说中如同炼狱一般的放、化疗而纠结不已。——我俩，又该以一种什么样的心情，踏入绮色佳这场秋光的盛宴？

时辰似乎不好。周五下午，上完课就携妻匆匆上路，晴好的天色却很快变成了夜路漫漫，辜负了好一路的秋色画廊。翌日却预报有雨，为"择席症"失眠的妻因为晨早补觉又耽搁了半天时间，待得出门，头顶已经是彤云密布了。

重阴逼压下的绮色佳，自有一种沉雄瀚静的气度。车子穿越层林，一如穿越沉凝的色块，嫩黄，绛紫，焦褐，赤红……一方方，一叠叠，噼里啪啦撞击着车窗。几次举起相机叫停，跳下车来却又失措无着——满眼都是颜色，天地间只见明丽娇艳交错，却因乌云压顶而显得凛然然一片冷傲。该如何聚焦，如何落镜，才能捕捉此时秋光的神韵？及至行抵此行中的第一个瀑布——从古旧水磨坊的楼亭步出，转过山崖，整个人都惊住了：奔雷走电的色彩巨流自长天泼下，化作脚下这一匹飘丝卷缕的飞瀑白练。一道日光从沉云隙间挤出，如同天地舞台投下的一柱追光灯，眼前，枫林欲滴，溪山欲染，秋色欲流，只有无语飘冉的白练，在倾诉，在独舞。震耳的水声就成了秋光的代言，磅磅礴礴，充天盈地，反而一下子，把四山的各种人声林涛虫鸣兽吼，全都慑住了，敛静了，尘世的喧哗被沉到了岁月深处，神思，魂魄，心智，也就被秋色揉抚着，洗涤着，变得澄明起来。

我们一行人都住了声，只是默默听着自己的足音和喘气声，在燃烧着又轰鸣着的色彩画廊里向高处攀爬。好像是为着在这个天地大色盘面前"输人不输阵"，妻今天换上一身火红的毛衣，步子走得飞快，那一枚红点，便在山色霞彩间跳跃。果真下雨了。或密集或稀疏的雨点，并没有浇灭我们惜秋赏秋的热情，反而一若放烟走雾的舞台效果妙手，雨气提升了色温，千林万树，更是红的愈红——红叶似血；而黑的愈黑——黑干如铁。淅沥雨线中，这大红大黑的对比，好一似飞扬着的红裙黑靴，竟是很有点西班牙"斗牛士舞"的色彩韵致了。

细数下来，那个雨气瀺濛的下午，我们竟然走览了绮色佳的四个瀑布——每一山每一瀑，都是那样声色夺人，一若浓缩了三四个国家公园的景观分量！及至第二天的行程——到北纽约州一片仿若遗世独立的山林里探访两位在那里隐居写作的老友，在倒映着斑斓七彩的湖塘边，品着红酒茶茗，绿草坪，红屋子，议国是，谈诗律；再漫步到藏在老林中的山寺里去撞响一口巨钟。那一刻，峰鸣谷应，满目的沉红醉紫，一时间仿若被这阵訇訇然四山回荡的钟声震醒了，点化了，变成了天地间一片跃动着的色彩交响；那色块、色朵、色流，便随着那交响，在眼前翩翩舞蹈起来……

欧阳修《秋声赋》云："嗟夫！草木无情，有时飘零。人为动物，惟物之灵。百忧感其心，万事劳其形……"斑斓秋色中，我举着相机，在取景框里收入远处妻子顽强攀援的背影，忽有一悟：古人悲秋，是感其霜红若花之后的木落凋零；其实，木落凋零背后，却孕育着天地间一场浴火重生的涅槃——霜红似火，落叶萧萧；繁华落尽，必会再萌新芽新蕊；落红化春泥，春泥养护来年的春草，春树，春花……秋光，正是一次复旦轮回的重生之旅！不期然地，那片郁结心头的雾霾，似乎也被绮色佳这支秋光神笔，一点点化开了，点化了……

二〇一三年十月十六日晨，写于康州衮雪庐

雅歌行旅

> 漫天花雨，倾洒关山路。一片痴心人解否，歌韵诗弦低诉。
> 吟间宇旷风淳，抒腔莹雪纷纷。海语潮音入句，星光渔火知闻。

这是笔者步韵唱和友人和雨的一首《清平乐·雅歌再赋》。和雨兄原词中，则有"满座知音倾倒，雅歌今日初闻"的结句；随即，又见休斯敦雅蒜君的再和词，曰："诗魂凝咏乐句，雅歌终始亲闻。"

何物"雅歌"？怎么竟然会引发海内外诗人歌者如此的诗情雅兴，歌赋连连？这"倾洒关山路"——近期频频在欧洲、新加坡、美国演出引发风潮的"中国雅歌"，究竟"痴心"何在呢？

二〇一四年五月暮春，中国著名男高音范竞马带着他的"雅歌——诗意中国室内乐音乐会"团队，先在纽约卡内基音乐厅首演，随即在耶鲁大学音乐学院作演唱交流，每到之处都引发热潮轰动，成为近期被海外华洋舆论誉为"以高品质的音乐呈现高品质的中国文化"的一件文化盛事。

"雅歌"（Yage）者，其实是歌唱家范竞马特意为"中国艺术歌曲"创制的"洋名"。有问：不是已经有"中国艺术歌曲"的称谓了么，何必再添补一个"雅歌"名头呢？——这，就是作为驰骋国际歌剧舞台多年的范竞马，近年来的"野心"所在和"倾心"所在了。因为以歌声与国际乐坛对话多年，范竞马深深认识到：虽然经历西学东渐的二十世纪中西文化撞击、融合多年，西洋音乐（交响乐、歌剧、歌曲、美声唱法等等）已然成为当今中国人文化生活的一部分；但是，建立在汉语发音规则和民族审美特性之上、又能和西方音乐相融合、相对话的中国式的艺术歌唱，并没有真正成型。汉语韵味的"中国风"歌曲如何融进国际乐坛，从而真正提升

"中国艺术歌曲"的品质,尚是横亘在中国音乐人面前的巨大挑战。"洋嗓子唱土歌"或者"土嗓子唱洋歌",汉语发音和西洋式发声脱节,还是当今中国严肃歌坛面对的问题。因此,范竞马立志要填补一项国际音乐空白,创立与世界乐坛公认的五大演唱流派——意大利的美声(Belcanto)、德国的艺术歌曲(Lieder)、法国的歌唱诗(Chanson,也叫Mélodie,中译"香颂")、俄国的浪漫曲(Romance)、英美的音乐剧(Musical)并列的第六种艺术歌曲流派——中国雅歌(Yage-Chinese Lieder)。——此等"痴心",果真大矣哉也壮矣哉!

中国,乃世界知名的"千古诗国"。汉语称的"诗歌"——古来中国的民间吟唱与文人咏唱,是歌即为诗亦诗而能歌的。古中国的汉乐府、唐诗、宋词、元曲一直到民歌与民间戏曲,都是能歌之诗和为诗之歌。可惜,这种悠久的"诗—歌"传统,因为岁月的流逝和近现代内忧外患的干扰而破裂断层,已经暌别久远了。所谓"雅歌",首先着眼点是其"雅"。"雅",相对的是"俗";其"雅"的核心,正是在此——歌诗,为着复兴和重建中国传统文人咏唱的"歌—诗"传统。——此等"痴心",何等的大度,何等的崔嵬!

五月的纽约,虽是莺飞草长的暮春,却仍带着久延不退的残冬的习习寒意。一如眼下——歌唱家虽为我多年老友,但听闻他近年的"海归"之旅,每每视那些大名头大制作的各种花绿演出于无物,几乎将全副"身家性命"都扑进这个"中国雅歌"的创制里程之中,我其实是带着许多纳闷狐疑,踏入卡内基音乐厅的。——"中国雅歌"?会是似曾相识的旧瓶新酒么?或是故作玄奥的"多此一举"?不错,设计为扇面形小窗的演出海报与汉英节目单,迎面扑来馥郁的中国气息;那些"听雨""玫瑰三愿""花非花""踏雪寻梅"的曲目,亦中国诗情袅袅。但,那些只是或清雅或华贵的唐装衣衫;想跳脱以往观众早已约定俗成的"中国艺术歌曲"的陈套,再造和重铸"中国雅歌"的肉身与灵魂,竞马老弟——他能么?!

卡内基音乐厅专为室内乐而设的精致小巧的"Weill Recital Hall",今晚自然座无虚席。一开场,就让我暗暗生惊——范竞马不是一个人出场,他是随着整个钢琴与弦乐四重奏的五位乐手队列一起登台的;他也不是按惯例,把自己演唱的位置设在伴奏环绕的舞台中央,而是把自己置放为乐手队列的一员，以立椅与乐谱架，安坐在乐手之中。在开始演唱前，他用英语认真而隆重地向观众介绍这支来自北京中国爱乐乐团的"中国最顶尖的室内乐五重奏"团队和他致力的"中国雅歌"理念。他特别解释说：钢琴和弦乐五重奏，是他认为音乐表现最纯粹也最高级的形式；他专门请作曲家为"中国雅歌"重写创作的室内乐五重奏，五重奏不仅仅是人声的伴奏，也是独立的音乐演奏；而他自己以立椅安坐在乐手中间演唱，不单是出于对室内乐乐手的高度尊敬，也是想把自己的声音作为乐器发声的一部分，要把整个人声和器乐，融为一体。他幽默地对观众笑笑："这样的和乐手平列的演唱的方式，你们开始也许会觉得不习惯，待会儿音乐一起来，我要你们把我忘记了。"

我听出，观众的笑声，也带着略略的踌躇疑虑。

开篇第一首选的是《问》，范竞马说是他的刻意为之。这首易韦斋、萧友梅写于一九二一年的曲子，既是对当年动乱中国的社会、人生之问，也可以成为把观众引入"中国雅歌"的音乐感问。"你知道你是谁？你知道年华如水？你知道秋声添得几分憔悴？垂！垂！垂！垂……"略带遥远陌生而又亲切平易的诗句乐句，被范竞马唱得吐字清晰而乐韵回旋。我注意到，竞马今晚的演唱特别注重气息的控制。每每在句段之间轻揉慢撚、不露痕迹的字眼与气息吞吐，显出一种悠然游吟的韵趣。长长的钢琴与弦乐引奏和中间过渡乐章的独奏，确实使得器乐部分显得自主而独立，却又和歌声融成了一道潺潺流淌的乐流。……掌声，忽如急雨洒过。观众已经有点坐不住了，一开场的别开生面，器乐与人声的有机交织与精致抒放，显然慑住了耳朵早已挑剔不堪的卡内基观众的心魂。及至《听雨》的钢琴与弦乐的前奏响起——真的如同雨声滴檐、潇潇润土一般地洒漫开来，观众席一时间沉寂下来，像是一汪"秋水静而寒潭清"的深潭。"我来北地将半年，今夜初听一霄雨。若移此雨在江南，故园新笋添几许……"刘半农、赵元任一九二〇年代写的这首《听雨》仅仅四句七言，却被器乐和人声的反复回旋、低回吟唱，而唱出了一种海天辽旷、俯仰伤怀的深慨。诗弦低诉，歌韵绕梁。在我看来，《听雨》，是真正把纽约观众引入"中国雅歌"殿堂的一首"开门曲"。动人的旋律和回环的倾吐，将观众完全沉浸到一种诗意的微醺里了。乐音止息后观众开始的停顿无语，然后骤然爆发的如雷掌声，说明他们不但接受、而且进入了作品的意境——掌声，仿佛也成为休止符后的乐韵余音了。

——不是噱头。自始至终，范竞马确实是端坐在乐队中间演唱的。不过，我和观众并没有把他"忘记了"——今晚竞马的嗓音松弛舒润，使得他本来因为注重汉语吐字而刻意收敛的华丽流亮，平添了一种闲适吟诵的情致，这正是我所想象并期待的。但是，如此漂亮精绝的弦乐和钢琴的组合演奏，简直如同一弓弓、一刀刀地切割着你的灵魂的乐音，倒确是笔者未曾预想到的——这或许是我听过的最高水平的中国室内乐演奏了（演出后好几位纽约乐界行家纷纷向竞马询问：你是怎么找到他们的？他们所达到的演奏高度，太少见了！竞马为此面有得意之色。）我想，范竞马在配乐、演奏团队上的精粹用心，首先，就包含了他对这批他精心选用的"雅歌"——几乎被岁月烟尘掩埋了整个世纪的曲目及其前辈创作先贤的最高敬意。

我追随着节目单上的那些名字——萧友梅、刘半农、赵元任、黄自、田汉、聂耳、安娥、任光、徐志摩、刘雪庵……这些熟悉而略带陌生的身影，原来，早在几乎整整一百年前，就开始借用现代西方的作曲技法，为重建和恢复古来中国的"歌—诗"传统奉献心力了！黄自谱曲的《花非花》，直接用的是唐代大诗人白居易的短诗；李叔同词曲的《送别》（"长城外，古道边"），韦瀚章词、黄自曲的《春思》《思乡》，直接是以典雅的古体诗词句法入乐；而赵元任、徐志摩在《海韵》和《教我如何不想他》里面，则把现代白话诗歌与西洋音乐，作了堪称水乳交融似的结合（《海韵》的男女对唱的叙事法，几乎呈现出一个小型歌剧的格局）。——"中国雅歌"，原来并不是范竞马的凭空生造，其实是其来有自、传承有序的啊！范竞马几年来不声不响、孜孜不倦却又引发坊间猜测诧异的沉潜运作，不过是接续被战争与内乱中断打乱的文化先贤的努力，寻找为汉语诗与歌的历史辉煌再出发的世纪新途径而已！

这个"而已"的发现，非但没有减弱、却反而更加平添了我对眼前这台"中国雅歌"的由衷敬意。一个时代的文化质量，是要由"雅"—"俗"两翼文化（也即小众文化与大众文化）的成熟而呈现的；而"雅"文化（或称"文人文化"与"精英文化"）的成熟与成型，则是一个时代的人文质量的最高表征。今天，大众文化由于有消费市场的大力推动，可堪称已蔚为壮观；而"雅"文化的日渐式微与边缘化，则是为各方有识之士所忧虑的。"忧虑"即"忧患"。发"忧虑"的大言而躲进"忧患"的蜗牛壳里自艾自怜，是当今中国文化知识人的通病。歌者范竞马，却坐言起行，承继民国先贤的努力，藉"雅歌"重新为中国当代"雅文化"的振兴探路前行——这是何等的担当与开拓，需要何等的胆识与毅力！"云儿飘在海空，鱼儿藏在水中，早晨太阳里晒渔网，迎面吹来了大海风……"最熟悉的《渔光曲》（那是上世纪三四十年代最流行的"通俗歌曲"），竟然在范竞马的"雅歌"曲目中呈现出一种如同交响诗般的浩莽恢弘，一片星光渔火的绚烂，几乎把我唱出了盈眶的泪水。"把音乐唱进诗境里去，把歌子唱到旋律的骨头里去。"这是我在中场休息时接受《星岛日报》记者采访时表达的即兴感受。域外的中国观众对这些高水平重新编配的"中国雅歌"的热烈反响，本来不难想象；"……我的心都被融化了，好几个片刻，我觉得我的灵魂被范的音乐带走了。"很奇巧，当我的耶鲁学生、年前刚毕业的雷蕾带着她的父母——原来她父母竟是前美国驻华大使雷德（Clark T. Randt）和他的夫人莎拉（Sarah）——出现在我面前，莎拉向我说出上面这番话时，西方观众对范竞马的"中国雅歌"的超常而迅捷的接受度，才是让我真正感到惊喜、并暗暗为竞马松了一口气的。当漂亮优雅的西洋女高音艾丽卡和范竞马站在一起，那么自然、如意地用中文对唱着《海韵》和《玛依拉》，那么自信、同时勉力地咬准发音地独唱着《梅娘曲》《春思曲》和《玫瑰三愿》，同样博得了满场观众如潮的欢呼掌声，我想：那不就如同我们中国歌唱家早已经毫无障碍地以原文演唱《我的太阳》《今夜无人入睡》一样么？虽然还有长路要走——比如"雅歌"的曲目如何从"民国"向"当代"延伸，就是真正需要开拓功力的大挑战——但，让异域歌者也能以汉语特有的吐字方式演唱中国艺术歌曲，使"雅歌—Yage"成为国际乐坛的百花园里如同意大利美声、德国艺术歌曲一般的美丽花朵，这，正是范竞马倾身投入创制"中国雅歌"的初衷和"痴心"所在啊！

　　不必讳言，"雅歌"团队随后的耶鲁大学之行，是我牵头邀请的。但在五月中最忙碌的"耶鲁毕业周"，出面发出校方正式邀请的耶鲁东亚中心，能够这么迅捷高效地运作出这场"中国雅歌耶鲁讲座和演唱会"，则是大出所有人的预料（往常，大学任何正式讲座的安排，往往至少要提前一年申请运作）。其道理，反而很简单——"不知为什么，我一听到这个'雅'字，就非常喜欢，"耶鲁东亚中心的执行主任 Abbey Newman 夹杂着中、英文对我说（她到中国留过学，有一个道地的中文名字——"刘曼怡"），"我也喜欢这个'诗意中国'的说法！因为……呵呵，我的中文还不能说清楚这个为什么呢！"我笑着接过她的话头：因为，中国当今的文化现状和社会心态，缺的就是这个——"雅"；在"消费中国"和"实力中国"的喧嚣之中，缺的就是这个——"诗意中国"；我们在大学校园里向学生和公众推介当代中国文化，也最需要这样的——能够承接中国悠久历史传统的"雅"的文化产品，对么？

  耶鲁演出的盛况和观众反应的热烈持久，甚至超过了纽约卡内基，这里不打算细述。只想突出一个夸张的细节——泪光。整场讲座演出，耳边频频响起："听得直想掉眼泪！""老是忍不住泪水！"以致弦乐四重奏演奏《二泉映月》之时，满场肃静中，果真是一片莹然的泪光。小提琴首席陈允（他也是中国爱乐的小提琴首席）演出完后说：今后我要告诉我的音乐同行，要演出高品质的室内乐，一定要到耶鲁——一流的场地，一流的音效，更有一流的用心去听音乐、感受音乐的观众！范竞马，则以他特有的睿智和幽默，道出了一个惊人事实：我来对地方了！我今早在耶鲁校园漫步，我万万没想到，自己带着"中国雅歌"来到这里，是来到"雅"的故乡了！真的，这里到处都是"雅"！耶鲁浓郁的人文氛围先不必说——原来"耶鲁"最早的译名，就叫"雅礼"；今天校园里负责美中交流的"Yale-China"，就叫"雅礼协会"，中国最老的"湘雅医学院"，就是百年前的"雅礼协会"办的，还有长沙、宁波的"雅礼中学"，广州的"广雅中学"……这都是"中国雅歌"的"雅"啊！

  "是一种宿命，也是一种使命吧。"谢幕后，范竞马搂着他的"中国雅歌"团队在耶鲁 WLH 讲座教室拍"耶鲁纪念照"，这么笃定地说。

二〇一四年五月二十二日至六月二十八日写于耶鲁澄斋—康州袤雪庐

附录：

清平乐·雅歌
——和雨

问秋听雨，又近思乡路。
海韵渔光人醉否，一片冰心泣诉。
黄鹂百啭清淳，漫天花碎缤纷。
满座知音倾倒，雅歌今日初闻。

清平乐·雅歌再赋
——步韵和雨

漫天花雨，倾洒关山路。
一片痴心人解否，歌韵诗弦低诉。
吟间宇旷风淳，抒腔莹雪纷纷。
海语潮音入句，星光渔火知闻。

清平乐·雅歌三赋
——步韵和雨

雅 蒜

夜阑微雨，润尽花间路。
独倚轩窗思归否，余音绕耳轻诉。
柳絮无语心淳，非花非雾飞纷。
诗魂凝咏乐句，雅歌终始亲闻。

西湖晨茗

　　时差减觉，天未亮就醒了。窗外的西湖仍沉在一片古寂之中，看看手机五点不到，微信却提示有新信息。瞄一眼，吃了一惊：是广州姐姐昨晚发来的——一位五十年前的中学同班同学，此时正在杭州出差。世界之大又世界之小，时光之长又时光之短，一瞬间都聚焦在这条微信上面了。一个激灵跃起：会议议程今早恰没有安排，何不，就此来一场五十年老同窗的"西湖奇幻"之聚？

　　——五十年。说长，真长；说短，也真短。这次落榻杭州的这座矗立西湖边的新新饭店，叫"新新"，却刚刚过完了她的一百岁老生日。痴愚若我，已经在款式古久的旅舍廊柱之间，与冥冥中在此盘桓过的胡适之、蔡元培、徐志摩、丰子恺、巴金以及杜威、芥川龙之介等等华洋先贤的足音魂魄，遇合把晤过了。可是，饭店门前不远的白堤、苏堤——苏东坡和白居易在此地的时空遇合，相距了多少年？你我在此地与白、苏、林逋、岳飞、武松、苏小小……的遇合，又遥隔了多少年？断桥上许仙与白娘子的相遇呢？还有，倒下去又重新立起来的雷峰塔，与五代吴越王钱俶相关的宝俶塔，又已经在时光之流里，站立绵延了多少年？

　　握手相拥。阿B和我的身影投漾在湖波晨雾之间，竟恍惚有若黑白默片里的残缺剪影。

　　"做戏，都编排不出这么巧！"阿B抹着被晨风吹乱的花白鬓角，一边步上旅馆台阶，一边感慨着，"怎么竟然就会这样子，隔着大半个地球，两个大半个世纪前一起流鼻涕的同学，忽然就在西湖边碰头相聚？"

　　"为了这一刻，"我夸张地大笑，"西湖已经等了我们至少一千年。"

　　"不不，怎么敢让西湖等？"阿B的反应更快，"是我们早就跟西湖约定了，这么一个千年之聚！"

"呵呵，什么千年之聚？"我赶紧说，"也就五十年吧，跟西湖比，我们还没那么老，年轻着呢！"

借着大话调侃，我们都在笑，却隐隐见出彼此眼波里的异样。

历史，将西湖聚焦为一只时光的巨眼，凛凛打量着每一位过客。任是再显赫的旅人行者，再戏剧性的聚合相逢，在她面前，都要显出渺小、卑微。

共进早餐后，沿着西湖边漫步。

断桥，柳丝拂面，隐隐听见远处的丝竹袅袅，是晨起的大妈们在弄弦歌舞。白堤，淡荡的晨霭间人影绰绰，不时从湖面上传来几声水鸟的啼叫。一缕淡淡的桂花香气，则梦一样魂一样地，在我们身边忽隐忽现。我们俩像回到了少时，一时疾步跳走，拉开距离，遥声应答；一时又缓步徐行，吟吟低语，相对苦笑。

"太神奇了！太神奇了！"眼前的良辰美景，刺激得阿 B 的感慨如同止不住的咳嗽一般的重回反复，"大老远的西湖边，天那边的耶鲁，几十年前的纪中老友，忽然就这样碰头相聚，你说奇不奇啊？"

西湖。耶鲁。纪中。五十年。这样几个本来毫无关联的字眼，忽然"混搭"在一起（据说"混搭"正是目下最"潮"的时尚流风呢）。一通微信波流的小转折，就让这茫茫大千世界里两个游尘似的颗粒，接上了头——高科技，就是那双掌控人世离分聚合的"上帝之手"吧？五十年前我和阿 B 就读的纪中——广东中山纪念中学，坐落在孙中山的故乡翠亨村，也刚刚度过她建校八十周年的生日；而我此刻寄居栖身的美国耶鲁大学，则已经是三百一十多岁的高龄了。当年，阿 B 是班上每科必"A"的"学霸"，却阴差阳错，至今为无缘于大学教育而顿足抱憾；而我，这位从小偏科、数学总是不及格的"科盲"，却在下乡失学十年后因祸得福，不单挤上"文革"后恢复大学招生的头班车，而且随即负笈留洋，至今更忝为"常青藤盟校"之教员。两人的个性、声口依旧，而彼此的际遇、容颜早已不复当年。当年，我陪着无端罹罪的姐姐批斗游街，在落难时始终陪伴着我的，就有这位彼时算是"根正苗红"因而无须强送下乡的阿 B；这些年间，我在诸般时代风潮里载浮载沉，无论在台上，在路上，光环耀眼或者跌落低谷，始终远远的在身后用温煦的目光、有形的呵护默默撑持着我的，就有众多位如同阿 B 一样的"糟糠"老友们。人世的繁华沧桑，情义的历久弥新，大概莫甚于此了吧。

要了一壶龙井，就傍着西湖边，坐在平湖秋月的亭子下。"是老茶吧，都快要入冬了。"我随口说。"不，是新茶，是十月刚下来的秋茶，"递开水的伙计抢着说，"我们前头柜台卖的茶叶，都是新上市的秋茶呢，就像迟桂花一样。"

"秋茶？迟桂花？"听着颇新鲜，我和阿 B 对视一眼，"什么是迟桂花？"

"迟桂花，就是最晚一茬开的桂花。"伙计带着咬字细碎的江浙口音，"今年当季的桂花已经开过了，你们现在西湖边闻到的桂花香，就是迟桂花香，就像晚一茬的秋龙井，产量不多，也很香的。"

秋龙井。迟桂花。透过湖光，我举起茶烟袅袅的玻璃杯，茶水中浮沉垂立的旗枪叶芽，不像老茶，果真还是葱绿可人。呷一口，口感香淳，虽不若明前、雨前龙井的香气清锐逼人，却也茶汤细滑，淡香萦颊，余韵回甘。

"你别说，虽然绿茶品类繁多，我最喜欢的，还真的就是龙井，"我大口品咂着茶汤——敝人其实有愧"茶人"雅号，虽半生须臾离不开茶，可喝茶从来都是大杯大饮的，属于"牛饮"一派，"都说绿茶必须喝新茶，可放了些日子的老龙井，喝起来，也别有一番特殊的豆香韵味……"

"你这是以茶喻己吧，"阿 B 想点破我，"说的是我们这些老家伙，老友鬼鬼，"他冒出一句粤语，"还是不服老，也不显老，就像这西湖的秋龙井、迟桂花，老也有老的韵味，迟也有迟的精彩。"

"呵呵，这倒是你的联想丰富了，"我连忙辩解，"咱们算是秋龙井、迟桂花？这比喻不算高明，我可没有这么想。"

"哈哈，就算是我的专利吧，"朗声笑着，阿 B 给我杯子里又续上热水，"你看这西湖，把我这个粗人，也变得像你一样的酸文假醋了呀！"

"呵呵呵……"

笑声在湖波间抖颤。看得见波光被笑声漾动的波纹，如同我俩脸额上的皱纹一样。

我知道阿 B 是有感而发。按说在国内已该是"退下来"的年龄，他这回到杭州的出差，其实是先到上海参观一个德国纺织品的年展，然后再绕到杭州来探访合作十几年的老客户。"我年年都要跑这么一趟的，这个年展一次也没错过，"湖光映着阿 B 略有白鬓、却还是黑蓬蓬的一头茂发，"不然，你的产品就跟不上趟呀……"

天色晴好。湖面，湖畔，游丝一般地，仍旧袅动着迟桂花的浅淡香气。

我大概算是西湖边罕有的"龙井豪客"，又往自己的空杯里，续上了不知第几轮的热水。

记于"郁达夫文学奖"杭州终审会归程航班，结笔于二〇一四年十二月十五日，康州衮雪庐

辑五　夏虫之见

此心宽处即家园

——读《海外华裔作家访谈录》

一宵驿岸听心语，几夜寒汀化梦霜。

——题记

题头和题记的诗句，是我在岁末年终所谓"急景残年"之时，读江少川教授传来的《海外华裔作家访谈录》的诸家文本时，记下的即兴感受。文学同行都知道："此心宽处即家园"，乃套借自苏东坡"此心安处是吾乡"的句意。其实，无论"家园"或"吾乡"，它与"海外"和"华裔"一起，恰成两个相对而相映的意象，同时，也就成为了本书所涉的一个中心母题，也成为一把阅读本书的便捷钥匙。

显而易见，横亘在"海外"与"家园"之间、"华裔"与"吾乡"之间的，空间上是太平洋、大西洋的两道大洋，时间上是百年间中国走向世界和世界进入中国的世纪沧桑。这个巨大的时空"距离"与"距离感"，就造就了"海外华裔作家"这么一个独特的写作群体；如何善用和重构这个"距离"和"距离感"——对于作家，它不仅仅只是时间和空间意义的，还是具有心理的和叙述的意义的——这既是丈量一个作家的精神空间和叙述能量的重要尺度，也是衡量一部作品所达到的艺术品位及其造诣高度的基本标尺。"此心宽处即家园"，其实就是——"心有多大，作品就有多大"，"心有多宽，书写的空间就有多宽，作者的精神家园就有多宽"。——这是一个关于创作的挑战命题，也是一个关于自由的终极命题。所以，这个"距离"和"距离感"，其意蕴，真是大矣哉，深矣哉，壮矣哉！——可以说，抓住这个"距离"和"距离感"仔细着墨，在两洋时空的交错中拓开观瞻手眼，见出别有洞天，也正是本书的最大特色之处。这，也是笔者在阅读本书的访谈文本时，所获得的最深感受和最大启迪之一。

都说："乡愁"是海外华裔文学的"永恒主题"。确实，放在这两个大洋和中西文化的"距离感"的观照之下，"文化乡愁"，始终是海外华裔作家写作的基本语境和基本动力。从十九世纪末容闳的《西学东渐记》算起，到二十世纪中叶以台湾赴美作家为主体的华裔作家如於梨华、白先勇、聂华苓的《又见棕榈，又见棕榈》《台北人》《桑青与桃红》等等代表作，一直到八十年代中期笔者的《远行人》和查建英的《丛林下的冰河》和九十年代早期周励《曼哈顿的中国女人》与曹桂林的《北京人在纽约》等等，这一系列跨越百年的"域外华文（华裔）写作"，都不能逃脱这个"乡愁"母题的笼罩——对于写作，它有时既是一扇门窗，也是一个"紧箍咒"。

但是，观察今天全球化语境和中国改革开放大潮背景下的海外华裔作家写作，如果还是囿于"乡愁"的老框框和窄框框，我们就要"out"了——落伍了。读少川兄本书的访谈文本，其最突出的特点，恰恰正是展示了这么一个具有全景意义的惊人事实——近年来海外华裔写作的蓬勃兴隆的文学实绩，及其群体性的崛起，已然成为整个世界文学和中国文学版图中的一支实力不可小觑的文学生力军。所谓"生力军"者，在我看来，其"生"、"新"之处，恰恰就是这么一个"宽"字，这么一种"打通"的力量——把文学写作的疆界充分拓宽，从两洋、中西、内外这些"距离"和"距离感"中打通和贯通；而这些作家，恰恰正是充分利用了"距离"和"距离感"的武器，升华了自己的视野视界，拓宽了观察和表达的题材，而把海外华裔写作本来的天然劣势（远离故土，远离母语和远离华语读者），变成了宽广无垠的驰骋天地。我们就举本书中访谈的两位重要华裔作家、堪称为海外华裔写作的"领军人物"——哈金和严歌苓的作品来看。

哈尔滨出生成长、近年来以英文写作几乎获遍了美国各个文学大奖的哈金，其英语写作的触角早就跳脱了"乡愁"，可谓上天入地、古今中西，无所不能写，无所不敢写。其成名作中篇《等待》，写的是"文革"中的一段军人的离婚故事；长篇《战废品》表现朝鲜战争，《南京安魂曲》则写的是南京大屠杀；到了短篇集子《落地》，则从历史叙事里跳回到海外华人的新移民题材，写纽约法拉盛的妓女，写大学的英语教授，风格则写实简洁，寓庄于谐，有十九世纪以来写实作家的经典风范。——因为在耶鲁任教，这里，我还可以透露一点与哈金相关的小秘密：耶鲁大学的英文系，可谓执当今英文世界"牛耳"的全美排行第一的英语专业科系。若干年前，因为耶鲁评审委员会对哈金近年的英文写作，有"近年来英语世界出现的难能可贵的文体家"的高度评价，经历过一系列手续繁复的面试访谈、课堂试教，耶鲁英文系"放下身段"，几乎是破天荒地，第一次对一位母语非英语的"外国人"——哈金，发出了"终身教授"的正式聘书。对于我等华裔学人作家，这真是一个"罕有其匹"的至高殊荣。作为老友，我当时也极力鼓动哈金接受耶鲁的"高聘"。哈金最后没到耶鲁上任，我们也最终没有成为耶鲁同事，其原因也恰恰因为——写作。耶鲁是一个"教书比天大"的地方，再有名的教授都要给本科生开课，日常教学任务很重。哈金在跟自己已任终身教授的波士顿大学相比，波大能给予他自由写作的空间和时间更大，所以哈金最后"忍痛"放弃了耶鲁，让我们几位他的耶鲁友人都"痛"得不行，惋惜得不行。

我们再来看书中访谈的严歌苓。就创作实绩而言，严歌苓，或许是将近二十年来，整个华文文学世界里（包括海内外、东西方）作品量最丰厚、创作力最充沛的一支健笔。读本书的访谈，仔细关注严歌苓的写作，从九十年代中期开始，她几乎每一两年就要为华语世界交出两三部成色新亮、力度超凡而引发文坛震动的作品，从"横扫"海内外各大华文文学大奖的长篇《扶桑》（写海外早期移民）、《人寰》开始，她的一支如椽豪笔，就以"横扫"之姿，做着"打通"这两个纬度、两个战场——此岸与彼岸，海外与中国，历史与现实等等——的非凡努力，《扶桑》《魔旦》《风筝歌》《少女小渔》《海那边》等等，写海外几代移民的生活；《人寰》《白蛇》《天浴》《谁家有女初长成》《一个女人的史诗》《第九个寡妇》《小姨多鹤》等等，直写中国大陆从土改到"文革"的当代故事；到了影视作品《梅兰芳》《金陵十三钗》与长篇电视连续剧《幸福来敲门》等等，她的笔触，又一下子从清末民初、抗日战争的历史风烟跳进当下"京上广"的都市言情、家庭伦理上。——海内、海外，部队、地方，地主、农妇，戏班、青楼，西国、东瀛……就题材的辐射面与写作的宽广度而言，严歌苓与哈金一样，同样是无所不能写、无所不敢写（到了二〇〇九年出版的长篇《赴宴者》，更是她以非母语的英语写作的作品），而且每一出手——从题材角度、人性挖掘到叙述章法，都显得别具匠心、别具生面也别具高度深度。完全可以这么说，因为严歌苓的出现，给当今整个华文写作定出了新的艺术标杆，而被书中访谈的陈瑞琳称作"海外三驾马车"——除严歌苓外，虹影、张翎的写作——从虹影的《饥饿的女儿》到张翎的《金山》《余震》（即电影《唐山大地震》），也同样呈现出这么一种"宽"象——这么一种"打通"中外题材、超越历史现实的非凡功力和非凡气象。正是因为有了哈金、严歌苓、虹影、张翎等等这么一批作品丰厚扎实的代表性作家的出现，海外华裔作家和华文写作才"初成气候"并蔚为壮观，成为全球化背景下的华人题材写作与汉语写作版图上，崛起的一片新的群峰，同时也引起了中国文学同行和华语读者的广泛瞩目。

　　本书的降生，可谓恰正其时也。据闻这本访谈录的完成前后跨度十一年。书中的三十二位移民作家地域跨越美洲、欧洲、澳洲，主访者对多位作家跟踪采访，访谈文本多次更新，可见其工程之浩大。在我看来，作为一部全景式的海外华裔作家访谈实录，全书的最大特色，恰恰是其鲜明的书面访谈色彩——即：除个别访谈有口述记录的痕迹外，绝大多数访谈录，都是由被访谈者——作家本人自己现身书写，以认真严谨的文字回答访谈者的问卷而得以最后完成的。这样，它们给读者提供的，就不是即兴随意的漫谈，而是"作者在场"而"言之凿凿"的"第一手感"和"第一现场感"。对于读者和研究者而言，这个"第一手感"，实在是太重要了。

　　学界同行都知道一个广为人知的故事：在现当代中国历史，尤其是"五四"新文学运动中举足轻重的胡适之先生，从他成名出道之后，就一直非常重视和提倡传记的写作，总是催促身边的熟悉长辈写作自传和回忆录，并身体力行地在其尚在"青壮年"的四十岁，就写下了自传《四十自述》。胡适先生对自传写作的重视，首先就是因为由于"作者在场"，传记写作乃历史记录和历史研究中最值得珍视的"第一手资料"，也构成了历史之所以是历史的基本底色——其最重要的场景、事件和人物、细节。"传记的最重要条件是纪实传真，而我们中国的文人却最缺乏说老实话的习惯。"在提倡传记文学的一篇专论《南通张季直先生传记序》中，胡适先生如是说。本书由访谈者直接现身的访谈特色，就充分显示了这么一种胡适强调的"说老实话"和"纪实传真"的"在场感"和"第一手感"，对于广大关心中国文学的读者和文学青年，对于现、当代中国文学史的研究者，其提供的文学视界和史料价值，是不言而喻的，也是具有开创性意义的。

我自己算是本书的受访人之一。或许是我留洋的历练比书中大部分"同门"都要"资深"一些的缘故——我算是改革开放后第一批出洋的自费留学生（一九八二），同时又是最早的"海龟（归）"（一九八六），一九九〇年后又二度去国，现在耶鲁大学任教——在岁末年终、腊鼓频催之时，本书主事人少川兄来信急邀序文，并嘱"万勿推辞"。几经婉拒而不能。虽说是"恭敬不如从命"，但落笔之时，我还是无法找到自己够格和适合"为序"的理由和写作感觉。所以，上述所言，其实是自己交出的一个"读后感"作业，如果恰巧置于本书篇首，读者就不妨视作一篇行文仓促浅陋的"导读"吧。

逝水如斯，马年飞临。新年除夕，读罢本书的访谈文本，写下了两首有感而发的小诗，就权作本文的收篇吧——

读少川兄海外作家访谈录有感

一

天风浪浪海山苍，步远行遥笔未荒。
旅梦羁怀灯自暖，云毫雪砚句生香。
一宵驿岸听心语，几夜寒汀化梦霜。
湖岭相从未问醉，且温旨酒待华章。

二

乾元鼎鼎送流年，鳞羽翻飞逐浪烟。
未惧渊深未惜力，一逢岸隔一潇然。
欣祈春水鸭头绿，默赏冬窗雪花妍。
造化自凭盈缩尺，此心宽处即家园。＊

＊套借东坡"此心安处是吾乡"句意。

诗成于二〇一三年十二月二十八日，文毕于二〇一四年一月三日雪霁日，于美国康州衮雪庐

与林怀民谈"云门"与《九歌》

大半年前，应一个"两岸文化交流"专题讨论之约，笔者写成《梅兰芳与云门的启示——关于"文化典范"的断想种种》一文。当其时，正是梅兰芳诞辰一百周年纪念，台湾的"云门舞集"则刚刚完成建团二十周年的盛大纪念演出。很凑巧，不久前（一九九五年十月）林怀民带着他为"云门创团二十年"特别编演的大型舞剧《九歌》，到美国来参加纽约的"下一波"艺术节开幕演出，并在华盛顿、洛杉矶等地作巡回公演。这是第一个进入美国主流表演市场的中国人舞台艺术团体。演出获得了轰动性的成功。"华盛顿邮报""纽约时报""村声"杂志等美国主流媒体都以显眼的篇幅发表了专文，给予高度评价。这几家报刊的舞台艺术评论，本来一向是以挑剔、苛刻著称的。笔者与林怀民相熟多年，又不想打搅他，只是在看演出中途托后台人员给他捎去了拙文。纽约演出完后，他打来了一个很长的电话。

林怀民：那天演出完以后怎么不见你？欧梵、华苓他们都见到了，还见到了王渝和夏沛然。

苏　炜：我当司机去了，送远路来看你们"九歌"的朋友赶晚班火车。看管你们后台的警卫可以用恐怖来形容，我在中场休息时把那篇文章给你送进去，费了不少周折，他们几乎要以为我送的是邮件炸弹。——看完我那篇文章了么？

（以下林怀民简称林，苏炜简称苏。）

林：早有朋友复印过一份给我了。从梅兰芳谈到云门，吓死我。不过你那天真应该到后台来，我们的舞者一定很高兴看到那篇吓死人的文章的作者。这样的重头文章，你为什么不拿到台湾几个大报上去发一发？这样，至少可以替我们云门苦哈哈的筹款助一把力（笑）。

苏：你们云门还那么穷么？九二年在台北，你说你是无房无车阶级，我还吓了一跳。都说"台湾钱淹脚目"，大名鼎鼎的林怀民居然开不起车！

林：车现在还是开不起，房子倒是买了一套，就在那年我们聚会的淡水那个居所的楼下，你下回来看看，挺"资产阶级"的啦！靠的却不是云门，是去年一个公司找我拍的一个广告，我想是上天的佛爷怜悯我，突然从天上给我掉下一笔钱了吧？所以我在乎你们写云门的文章，希望让社会知道，没有白支持了云门。

苏：文章写长了，报纸不好发，短了又说不清楚。不过，我还算是言之有据，没有瞎捧瞎吹的吧？

林：当局者迷。我们有些舞者说读不懂你的文章，他们太小啦，你提到的"文革"、样板戏对于他们都太遥远了。况且以往没有人从这样的角度去讨论过"文革"样板戏，你真可以再写文章发挥一下这个话题。"文革"，样板戏，都不是那么简单的"一场灾难"而已。只从"浩劫""灾难"去读解"文革"，很多更深入的东西就被忽略掉了。历史不是那么简单就可以图解的。

苏：是的，明年是"文革"三十周年，真应该有一些更深入广角的思考。

林：听听你对"九歌"的感觉吧。

苏：棒，没说的。当然知道你是想借"九歌"的框子说自己的话，可整体表现上还是很有屈原味湘楚味的。剧场仪式的感觉处理得并不单纯，音乐与音效糅在一起，古今中外的看似顺手拈来，但也不觉得拼凑，风格挺浑成的。我觉得比九二年我看云门的另一个大制作"追日"要更成熟完整，虽然"追日"我当时也蛮喜欢的。剧场观众对下半场那个独舞反应很热烈，你一定想不到，我最喜欢的其实是上半场的群舞，我觉得你是下了大功夫的。

林：哈，你看出来啦。

苏：我想在现代舞里，独舞往往考演员的技巧与即兴表现，群舞才最考编导的功力。

林：云门现在的舞者素质太好了，如今是演员考我，能不能"喂"够他们想要表现的。"九歌"整体上是和演员一起边排练，边顺著大感觉做出来的。

苏：怎么第二节群舞有点乱？视觉上好像太碎。也许需要多几个凝滞一点的线条。

林：我明白你的意思。你看的是二十号晚那场的演出吧？那一节本来就是需要乱一点的，但要乱出内在韵律来。不过二十号那晚演员的状态整体上，好极了，观众也好。

苏："云中君"那段独舞一定场场叫座吧？洋人可能觉得像是看杂技。舞者足不沾地踩在两个黑衣人肩背上足足跳了七八分钟，想法就很特别。演员的技巧也太棒了。可我特别喜欢"山鬼"。节奏编排、大片浓黑，舞台巨月，印度笛渲染出来的幽幽气氛，都颇有湘楚鬼气。演员真跳绝了，完全融进去了。一定是你很得意的一节吧。

林：（笑）好吧，是好吧？确实，很多人都喜欢"山鬼"。可是也有人找我抬杠说：山鬼应该是女的，怎么找男舞者跳？我说真是活见鬼了。谁钦定过山鬼非女的不可？对于"九歌"里的神祇，性别有那么重要么？

苏：我注意到你在整个舞蹈的设计上是刻意地中性化的。特别是群舞里许多素袍的场景，不仔细还分辨不出舞者的性别来。我反而感到"山鬼"现在的效果，换成女性舞者就难以想象了。

林：那就完全是另一回事，完全是另外的跳法了。

苏：不知为什么，"国殇"一节虽然台上的东西很多，还是觉得单薄，感觉不够饱满。可能是情绪的层次还不够？"国殇"之末的水边伤悼，静场太久了。我一直等着一线音乐，当然千万不能是哭天抢地的那种，可以是完全没有调性的，隐隐而来的，哪怕就是像开场那一捧那么响脆的水声也好，我的眼泪就要掉下来了。

林：我就是不要你们掉眼泪！眼泪一掉就什么都完成了。我就是要观众保持点距离，可以——想。"国殇"这样的段落最忌讳的就是滥情，就是不能让泪水掉下来。我知道你们在大陆看舞台表演，喜欢

"以眼泪论是非"，东西好不好，以能不能让人掉眼泪为准（笑）。我们排这一段舞时，足足磨了两三个星期，才让舞者习惯把拳头拿掉。流行的肢体语言里，一到要死要活的地方就离不开拳头。我就是坚持要拿掉拳头，不想用握拳举拳来表现"国殇"。

苏：我想任何版本的"九歌"、"国殇"都是最具有挑战性的，最容易落套，分寸最难拿捏好的。我都难以想象大陆的舞团要编演"九歌"，会是怎么一种样子。要是又落在什么"敦煌乐舞""仿X乐舞"之类的套子里，还是那种要死要活的"感人"音乐，那就没劲极了。

林：我听说"中芭"（中央芭蕾舞团）正在美国作巡回公演。我怎么也找不到他们的团长，本来想请他们看看我们演出的。

苏：他们公演的剧目是什么？

林：好像上半场是"红色娘子军"和"祝福"选场，下半场是"吉赛尔"。

苏：也够难为他们的。八六年中芭第一次到美国作商业演出，我在波士顿看过，跳的就是几乎同一套舞码，"祝福""梁祝"什么的，伴奏音乐还是放的单声道录音带。又过去整整十年了，打招牌的还是要靠样板戏——"祝福"的群舞，整个就是"白毛女"的"窗花舞"脱胎出来的。

林：样板戏许多东西在当时看也许不错，拿到今天就不知道了。

苏：台前那池荷花当然是你的惊人之笔。不过，是不是荷池与舞台，还可以发生更多一点的联系呢？

林：不能再多了，多了又要陷于滥情。我就是要让它若有若无地摆在那里。你知道吗，我们在台北演"九歌"，台前摆的可是真荷花呢！真荷花其实不像假荷花一般容易出视觉效果，我是每天都得亲自去照应她们，弄不好就是一池的残花。但演员们说：对着真荷花跳的感觉，就是不一样。

（我们于是谈起了荷花的种种。林怀民有满肚子的荷花经，我们聊了一个多小时，他仔仔细细地教我怎样在屋后的莲池里种荷花。）

"练摊儿"小札序
——遥寄张大春

隔海叩桐寻旧韵,过山问曲祈好音。
惟求借得水天色,一湛碧青到诗心。

——题记

二〇〇七年初夏在台北,与张大春兄久别重逢,相叙甚欢。先上"鼎泰丰"吃小笼包,又到一个熟人开的茶酒吧赏茶品酒。酒酣茶酽之间,两人聊得最多的话题,就是慨叹今天被称为"旧体诗词"的传统中国诗道的中落。

我闻听张大春现在以"传统诗道托命人"自命,在网上专门开辟了自己的诗词博客(台称"部落格"),几乎以"每日一诗"的书写实践,顽强表达着自己的坚守与坚持。大春笑道:"托命人"或不敢当,但身为中国文人,忝担"作家"的虚名,却生生站在传统诗词歌赋的门外,这是无论如何说不过去的。

作为具有"两岸作家"身份的我俩,都共同体认这一点:作为"千年诗国"之本——传统中国诗道的血脉,不应该在这一代华语作家身上中断。是到了重新为"旧体诗"正名,让传统汉诗与新体白话汉诗一样,重归"正统""主流"文学殿堂的时候了!也是到了两岸作家、诗人正视自己的"家门"——重新打点自己的专业修为,重返传统诗道的"家门"的时候了!

席间,聊得兴起,我们不时就用手边的餐巾纸,凭记忆写下自己近时的诗词习作，互请"指教"，互为评点。片来纸往的，我们似乎较上了劲儿。手头顺手可引的，是大春的"阵风五首"之一、二："紫芝客懒尤多饮，澄月潮生一半凉。谁送好风消嫩醉，笛声知路到诗囊。""载酒题襟事不多，故人春兴问如何。黄公垆冷灰吹散，壁画蛛丝雨乍歌。"

记得，是读完我写给余英时先生的那首绝句"沉钟独语对深流，病霞衰草画素秋。满川风雨无人渡，五百年修一叶舟。"满脸酡红的大春忽然把小桌一拍，几乎以京戏铜锤花脸的嗓门，沉声喊道：苏炜！咱们来打擂台！——说正经的，咱们到网上去，开一个诗词擂台对打，应招各方英豪参战，怎么样？

我一听马上"腿软"，连连摆手说：要不得要不得！你老兄这"每日一诗"、每天开博的，早已经练出了一身武功，老弟我三天打鱼两天晒网的，那些随意潦草的诗行，大多还没过平仄、对仗、协律的门槛，上面那首短句即是。要打擂台，你也得先让我练练"摊儿"再说！

——"练摊儿"是北京话，乃江湖上"做功课"的别称。

那天酒酣耳热，我们虽没有"击掌为誓"，彼此神情却都非常"较真儿"。我不知道，大春酒劲过后，有没有再把这"酒言酒语"当真？

我么，回到耶鲁教书，可真的就把这"练摊儿"惦记上了。特意公告了郑义、北明、一平、谭琳、刘荒田等几位就近相熟的文友诗友，说我哪怕不敢"每日一诗"也至少要"每周两三诗"的，开始做自己的诗词功课。"公然"把话放出去，是为着给自己一点"舆论监督"，以防脖子上顶的这个榆木脑袋偷懒。

下面选录的这些诗词习作，就是大半年来"练摊儿"的收获，在此遥寄大春，并请各位方家、高人评头品足。

我知道，它们虽还都算是自己花了心思、有感而发之作，也有以"旧瓶装新酒"——以"旧体"格式述说新鲜事当下事的诸般努力；但为诗境界、协律、对仗等等，问题尚多——有些则是明知"平仄"有失，却不想以音害义，便将错就错的；说明自己的功力、修为还不到家就是了。

之所以敢在这里公诸于众，除了践大春老兄之约外，其实还存了一份"私心"（"公心"?）——我想呼吁一种风气的重建：说白了，打诗词"擂台"，就是文人之间的酬唱。此乃复兴传统中国诗道之举，也是"大家众人的事",因而,也是一种超越政治的文人酬唱。所以,这个诗词擂台么,还是要请"大家众人"一起来打!

二〇〇八年三月七日写于耶鲁澄斋

"摄影发烧"小记

首先要感谢西舟老兄。没有他的鼎力相助,这一堆陈年的"发烧余物"不可能从胶片图像转换为数码图像;没有他的热心坚持,这一批二三十年前的幸存图片,也不会以今天这样一种面貌与大家见面。

二三十年前——不,时间几乎要再推前到三四十年前的七十年代早期。那几年间,我曾辗转于海南农垦兵团五师师部(临高加来)和五师一团(儋县西培)的师、团报道组,贯穿此生的文字生涯也于焉开始。但因为从小喜欢画画,一直对图像、色彩、画面、造型一类的形式很敏感(借调团部早期,团部大版报和××批判大会上的那些大幅宣传画都是我画的,直到后来有"高手"出现才"让贤")。一边写着关于开荒大会战或"向某某献礼"的那些程式化的文字,内心里暗暗羡慕向往的,其实是师部专职摄影报道的小韩脖子上挂的那串威风八面的海鸥牌相机和大圆盘闪光灯。终于,大约在一九七二至一九七三年之间,我的这种渴慕心思得到了一次小小的满足——师部举办新闻摄影学习班,各团报道组派员参加,办班地点先在师部,后在红光农场。我便"迫不及待"成为了其中一员。短短两周的学习,凭着有限的几部海鸥牌相机和几个一二〇胶卷练手,我们学会了"用光"、"景深"、"光圈—速度"、"对比—反差"等等基本摄影概念,而真正掌握和反复练习的摄影技能,反而是今天为一般摄影人所不齿的"摆拍"(那时候几乎所有的"新闻图片"都是"摆拍")。这是我与摄影的真正结缘之始。但限于当时的条件,记忆中我几乎没有完成过任何一张及格的、最后得以正式发表的"新闻摄影作品"。

弹指之间,时间跳到了负笈出洋留学的一九八二、一九八三到一九八五、一九八六年。之所以省略了一九七八——九八二的大学时期——尽管那是个风云激荡的年代，虽然喜欢摄影依旧，却因为手头拮据，从没拥有过自己的相机，即便赴北京、览西湖、登黄山，都是借同学的苏式一三五相机匆匆拍来，所以无从作"摄影发烧"。直到一九八二年春出洋留学，凭着打工、吃便当省下来的微薄积蓄，我终于拥有了自己的第一台手动单反尼康机——从一开始就认准了日本尼康相机，自此便成了"尼康党"，换了N个世代，至今还未"康"完——我的"摄影发烧"这才真正红红火火地"烧"起来了。

首先"烧"着眉额心窝的，自然是异域景观、风情对视觉的冲击；而真正的"烧"到心底深处且欲罢不能的最大动力，其实反而是——"寂寞"。先是万里投荒，孤身面对纷纭外部世界所感受到的内心孤独与孤寂；再是，随即因为分离分隔，不得不从大学时代那场轰轰烈烈的恋爱中失恋抽身，所陡然陷身的无边哀愁与无尽寂寞。那些年间，独自面对，孤身往还，黎明前等待照亮山崖的晨曦侧光，落日下追逐透视海涛的夕照逆光，随时随地与我相依相伴的，就是这位叫作"尼康"的小"情人"。从加州大学到哈佛大学，从太平洋边到大西洋畔，蹲守抓拍着每一个瞬间都在变动的湖山光影，细细品藻着每一个咔嚓、每一格胶片间的趣味百感，领略着以一己镜头与大自然对话、与社会人生百态互动的兴味和感悟，成了我疗救创伤、走出困境、自助自救的天赐利器。于是，这一场绵延数年数国的"尼康之恋"，便"恋"得动情，也"烧"得奢侈。

——"动情"也者，是摄影一旦进入发烧状，便造成日常生活随时随地的"取景框化"——那双对光源、明暗、构图极其敏感的"摄影之眼"几乎无时无刻不在"状态"中，上天入地、草坪院落、市井闲情、枯枝败叶……任何旷阔或微末的景致，随时随地都可以让你激动发烧。镜头，彻底颠覆了我以往对"美"的狭义理解——从摄影的角度，大美无言也无形，无定也无限；有时"不美"即是"美"，有时甚至是"审丑"即"审美"。镜头孤立了美也还原了美，纯粹了美又整合了美，因之更强化、多义化了美，又升华、深化了美。所以，特别容易让人"着魔"。好几年间，日常一旦发现可以进入"取景框"的物体而手边没有"尼康"，就恨得抓耳挠腮、捶胸顿足（因之，相当一段时间，"尼康"就变成随身包包里须臾不能离的"腻侣"）。下面这些习作，自然就"发烧"时期随时随地都会

"疯魔"的产物。

——"奢侈"也者，摄影，可谓那年月里最烧钱的"业余爱好"了！不似今天可以"百试不爽"的数码摄影，下面这些从几千上万张报废图片里选出来的摄影"习作"，每一个"咔嚓"都有"含金量"，"烧"的可是真金白银的"柯达"、"富士"胶卷和相纸呀！靠"洋插队"打工存活的自费生，那一张张"枯藤老树昏鸦，小桥流水人家"，可不就是从热狗三明治、隔夜午饭便当上省下来的，以"住家男佣"的血汗钱堆出来的！所以，坦白说来，我的"摄影发烧"之旅，基本上是单身寂寞的烧钱之旅；我的"摄影退烧"呢，则基本上就在二度去国、结束单身、又阮囊羞涩的初婚之时。有"另一位"看守私己用度之后——如此拍一卷胶卷就要扔出去至少一天饭费的"业余爱好"（况且鄙人此一类需要烧钱的"业余爱好"又出奇的多），就实在是因为"烧"之有愧而无以为继；开始还以"媳妇儿"当当人像模特，整体的摄影发烧呢，就只好"金盘洗手"了！

所以，这里呈上的摄影习作，基本上是"上个世纪"八十年代的旧物，其摄影手法的稚嫩，影像质素的参差不齐，也是显而易见的（真的不能跟今天同辈业余行家——网语戏称为"驴友"、"色友"们的作品成色相比）。因为大多为域外风光摄影，又以树的影像为其突出特色，当时（一九八八）国中有一家旅游出版社有兴趣为此出一本诗配画的图片集，集名就叫《人和树》。已有好多位文学圈子的老友答应为图片配诗（老兄长刘再复的几首配诗甚至都写好了——后来收入他的散文诗集里；名诗人舒婷也说她乐意援手相助），结果，此"诗配画"终因世情骤变而夭折。今日听闻，连这家当年颇红火的旅游出版社都已不复存在了。睹物思往思人，这幅幅旧照后面其实都藏着不同的故事，真令人生出时不我予的白云苍狗之叹啊。

闲言休提。再次谢谢西舟兄的代劳代帖——这批摄影旧作和少作，就请各位农友方家评点指教、"拍砖""吐槽"吧。

二〇一四年十一月二十日写于耶鲁澄斋

闲情里的格局与深味

——知人论世说刘荒田

"入世""出世""人情世故""立身处世""知人论世"……谈论中国文化，无论身居庙堂或者人在江湖，其实都离不开这个"世"字。——"世俗""世态""世情""世味"的"世"，也就是掉书袋者说的"实践伦理""现世关怀"和"人伦崇拜"。借用费孝通在《乡土中国》里深入浅出而又相当传神达意的说法，中国文化里的这个"世"字，其实是一种"土气"——一种深植于土地、注重日常伦理的礼俗社会（费孝通把它称作"在熟人中生活的社会"）的人性特质。"因为只有直接有赖于泥土的生活才会像植物一般的在一个地方生下根，这些生了根在一个小地方的人，才能在悠长的时间中，从容地摸熟每个人的生活，像母亲对于她的儿女一般。陌生人对于婴孩的话是无法懂的，但是在做母亲的听来都清清楚楚，还能听出没有用字音来表达的意思来。"（费孝通《乡土中国·乡土本色》）

读这本《刘荒田美国闲话》——如同读荒田兄的其他散文、随笔文字一样，抒卷掀页，立时就让我体味到费孝通上言的"在悠长的时间中，从容地摸熟每个人的生活，像母亲对于她的儿女一般"的言述风格，始终让我氤氲在甚至陶醉在一种浓浓的"世味"之中——一种富于泥土味、草根味的，对于世态人情的深细品味。

这种品味，表面看，如同分辑那些小标题一样，好像是"鸡零狗碎""东扯西扯"的；细细咀嚼，却鲜活、灵动，有嚼头，有真意，有深味。海外华文"祭酒级"名家王鼎钧先生（我们都尊称他"鼎公"），把刘荒田散文风格称之为"华人散文中的巴尔扎克"，我以为，就是指的是刘文中这种植根现实土壤深处而深刻剖示人情世态的"世味"。我想起罗丹雕塑的那尊以一袭睡袍、一双笑眼冷眼慵懒面世的巴尔扎克像——一如写作

"社会百科全书"式《人间喜剧》系列的西方写实大家巴尔扎克,以朴实无华的文字手术刀,细剖十九世纪巴黎社会的浮世绘一样,刘荒田的这本"闲话"集,也正是他老兄披上的一件"慵懒的睡袍"(用他在书中引用的十七世纪英国诗人赫伯特的话,则是"在夜里脱下你灵魂的外衣"),于闲逸闲暇闲说之间,透现出一双剖示人情世态的笑眼冷眼——笑眼里有幽默会心,令人处处触抚到人情世故里的那种温煦莞尔;冷眼中却又见力透纸背,不时自微言大义中展示世相惨酷的一面而令人怵然一惊。《刘荒田美国闲话》也是一种"浮世绘"风格。与巴尔扎克长于雕镂人物、塑造典型不同,刘文是以微风细雨、家长里短的札记式文体,道出他植根于故国泥土与北美草根生活深层的世态观察和人情剖析。

我这里再一次强调了"泥土"和"草根"的字眼,是想特别指出刘荒田文字里的一种视角特质——一种既不是俯视人世的"上帝的眼光",也不是"零度进入"、旁观人生的"精英视界";它的视界是置身其中的。观察和言说本身,就是生长在泥土里、草根里的,因而是深具泥土气和人间烟火气的;或者,这种言说本身,就形成了泥土、草根的样貌。刘荒田出生成长于特别富有南国世俗风情的广东台山乡镇间;旅美多年,他一直在"高级打工族"或者"资深蓝领"的生存环境中坚持写作。一如费孝通前述的"因为只有直接有赖于泥土的生活才会像植物一般在一个地方生下根,这些生了根在一个小地方的人,才能在悠长的时间中,从容地摸熟每个人的生活",刘荒田笔下的那些世态风情与所见所思,抒写的都是他日常"摸熟的"、对最贴近身边的"生活流"的细微观察。他笔下的故国之思,是散发着"阿二靓汤"的浓洌香味的,是藏着"金山阿伯"那串陈年钥匙的叮哐响声的;他笔下的美国,是"乔治又向我投诉他老婆偷人了"的美国,是"趿拉着拖鞋上唐人街叹(享用)一餐下午茶"的美国。所以他文字间的"乡土味""草根味",完全是自然态、原生态的,手制家酿、原汁原味,大大有别于那种依凭"体验生活"来营造的"田园风光"或者"到美国三个月可以写三本书"的快餐式、猎奇式"异国风情"。习惯于精英主义书写的笔手们,大概不会甚至不屑于书写刘荒田笔下的那些"琐屑话题"——从"六合彩""男人回头率""接吻学""御夫术""高等调情""马屁学发微"到"修车等待""卖房子时机"等等。但这些,恰恰是日常世俗生活里，女人在厨房或者男人在理发店，打工族午餐的地头或者上班族等车的车站等等，最常遇见的话题和最容易联系人际伦常感情的方式。刘荒田的"闲话"，就是刻意要和读者之间搭建这种伦常感情的联系方式，在日常世俗里拓出宇宙乾坤。

中国文化本来是一种非常重视世俗人伦（所谓"人情世故"）的文明样式。但古来中国士人的"传统"，几与"正统"同义。世俗生活的起居行止、油盐酱醋、为人处世、家长里短，几乎从未走入过"庙堂言说"和"精英法眼"，而形成"世俗书写"的有机源流和传承链条。从文学史的角度，近千年来汉语叙事文学的发展——主要是小说，从唐宋传奇走到明清话本，直到由《金瓶梅》开始，把笔触伸向世俗日常生活的描摹，才奠基起汉语叙事书写的成熟理路，引领出日后《红楼梦》和曹雪芹的巅峰与新文学叙事创作的辉煌。散文一翼，明清文人的笔记文字里曾有过"世俗言说"的亮眼表现（比如晚明小品）；"五四"新文学以降，救亡、启蒙的"宏大叙事"成为时代主旋律，对世俗生活的关注，在周作人、林语堂那里也曾灵光一闪，随即便被呼啸而过的时代狂飙席卷而去了。自此，"世俗书写"一概被视为"低级趣味"，从此在"严肃书写"里销声匿迹了。"文革"以后的"新时期文学"，大体沿袭的是"五四"新文学的"民族寓言"与"宏大叙事"路子，个人化的世俗抒写，在小说一类的叙事作品里尚存生机，在散文随笔领域，敢于写"俗"、入"俗"、品"俗"——剖世态、析世情、言世故，则鲜有标新立异者、独出机杼者。我无意于在此把荒田兄的这本"闲话集"无限上纲，捧到"文学史"某某高位上；但我重视此书的写"闲"而不避"俗"，而且能够一无挂碍地写"俗"、言"俗"、立"俗"。其偏偏能言人所不能言者——特别是"精英书写"所不能言者，正是大俗里处处见大雅（想想他与台湾老诗人纪弦那些为俗话题互相酬唱的诗篇吧——见《从头发到额纹》）；同时，在浓浓的人腥气、土腥气与烟火气之中，氤氲着的厚实的书卷气（为任何俗话题都可以随手作古今中外的旁征博引，正是本书最令人"惊艳"之处）。

本书的另一个特点，正是它浓浓的"闲"味。此书确是一本可以随意撂搁在茶几上、携之于旅途中，慢吞吞、悠悠然翻阅于入睡枕前、等车隙间以至如厕之暇，可以随兴自任何一页进入，泛读、细读、"有一搭无一搭"地"卧读"的书（所以，我对此书版式开本的设想，是千万不可印制成那种似乎当下书市流行的高堂讲章式的"大书"）。然而，看官却千万别看走了眼，此书所独具的"俗味""闲味"，却绝非那种闲得无聊用以打发时光的"地摊味"。此书的大多篇什——从"鸡零狗碎""谈情说爱"到"东扯西扯"，更勿论后面压轴的"胡乱翻书"，多有触类旁通、举一反三、居安思危、醍醐灌顶之思，就我的阅读感受而言，是始而一目数行，莞尔大乐，继而屏思静息，"当起真来"，渐渐便品出其中洞世察人的深味，本是"卧读"的姿势，也不期然地"正襟危坐"起来。

我这里且举一例：

粤语"前世"，常常是老辈人日常的感叹词。惊讶、欢喜、震怒等等，都可以感叹："前世啊……"刘文以坊间邻里谈天说地的笔调，在细描老人家们各种感叹"前世"的眉眼声口之后，笔锋一转，发了这样一段议论：

> "前世"如何如何，是朴素的天命论。我以为，如果拿它作为对结果的解释，而不是行动前的向导，积极意义多于消极意义。在缺乏宗教情怀的人群中，以"前世"给没有顾忌和敬畏的心灵一点警戒，未始不是好事；何况，它能治疗心灵创伤。一位去年初往南亚齐亚岛采访的记者告诉我，他亲眼看到，在海啸中死去大半成员的家庭，安葬了亲人后，惨重无比的悲伤很快过去，因为他们坚信死者是上帝招到天国去享福的，亡魂安顿得好，他们都安心了。

（《小小品三十则·前世》）

小小一句坊间俚语，其间所包含的世俗伦常、宗教伦理和现实功用，被作者三言两语"点化"出来，世俗画面一时化为哲理思辨，你不由得要在这样的段落面前略为愣神、掩卷而思；而这种微言大义的段落却在满书里俯拾皆是，丰盈摇曳，令你感受到一种"俗中见雅""闲里有思"的逸趣。

书中更多的是娓娓道出各种令人喷饭的俗世故事之后，作者忽然显露出的那种洞世知人的机敏睿智。

"谈情说爱"一辑里，说了一个让我捧腹大乐的"公司执行长"的"荤段子"，故事终了，作者写道：

> 我且来个推测，胜任柳下惠的现代男人，如果当上这位执行长，结尾处"乱"和"不乱"的比率，又为若干？不错，执行长的荒谬，在于判断。然而，在那个特定的日子，特定的情境下，这样的失误，不是颇合于"女追男，隔层纸"的逻辑吗？它所以变成闹剧而没衍成婚外浪漫史，仅仅因为戏码的末尾改了，使得"生日派对"的"惊奇"变为性的洋相。

（《从柳下惠说到性诱惑》）

——这真是一个在"公司政治"与"办公室人性学"里吃透了人情世故的"老狐狸"的"毒眼光"！这种俗而不亵的"荤段子"，别说那些涉世未深的嫩竹笋、嫩豆芽们的"文艺腔"道不出个中奥秘；就是那些在各种"主义"概念里高来高去的"精英书写"们，也很难品出其中况味。然而，"执行长的荒谬，在于判断"，这种荒诞剧在"特定的日子，特定的情境"下，几乎是人性通病、"凡人所为"，不是要让你对"活在真实中"（捷克哈维尔语）的世情世态，品味再三、思之再三的么？

书中种种对世态人情的细说细描、绮想奇思，真的难以一一细述。更不必说，书中众多篇什，对旧金山华人社区生活事件的现场实况式的描述——比如围绕"扫黄"与"黄色"的争议，所引据的《丑陋的"扫黄"可以休矣！》以及《捍卫黄色刍议》诸文，以及关于"笔名""红卫兵"等等的笔墨官司，则简直可以视作唐人街"世俗风情画"的深度描述，甚至具有一种社会学、政治学价值的"田野读本"的意味了。

荒田此书，秉持他一贯的"存天真，任自然""无可不言"也"无可不对人言"的笔风文势，将人情世故的闲话闲说，写成一种"刘味"独具的风情格局，读来鲜活热辣、泼剌佻挞，有一种无遮无拦、一吐为快的倾吐感、过瘾感，"踢到脚边的石头都可入文章"，仿佛时时让我看到一个在田野间、市井间赤足行走，在春雨里、泥泞里赤身沐浴、放肆歌讴的身影。坦白说来，对于我这个沾了一点"精英言说"边儿的"学院中人"，真真是一种刺激——我时时会掩卷忖思：这样的句子、这样的角度，你能么？——为什么你就触觉不到也说不出来？你能把世俗图景、市井话题，言说得这样直白自然、毫无矫饰而又深意独具么？

记得，歌德曾将他的自传命名为《诗与真》，明章大义地强调他对"真"在文学书写中的价值的重视："所谓自然，即是才情横溢的诗人对一个矫揉造作、徒具词藻、墨守成规的艺术时代的反其道而行之。"在这样的评述短文里，我本来也想作作"瑕不掩瑜"一类的例行文章，为避"谀文"之嫌，给荒田的文字找找茬、挑挑刺，比如"有时候可以落笔更节制一些"，"粤语方言入文如何才能使用得规范化一些"，诸如此类。但是，"话到了嘴边，又咽了下去。"——我忽然醒觉：如果硬要按"精英标准"去"规范"刘荒田，"刘荒田"，就不成其刘荒田了！还是让刘文保持着"她"的原生态——那种选材命题的随兴自然，那种热辣辣、泼剌剌的泥土气、烟火味和草根感的好！在今天这个同样被来自社会、经济的暴戾气、铜臭气挤压扭曲得矫揉造作、言不由衷的时代，我珍视荒田兄为人为文间的那一分真气和直气。所以，尽管因诸事纷忙而行笔匆匆，或许未能细读细研荒田大作，"尽得闲之三昧"（见《"闲"的三境界》），我也不揣冒昧，呈上以上几页粗疏文字——荒田兄坚持要称之为"序"我却愧不敢当，就算是一位直肠直肚、同声同气的乡里后学的一点心存诚敬却未成方圆的读后感吧！

二〇〇九年五月十一日写于期终大考忙乱中，急就于耶鲁澄斋

在错位与并置中造就新视界
——读《他乡故国》

"这是最好的时光，也是最坏的时光，……这是希望的春天，也是绝望的季节……"作者在《他乡故国》的开篇扉页上引用的狄更斯《双城记》里这段著名的话，既可以视作小说的主题旋律，也可以看作书中的叙述本事（小说主人公伟在"文革"中就是以《双城记》原文本开始自学英语的），甚至，更可以视为小说的基本结构方式——从书题《他乡故国》开始，这样场景分置、相互对立、逆向联系的词义、主旨、情境、情绪以至人物关系等等，就成为贯穿全书的一种"有意味的形式"，也成为抓住读者的阅读期待和阅读兴趣的一种叙述策略。

在我看来，王瑞的《他乡故国》有别于一般"留学生文学"或"新移民文学"的地方，正在于这样一种刻意为之的情境的错位与场景的并置——它不是一个时序性的由困苦挫折走向成功辉煌、由苦哈哈到甜丝丝的"成长故事"或"奋斗故事"；它也不是一种失落于东西文化夹缝之间的文化乡愁式的自怜自叹。它的每一段故事都是独立的，但又互为背景；它的每一个色块都是具体的，充满斑斓可触的细节却又并非"零度进入"的繁琐写实。正是在"他乡与故国"、"他乡成故国"、"故国变他乡"的强烈对立和对比中，由生命场景的切割感，带出时代的裂变和世态的荒诞；在时空交错的人性冲撞和场景交织中，生发出一种迂回深挚的世变之思和沧桑之叹。

我喜欢此书叙述中那种跳跃的色块感和节奏感。如果要寻找此书的叙述主干，或者可以这么说：这是一个中国男人与几个东西方女人之间跨时空、跨种族的感情故事。主人公伟和他的少年恋人——他暗恋的英文老师周雯瑶和暗恋他的儿时玩伴娟娟的情感纠葛；主人公齐伟植和先后两个同叫苏珊的西方女人误打误撞、阴差阳错的邂逅相遇又倏忽离散；以及着墨不多却形象鲜活的那个不是亲生却视如己出的女儿蘑菇，以及那个默默爱恋并甘于付出、最后却大恸而退的秘书南希。因为场景交错并置的特殊叙述方式，笔者注意到，其实作者的人物设计甚至细节的穿插也是并置交错的——比如，伟在初识"周老师"时在读《红与黑》，书中的于连与"市长太太"德瑞夫人的暧昧情感，与现实中伟与"第一把手夫人"周雯瑶的情感的暧昧，就是一个对子；齐伟植生命中遭遇的两个同样名叫苏珊的西方女人，一粗俗一温雅，也是比照着推动情节发展的。包括伟读《牛虻》中的结尾，琼玛收到亚瑟的绝笔书中那段话："亲爱的琼，明天早上，太阳升起来的时候……"在书中先后两次出现（还包括其他引文——如雪莱诗的重复出现），就存有作者刻意比照、呼应并置的经营匠心。但是，这样两种时空的交错穿插，作者走笔写来，却很少把笔墨停滞在过程的交代上，而是直接把一个个转换的场景和一段段"情感结果""摔"给读者，至于过程中起承转合的逻辑关系，则完全由读者用自己的想象填充。读者在阅读中享受到的，是一种跳跃的快节奏感和大色块感，有时仅有寥寥几笔的人物、场景，也能给人留下深刻印象。比如伟与那个张瞎子拜师学艺的故事，在书中所占篇幅很少却牵一发而动全身，时代感、命运感、人性挣扎等等俱浓缩在这个小色块里，东一跳西一闪的，始终掀动读者的阅读关注。这种大色块、大跳跃、大写意式的笔路，应该说是"与时俱进"的，相当适合这个"讲究速度的时代"的阅读习惯的。所以此书在叙述中跳脱着一种鲜活的生气，音调很年轻，画面有蒙太奇感，剪切得很痛快。许多篇章段落读来，忽而迂回忽而跌宕，情绪被撩到高处又戛然而止，相当过瘾。

但是，"成也萧何，败也萧何。"恕我直言，这种大色块、快节奏的叙述，由于持续在跳跃中，有时就容易失之空疏——窃以为，各种场景、情节的流变与突变中，在几个重要的关目里，欠缺空间、过渡等等转折方面的经营，是此书叙述上的一大弱点。叙述上跳得太快，让读者的阅读期待升高起来后又急匆匆地摔跌下去，就留下了一种仓促、粗率的痕迹。比方，最勾动读者的期待和想象的，二三十年后伟与"周老师"的相逢，就没有充分在情节的大幅度跌宕中做好过渡转折的仔细经营，包括故事结尾处突然冒出来的大关节——他们之间的一夕之情原来竟留下了一个残疾的儿子，这么重要的一段情节匆匆冒出，又急急收束，使得伟周之恋——这段开初写来相当细致动人的情感，有一种虎头蛇尾、草草收场的感觉，这是笔者在终卷时感到"很不甘"的地方。

应该说，我以为此书在阅读中让读者感到最亮眼、最炫目之处，恐怕是书中繁复众多的、非有深厚的双语功力和亲历经验而不能掌握、提纯的那些新巧夺人的细节。比方，那一段让人忍俊不住的"文革"大学生"工农兵学员"学英语的汉字口诀："'来'是'康马'（come）/'去'是'狗'（go）/'是'是'爷死'（yes）/'干什么'是'娃的豆'（what to do）……"就不是凭空可以想象出来的。还有，书中的洋教授把《红楼梦》《三国演义》《西游记》这些中国古典名著，称为《红匣子的梦》《三个王国》《西方旅行》，就是真正浸淫在真实的西方院校生活的双语语境中，才可能捕捉到的细节。又如齐伟植送意外怀孕的女儿蘑菇去堕胎的那个场景，环绕诊所的抗议人群那些对话；也包括预约送披萨到家却不愿开门而被披萨公司用电话追钱的细节；犯错的华人教授王书基按办法上门找代理院长拉关系的片断……等等，在在都是从真实鲜活的美国生活场景里剔取的本原性的有机养料。这些别致的细节成了充盈全书的血脉骨肉，大大增加了人物、场景的质感，也是使得《他乡故国》在众多有"留学生文学"之名而无西方生活实感之"实"的流行作品中，显得木秀于林、独树一帜的地方。

这，其实是近年来所谓"新移民文学"的一个全新的趋向：海外的华文文学，已经逐渐走出了以往那个"外来者""边缘人"的猎奇、旁观的视角——包括曾经走红一时的那些某某在纽约、某某在曼哈顿等等之类的流行作品，那种种夸饰的"天堂""地狱"之论，其实是还没有真正融入西方主流生活，完全（或始终）是美国真实生活的"局外人"（Outsider）之故。《他乡故国》所呈现的生活场景，就大大不一样了。书中人物一举手一投足，从人物关系到情节关节，从对话到表情，都与书中那个真实的美国院校知识分子的生活场景，呈现一种如鱼得水、水乳交融的关系，写来自然真切，却不带任何"主流中人"的成功炫耀感（而上述那一类流行作品，虽为"局外人"，其"成功"模式，却处处显露种种媚洋媚富的炫耀之心）。那几个大学教授之间相处、到校长家打高尔夫球的片断，那种有别于华夏风味的美国式"校园政治"的着墨，真是让笔者这个同为美国大学的"校园中人"，心有戚戚焉！与那段作者着墨很多、从一开始就很抓人的伟与周老师的若隐若现的恋情相比，我更喜欢齐伟植去华盛顿开会，误打误撞在自己订好的客房里邂逅另一个同样叫苏珊的女人那段罗曼蒂克的故事。写来巧合却合情合理，落墨很轻却笔触很重。读到苏珊因造访他而飞机失事骤逝一节，因有"两个苏珊"的误置，读者在那一个阅读预期落空之中受到猛然一击；苏珊的骤现骤殁，既是主人公生命天空中划过的一道闪亮的流星之光，也成为全书中最动人的一个场景片断，一个生命瞬间。

最后，最打动笔者的，当然是《他乡故国》这一书题所寄寓的深意——作为同命运者，从我们踏出国门的一刻起，这个"故乡—他乡"的错位、并置，及其融合、对峙，就成为我们生命中一个永恒的情结，一段无以摆脱的存在困境。它让我想到我喜欢了很多年、以前文字中也一再言及的德奥作曲家马勒一百多年前说过的一段话：

> 对奥地利人来说，我是个波西米人；在德国人眼里，我是奥地利人；就整个世界而言，我是犹太人，所有的地方都勉强收留了我，但没有一个真正欢迎我的地方，我是一个没有国籍的人。

这段话，其实是理解被历来乐评家认为晦涩深奥的马勒音乐的一段入门台阶。完全可以这么说，马勒音乐中常常被人们讨论的那些主题——关于人性的"异化"（metamorphose）、"变形"（transfiguration）与"净化"（purification），就是从这样一种自我认同的两难抉择中来。——正是这样一种自我身份认同的两难抉择与两难悲哀，从另一方面看，恰恰开拓了人性的全新可能性、视野的全新向度。在今天全球化的时代，这样一种全新的人性感受和视野向度，超越了地域、种族、血缘的限制，其实反而是对人性本身、生命本身的一种超越，一种拯救。《他乡故国》其实是写出了或触及了这种自我的超越和救赎需求的——虽然还触及得不够深、不够细。对于当今海内外华文界，作者王瑞，或许还是一个"簇新的"名字；

但从书中"要出手时就出手"的大刀阔斧的落笔风格来看，作者其实已经在中英双语中耕耘有年了。此书的叙述虽还时见粗率稚涩处，却也真切透现出作者捕捉细节、切割场景的笔墨才情。笔者作为遥隔北美东西岸却文思相通的一位亲近朋友，对作者王瑞兄的笔耕前景，是寄予厚望与期待的。我也诚挚希望读者会像笔者一样，能够拿起《他乡故国》就不肯放手，一如追逐沧浪潮头，直追到滩头海涯方能释卷。

末了，说到超越与拯救的主题，仿照本书借用《双城记》的对立并置句式，我也引用一段对立并置的西哲老话来结束本文——这也是讨论马勒音乐的人们常常喜欢引用的："那试图拯救自己生命的，必将失去他的生命；那将失去生命的，他的生命将被拯救。"（引自《路加福音书》）

二〇〇七年十二月四日写于耶鲁澄斋

"幽草"与"雾水"

——读谢炎叔叔《幽草集》

"天意怜幽草,人间重晚晴。"这是晚唐诗人李商隐的《晚晴》中的名句。本书《幽草集》的题名本于此。《晚晴》全诗是这样的:

深居俯夹城,春去夏犹清。
天意怜幽草,人间重晚晴。
并添高阁迥,微注小窗明。
越鸟巢干后,归飞体更轻。

这首诗,几乎从整体意境到具体的细节,巨微俱现地概括了谢炎叔叔和这本《幽草集》留给我的全部印象。

正是在人生"晚晴"的佳境与佳景之中,谢炎叔叔编出了这本集合了他自己近年新作的散文集,一定要请我为集子写几句话。按说,作为后学晚辈,是不宜为前辈的集子留下序、跋一类文字的,这有点不符传统礼数;但我却几乎是毫无踌躇地、也责无旁贷地就答应了。说起来这个"毫无踌躇"和"责无旁贷",这后面,果真就有着不一般的渊源故事。

从我们的孩提时代起,谢炎叔叔的大名和身影,就常常在我们这个多子女家庭嘈杂热闹的日常生活背景里出现了。他既是父亲在广东省民盟机关的工作同事,又是自一九四〇年代中山时期起就跟随父亲一起为当时的进步事业茹辛历险的战友和至交。平日在大多数家庭场合,在我们眼里,父亲是一位严父,也是一位喜怒随时形之于色的性情中人,无论是检查我们每日要写的日记和功课,或者是针对我们在到访长辈面前的言谈举止,总是要不苟言笑地随时给予我们各种训导和"敲打"。按说,从年龄上,谢炎叔叔应该是我们的父辈，可是他每次到我们家里，几乎第一时间，就把自己放在和我们平辈的位置上了——他会陪着我们一起听父亲的"训导"和"敲打"，也会"阿燕""阿锤"地唤着我大哥大姐的小名，跟我老祖母呱啦呱啦地拉扯着各种"梅基街""亭子下"的新老杂事（中山时期我们要么还没出生，要么还在稚龄，但他却熟悉我大哥大姐，每每以我大哥大姐的话题讨老祖母欢心），以至直到现在，他会随同我们小弟小妹们一起称呼我大姐苏蕙、大哥苏群为"燕姐"、"锤哥"，会细心出面调解我们大家庭常见的各种口角矛盾；他在《落红护花——苏伯的故事》的前言里，如此描述过他与我父亲之间这种亦师亦友亦亲的关系："作为关系亲密的晚辈，我常开玩笑说：很多时候，其实我和他的儿女们一起，分享着他的特殊的父爱——包括他的种种洒泪之喜和雷霆之怒。"

谢炎叔叔特意命名本书为《幽草集》，在本书的前记《小草自叙》里把自己比喻为"幽草"——幽草，就是普通平凡的小草。其实，这种随时放下身段，"把自己低到尘土里"（张爱玲语），甘愿委屈自己，总是在扮演协调、襄助、荫护他人的角色，以谦卑、敬畏、亲和的态度面对世事人生，真正秉持老子在《道德经》里说的"上善若水，水善利万物而不争"的"不争"人格——他的总是微微前躬的身影，缓缓的语速，低低的话音，正是谢炎叔叔从小在我心中留下的恒久印象。我想，诚恳，谦和，有容乃大，无欲则刚，这，也恰恰是谢炎叔叔今天可以广结善缘，备受同辈晚辈的爱戴尊崇因而得享高寿、儿孙满堂、有个宁静安康的幸福晚年的真实缘由所在——这就是"天意怜幽草，人间重晚晴"的本意所在啊。

谢炎叔叔这种"幽草"的性格特征，最令我这位晚辈感佩不已的，首先就是我亲历的《落红护花——苏伯的故事》的整个成书过程。在他老人家年过八十、已入耄耋之年，发愿成书并拼力完成的这本记录父亲苏翰彦人生足迹的著作，里面的时空跨度、纷繁史迹以及细微而考究的史实细节，令我在浏览初稿时每每震惊不已：他是怎么做到的？他是怎么写下来的？谢炎叔叔当时身在异域，身边既无中文图书馆更无档案资料室，这么浩繁的史料和细节记忆从何而来？如何一字一句落到实处，成就出这么一本超过十万余言的宏篇大著？比如里面的"追随张炎将军在南路"一章，我仔细追循过其中的史料细节——从乡村工作团、学生团，劝张伯母献枪，一直到"周文事件"，我注意到，那是谢炎叔叔将父亲生前零星断续的回忆、讲述，以往史料的片段留痕，都点点滴滴地记录下来，对其中涉及到的如"周文事件"等，还对事件当事人周崇和（罗文洪）作过专访——这完全是长期、细致、低调的积累，才能成就出来的宏篇文字！而谢炎叔叔默默地、持之以恒地做着这一切的时候，虽然可以说，他是出于对我父亲的人生行迹的尊崇和感怀；但他其实只是比父亲年龄稍轻的工作同事，他本身也是一位广受尊崇的民盟老前辈啊。——正是他这种甘于做"幽草"，把自己"低在尘土里"，以自己作"绿叶"而衬托"红花"的宝贵精神，才在耆老之年，孜孜不倦，兢兢业业，随之不单写出了《落红护花》，还写出了另一位革命前辈彭中英的传述以及中共南路地下党史迹等等几十万言的著述！这是一位随时随地都谦卑自持的忠厚长者，甘于以卑微的努力为历史的长河奉献涓滴、为时代的宏构添砖加瓦的义举壮行——谢叔叔还常常以"青春老人"自命，总是在笔耕不息的沉吟劳作中体现出蓬勃、跃动的生命力，每回念及于此，都让我深思、自省、感动、景仰不已！

这种"幽草"精神，体现在本书中，就是他别开生面而贯穿始终的"解读"精神。无论解读《晚晴》，解读《枫桥夜泊》，解读"徽表赐函"，或是对橘州谢氏族姓的探源等等，表面上是一种"述而不作"的本文陈述，其实篇篇俱是"有我之境"——寄寓了谢炎叔叔对人生、世事的许多"过来人"的沧桑感怀和独到见解，在不动声色的探讨里呈现一己创见。比如《解读晚晴》里的这一段议论：

> 诗人的独特处，在于既不泛泛写晚晴景象，也不作琐细刻画，而是独取生长在幽暗处不被人注意的小草，虚处用笔，暗寓晚晴，并进而写出他对晚晴别有会心的感受。久遭雨潦之苦的幽草，忽遇晚晴，得以沾沐余辉而平添生意，诗人触景兴感，忽生"天意怜幽草"的奇想。这就使作为自然物的"幽草"无形中人格化了，给人以丰富的联想。

这里，不但"幽草"被李商隐"人格化"了，而且《晚晴》本文也被谢炎叔叔"人格化"了——整个展开的解读论述，也完全成了谢炎叔叔"别有心会"的"夫子自道"，成为他针脚细密地从诗人的简洁文字里释读出来的微言大义的人生感悟，也成为他历经坎坷沧桑的人生欣逢河晏海清的清明时世的一首"晚晴之歌"，读来令人欣然神会。

又如《解读枫桥夜泊》一篇，文章的本事，是以"若兰的表弟刘振微于今年春亲笔用草书录写了唐代诗人张继的七绝《枫桥夜泊》送给我们，现已装裱镶架挂在卧室里"开篇的，文章随之转入了对刘振微表弟当年被错划右派，而自己更被打成"极右分子"的人生经验的陈述，而对"对愁眠"作出了有别于一般望文生义的表面文章的独特解读。这样一来，文中对唐代诗人张继身世的介绍，对"安史之乱"的历史背景的情景细述，再进入到对仅仅四行七言的精读细解，在在都让人"心有戚戚焉"，显出不一般的"互文性"——古人—今人，现实人生—历史感怀，就浑然一体而得以语义的延伸和升华，进入"接地气"的"有我之境"了。

我非常喜欢谢炎叔叔在此书中一再言及的，老祖母常常对他说的那句话："一条草有一点雾水。""雾水"是粤语，即是"露水"，也就是浩浩上苍每日晨昏赐予这片广袤大地的滋润甘露。

谢叔叔是这样记述的：

> 我家门前有条小河，叫罗江。江的两岸是起伏连绵的山地，每天早上风从河面上吹过，常常带来或浓或薄的云雾，往往是八九点钟才见太阳，景象有点像三藩市。一早起来，在草地上可以明显地看到，每棵草的末尖都留有一点露珠的。草就是靠这点露珠供给水分，吸取营养。一棵草有这么一点雾水，就可赖以生存、生根、繁衍，郁郁葱葱。我祖母没有读过书，不识字，但她观察自然现象，并从自然现象中寻找到做人的道理，用很通俗的语言，也只能是用很通俗的语言，来教育、启迪子孙们，用心良苦。

——祖母的这句话，以及谢叔叔赋予其中的意义，真真是大矣哉，壮矣哉！

在"水"的家族中——海洋水、江河水、山溪水、井泉水等等，"雾水"，或许是最不显眼、最卑微无名也最微不足道的"水族"了吧。可是，一根小草上的一滴露水，她，就是对于小草根叶的私己救赎；汇合起来，也是对于草原大地的生命滋润。她既是微小的个体一员，也是宏大的群体一份子；或许太阳一出她就蒸发了，无形无影了；但她蒸发后的分子，融合在空气里、园林里、苍天大地里，是"大音希声，大象无形"而无所不在的"大"，也是成云成雨成雪成冰而无所不存的"有"。——"雾水"，"露水"，她既是小草生命的本真和见证，也是浩茫大地苍原存在的根由和依据——这，就是前面提及老子的"上善若水"之"上善"也者！

所以，古人喜欢谈论"水德"——水化身形于大地，融生命于万物。

《道德经》第八章云："上善若水，处众人之所恶，故几于道。居，善地；心，善渊；与，善仁；言，善信；正，善治；事，善能；动，善时。夫唯不争，故无尤。"老子又言："上善若水，水善利万物而不争，此乃谦下之德也；故江海所以能为百谷王者，以其善下之，则能为百谷王。天下莫柔弱于水，而攻坚强者莫之能胜，此乃柔德；故柔之胜刚，弱之胜强坚。因其无有，故能入于无之间，由此可知不言之教、无为之益也。"

老子认为，有至上善德的人，就应该像水一样。水造福万物，滋养万物，却不与万物争高下，这才是最为谦虚的美德。江海之所以能够成为一切河流的归宿，是因为他善于处在下游的位置上，所以成为百谷之王。

其实，老子这里说的"王"，就是领导者。他是刻意用水的特征和作用，来比喻最优秀的领导者所应该具有的人格特征。据"维基百科"对此的解释，水最基本的特征和作用，主要有四点：一、柔弱，水是天下最为柔弱的东西；二、水善于趋下，善于处在低下的位置，善于停留在卑下的地位；三、包容、宽容，小溪注入江河，江河注入大海，因而水具有容纳同类的无穷力量；四、滋养万物而不与相争。老子认为，最优秀的领导者，具有如水一般的最完善的人格。这样的人，愿意到别人不愿意到的地方去，愿意做别人不愿意做的事情。他们具有骆驼般的精神和大海般的肚量，能够做到忍辱负重、宽宏大量。他们具有慈爱的精神，能够尽其所能去帮助、救济人，甚至还包括他们所谓的"恶人"。他们不和别人争夺功名利益，是"善利万物而不争"的王者。

是的，世界上最柔软的东西莫过于水，然而它却能穿透最为坚硬的东西——河岳山川，都是因了水的流转冲刷，而成沟成壑成渊；大洋滔滔，更是因了水的汇聚激荡，而成为包裹我们这个蓝色星球的最美丽的衣裳。大自然几乎没有什么力量能超过它的强度，例如滴水穿石，这就是"柔德"所在。所以说，弱能胜强，柔可克刚。

在这里，我刻意把自甘自誉为"小草""幽草"的谢炎叔叔的"雾水"一说，往"王者之德"上引。当然不是想暗喻，早入耄耋之年的谢炎叔叔这番"幽草"与"雾水"之议，还有着什么逞强克刚、争王成霸的寄寓。但是，这也却恰恰正是谢炎叔叔带给我们晚辈、下辈的最深刻的启迪：

我们要学习谢炎叔叔在本书中，在他的整个人生历程中，所时时处处、身体力行体现出来的"幽草"性格和"雾水"性格。因之，在人生的小大之间，轻重之间，得失之间，取舍之间，利害之间……等等等等，我们可以看到：小即大，无小即无大，有时候我们要以小面大，有时候甚至要重小而轻大，但却总是必须由小成大，步小望大，最终必然会因小而大，存小而全大！所以，在人生行旅中，甘轻助重，乐舍吝取，先失后得，以害转利——谢炎叔叔在本书呈现的这"幽草"和"雾水"的哲学，可以带给我们无尽的启示，无限的想象，也带给我们无穷的力量！

以上，就权且当作我这位仰止高山的晚辈，为本书写的代后记吧。

起笔于二〇一五年六月二十五日，结笔于八月三日晨，于美国康州衮雪庐

那一道纯亮的眼神

——我读胡仄佳

记住"胡仄佳"这个有点特异的名字,确实源自二〇〇五年秋天她的那篇获美国《世界日报》散文首奖的《梦迴黔山》。一篇立起来的文字真的能够立马雕塑出一位作家的立体形貌来。——那些妍丽招摇得能亮瞎眼的黔地老刺绣老银饰,那些喝醉酒就躺卧在公路边醉言醉语的"壮苗男",那些吊脚楼边、老屯河畔鸡鸣狗叫的乡场热闹……随着作者俏丽跳脱的笔触,一幅幅如歌如画的走来;你好像真切听到了飘拂到耳边的苗语侗语彝语布依话那些八九个音调的声口,这黔山的风情也因之入梦,从此就再也忘不掉这位"胡仄佳"了,甚至似乎成了一位可以辨识音容的老熟人了!以至若干年后在澳洲悉尼一个文人聚会场合相遇,我几乎在第一时间里就把她"抓"了出来:"你就是胡仄佳吧?""为什么你会认得我?"她似乎惊诧于我的"自来熟"(真的,那是最恰切不过的"一见如故"),其实我也说不出个为什么,大概因为笃信"文如其人",就为着她眼眸中那一道纯亮的眼神吧。

说起"那一道纯亮的眼神",这恰恰是读胡仄佳文字留给我的最深刻的感受。自《梦迴黔山》始,我是每遇"胡仄佳"必读,每读必欣悦舒坦,必有莞尔会心处。对于"黔山"或者异域,她是"他者";但这个外来的"他者",总是目光温煦而融和其中、置身事内,因而血脉相交、声气相求的。她总是能用一种故乡人的真切去写异乡,又总是能用一种异乡人的鲜活去发见故乡。这个"故乡—异乡"视角的自然交会、互换和融合,就使得读胡仄佳有一种特别痛快淋漓的"不隔"(记得王国维《人间词话》里,视"隔"为词章大忌么?),但又有一种亲炙土地、民俗、乡情之后的意态朗阔与心境升华("意境说",同是王国维《人间词话》的高论啊)。——"质感"这个词,最适宜于描述胡仄佳文字的特质。那种入骨入肉的场景质地、细节质地,"接地气"而不落猎奇俗套,存高义而不沾说教陈词,顺笔写来洋洋洒洒看头十足却又不露刻意经营痕迹,有写实质地,又有形上念思——这些,都是胡仄佳这一黔山系列的写作,最让我读来心仪心喜处。

下面这样的场景描写,就既是富有"当下感""现场感",又是带着一个异乡客的鲜活眼光的——

虽说老姜家的洗衣机坏了现在用来装新米,老姜的十四吋黑白电视看不到图像的时候多,寨里人还是说老姜家富,天天来老姜家坐沙发听电视。老姜也不烦。今天还没黑尽,七八个鼻涕长流的苗娃摸进老姜家坐满沙发,等老姜开电视听声音了。

清水江水电站发的电鬼火一样,电视屏忽明忽暗。苗娃娃手指电视开心大叫:"暗了,暗暗暗暗暗???????啊喂,又亮起来啰!"

老姜调来调去调得气上头:"肯定是电站那几个砍脑壳的整冤枉!狗日天线乍就只收得到一个频道嘛?人影子都看不清,就晓得咿哩哇拉的说,唱,唱你妈个鬼唷?"(《南歌子》)

——画面感、质地感、谐谑趣俱现,不是么?

那天,接到仄佳传来的文集目次及文稿,重读细读,我忽有一悟:我对胡仄佳文字的这种"一见如故"之感,竟是"其来有自",真的是有个"如故"的因由的——我忽然想起当年读沈从文的《湘行散记》,那种扑面而来的湘西风、沱水气和山岚气。以往我一再说过:在我个人的写作生涯中,沈从文的湘西文字一直起着某种领路的作用。——原来仄佳之笔触让我感到似曾相识,在我潜意识里,竟是"如晤故人"——是我读到了一种久违了的"沈氏风"的"乡土文学"之魂的回魂或者回归呀!

那么,这个"乡土文学之魂",又为何物呢?

"乡土文学",可谓由鲁迅所开创、而由沈从文、许地山、王统照等文学先贤所鼎力完成的"五四"新文学的最大的"实绩"。茅盾先生曾在"乡土文学"鼎盛的一九三六年,如是指出:"关于'乡土文学',我以为单有了特殊的风土人情的描写,只不过像看一幅异域图画,虽能引起我们的惊异,然而给我们的,只是好奇心的餍足。因此在特殊的风土人情而外，应当还有普遍性的与我们共同的对于运命的挣扎。一个只具有游历家的眼光的作者，往往只能给我们以前者；必须是一个具有一定的世界观与人生观的作者，方能把后者作为主要的一点而给与了我们。"

曾有人指责沈从文笔下那些宁静超脱的乡土风情，是"背离时代"的"空中楼阁"，是"美化落后"的"诗化麻木"（至少在我们受教育的年龄里，现代文学教科书里都是这么说的）。沈从文在他《从文小说习作选·代序》曾对此作答："这世界或有想在沙基或水面上建造崇楼杰阁的人，那可不是我。我只想造希腊小庙。选山地作基础，用坚硬石头堆砌它。精致，结实，匀称，形体虽小而不纤巧，是我理想的建筑。这神庙供奉的是'人性'。"——在乡土中寻觅"人性"，重新建构现代文明失落的残酷现实中最坚实的"人性"，正是沈从文从《湘行散记》到《边城》《长河》里孜孜不倦挖掘、追求的乡土文学的"基质"，也是茅盾上言的"普遍性的与我们共同的对于运命的挣扎"——在牧歌式的乡情抒放中，浸润着对于乡土现实的批判性观察和书写把握——这，或许就是"乡土文学之魂"的"题中应有之义"吧。

从这一角度去观读仄佳的黔山文字，你会发现，作者对黔地色彩斑斓的民俗民风自是有着别样的浪漫关注，但她对当下乡土世态的观察却是冷静，敏锐的，也是携有一种悲悯情怀的：

> 老屯河在黔东南大河清水江上游，是支流。老年间水清如碧，捞得起成精的大鱼。现在大鱼不见了，河面上却有牛马大小的绛紫色厚泡沫漂来，一竹竿打去，噗呲散成小团顺流而去。苗人在这河里挑水烧锅做饭，饮牛喂猪，在河里淘菜洗衣洗澡，晓得河水脏但有啥法。寨子里那么多人得了大脖子病，还不是上游区造纸厂排下的脏东西造的孽？
>
> （《清水江月》）

乡水的蜿蜒、乡情的淳厚与环境的污染，就这样突兀、刺目地凸显在字行间。

读《塘龙银世家》，在浮世绘般浓重的笔触里，作者与塘龙银匠家族两代人的巧遇写来纤毫毕现，祖居大屋的窄门与铸银洪炉的热火、时代进步夹缠着的世态炎凉，每一笔都有着雕缕式的细致质感。作者笔锋一转：

> 施洞镇高楼迭起的面貌并不迷人，高楼宽街症近二十年来成为风潮席卷中国大小城镇，凡是通公路的城镇皆被此潮夹裹，直到彻底丢失自己珍贵个性面目。苗传统建筑稀疏，估计再过十年，施洞地道苗建筑苗镇将不复存在？
> 在施洞大街上走得无精打采，幸好先去了塘龙吴银匠家。失望之余去市场上割两斤新鲜牛肉，买些蘑菇带回张姐家晚上吃。

写来看似漫不经心，却寄寓着对当今城镇都市化的深忧重虑。这样的对于"乡土质地"流失、自然生态破坏、传统人文历史环境变异的诸般旁敲侧击的摹写，虽在文稿中未成主轴却不时显现，处处透见出作者对黔山土地深厚却不时纠结的情怀，也让我一次又一次地看到她的那道纯亮温煦的目光。

在那道目光中，山依旧绿，水依旧清，小鲫鱼煮酸汤依旧可口，辣椒拌糯米饭依旧诱人，处在边缘地角的黔山土地上那些苗家人黑彝人布依人沉静深远的生命力量，依旧那样动人心魄——沈从文笔下营造的那座"人性的小庙"，又一次在我眼前出现了。但我忧心她的崩颓，她的变质，她的消亡；所以我不希望，我竟需要在若干年后，常常拿起胡仄佳的这本书来，让我这位漂泊经年、久处边缘地角的异乡人，遥想黔山，临风涕泗，好梦重温……

二〇一六年十一月二十三日记于康州衮雪庐

人的可能性和艺术的可能性

——我读马莉

"可能性!"——"可能性?"

带感叹号的"可能性",可谓艺术创造的"本体论"——对"可能性"的追寻与开拓、表现,正是"艺术"(Art,在拉丁文里是 Ars)之所以成为"艺术"(中、西的古典意蕴,都包含了技艺和才能的涵义)的本原性特征。一若《论语·庸也》所言:"求也艺"。或曰:"艺"者,"可能性"之"求"也。

打问号的"可能性",则就是艺术创造者的"大哉问"了。——此间此世,红尘万丈,俗品滔滔,你,还能为这个已经运行了几十亿年的星球上如尘如蚁如山如海累积堆砌的"艺术沉积层",再端捧出一些什么样成色的"东东"来呢?!

那天,从北京城中心换了两趟地铁又熬了一小时长途车终于抵达通州宋庄,站在马莉画室那些林林总总惊诧满目的诗人肖像画作面前,我心里头,一时间就是被这"可能性?""可能性!"的设问号与惊叹号,撞得迸迸作响。眼前,从艾青到北岛,从昌耀到海子,从谢冕到郑愁予……我忽然发现自己进入了一片熟悉而又陌生的丛林——熟悉,是因为在精细的眉眼笔触中读出了写实的轮廓;陌生,则是这轮廓完全是被画笔恣意强化、夸张、变形而生出了别样意味的。但是,要想细品那意味,就不单要走进肖像主体所寄寓的意蕴世界,更要走进画笔后面那只眼睛和大脑所隐藏着各种可能性的阐述世界了。是的,阐述。任何形象都意味着一种阐述——写实是阐述,想象也是阐述;细节是阐述,夸张与抽象,也是阐述。当我稍稍用心用力,意图去捕捉每一个肖像的落笔及其细节后面所隐藏所阐述的意义世界时,我忽然感到了自己视界的仄逼;当我把这些从艾青到于坚到臧棣到洛夫……几乎可作无限延伸的肖像丛林，并列着、杂陈着作俯瞰式浏览的时候，它们（"他们"和"她们"）所袭放、所弥散、所播扬出来的意义的芳氛，其浩莽繁丽，其傲岸峻严，一下子，就把我震慑住了。我打量着马莉——眼前这位我曾经这么熟悉的老"小学妹"，内心里默默呓语着："这是怎么可能的？这是怎么可能的?!"

不必讳言，内心这种震慑感，首先是"形而下"的——"中文系马莉"、"诗人马莉"、"名编审马莉"以至"永远的浪漫妹子马莉"……等等，都是从我这位大学同班学妹身上可以轻易找到的标签，我甚至可以、却不屑于讲出那一大堆自己与这位奇妹子（包括她的夫君子庆老弟）之间的各种私己的奇缘故事；可是怎么，仿佛转一下眼珠、别过两回脸面，我俩就骤成"陌路"——冷不丁的，就冒出了这么一个活生生、赫赫然的"画家马莉"！并且是早凭一支画笔打出一片江山、已经洋洋洒洒画出了"二十世纪诗人百图"的马莉?！而画室侧畔，那些色彩绚丽意义玄奥的"抽象油画"，又带来几多的惊艳与浩叹啊！既惊震于眼前的画作实绩，就让我由不得想探究——何以"马莉"，一个艺术创造者，可以获得这几乎无限的可能性？从文学到绘画，从语言叙述的章节句到色彩造型的点线面，什么是她"变脸"、"变身"的前提条件？作为一种文本（画幅也是文本），读者、观者解读其意蕴密码的钥匙究竟在哪里？以具象写实为本又以抽象思辨为魂，哪里才是马莉的精神小宇宙的边界和极限呢？……

那一整个下午，我的宋庄之旅都是沉浸在这种从"形而下"到"形而上"的内心诘问之中。我知道解读马莉，"才情"是一个笨拙而偷懒的字眼。但携雷走电的"可能性"创造所裹挟的那股子冲出体制、行当、成规、俗见的力度，却非"才情"无以成事或言事——我更关注的是，马莉在文事与绘事之间的穿越与跨越，这个"才情"的维度，何以蹭蹬而起、突围而出？它建基何处，又凌驾何方？作为评论者，我对新体白话诗基本上不具备发言权。但据我粗浅的理解，诗人马莉虽成名早矣，近些年，她却是以"金色十四行诗"系列，重新确立其在当今中国诗坛星空上的位置的。于是，我就回头去读她的"金色十四行"。于是我发觉，还是要回到诗歌，才能读懂马莉的绘画；从马莉诗歌里泄漏的"才情"——其中包括读出她对诗与诗人的理解，你才能找到解读马莉绘画文本的密码。

"……时间在人世间寻找面孔／在既定的时间离去或返回，／天亮前掀开帐幔／让我醒来／让我的灵魂从身体里／叫出它自己的名字"（马莉《灵魂从身体里醒来》）——这是"时间"的召唤。"春天的野草因为爱而生病，纷纷发芽／长出翅膀，坐在空心的宇宙里／冥想或点亮灯盏，保持蓝色的火焰／她们提着裙子走来，把云朵剪开／种植在房间里……"（《给翟永明》）——这是诗歌的"生病的爱"的召唤。"在汉字里相遇，这是旷古的宿命／不是唐朝也没有时代气息，今夜／灯光已收拢翅膀，聚集着小小的思虑，／在院子里，我们饮酒，洗着汉字的酒壶／又相视而笑。"（《汉字生着闪闪发光的锈》）——这是汉语言对于现代汉诗及其诗性形象的召唤。终于，那些被"时间"寻找的"人间面孔"，那些"因为爱而生病"的春天发芽的野草，那些在旷古的汉字里宿命的相遇，如同暗壑里的涌泉，荒野萌发的春芽，由诗而画，由语言而形象，争先恐后从马莉画笔下挤涌出来、浮凸出来、驰骋起来、升华起来了！

如果说，诗歌是生命语言的哲思，那么绘画，则是生命哲思的歌吟；如果说，语言是知性的（因为语言需要语法、逻辑、语境等等理性框架的约制），绘画则是感性的、直觉的（因为绘事形象所依凭的造型、色彩、明暗、块面等等都是直观的、即感的）；于是，语言（包括诗歌）乃知性思考的果实，绘画，就成为感性、直觉的歌唱——如此一来，我们或许可以找到一把打开马莉那座神秘的"创造之门"的钥匙了。——以知性的把握去引导直觉的迸发，同时又以直觉的恣意表现去冲却知性的约制，从而呈现出今天我们所看到马莉笔下的诗性绘画语言与生命力色彩的飞扬繁丽。记得，多年前读过强调"创造的直觉"的西哲柏格森的理论篇什。柏格森贬抑知性而崇尚直觉，因为知性服务于功利行动而直觉来源于"生命冲动"。柏格森弘扬"创造的直觉"的理论，从本质上是对工业文明社会人的物欲化与功利化的批判，同时是对人的本能性的生命力、创造力的讴歌。（参见李文阁、王金宝《生命冲动：重读柏格森》）。览读马莉的诗人肖像百图，更加印证了我的这一体悟：在马莉笔下，知性的语言之诗被直觉的形象之诗所驱动，所凌驾，而生成了马莉诗人肖像画作中那股子凭着知性去把握诗性与个性，又凭着直觉驱驰去让色彩、线条、虚实作天马行空式的挥洒的充沛生命力的歌唱！确实，我从马莉的诗性绘画里，清晰读到了弘扬"创造直觉"的柏格森;当然,也读到了强调艺术作品的"灵光"(aura)和"本真"(authenticity)的本雅明,以及,一生都在置力于批判"单向度的人"的马尔库塞。

是的,从艺术与人生的"单向度",走向艺术视界与才情挥洒的"多向度",这,正是我们讨论这个"创造可能性"的命题时,马莉绘画给出的明晰启迪。这里,如果我还不算太矫情的话,我想把上言之"才情"二字,再作一点基于本文语境需要的"苏式"拆解。"才情"——"才",是文辞、是色彩、是技巧、是想象力、是描述的功力与手段;"情",则是情怀、是寄托,是襟抱、是哲思、是把握世界的视界与尺度,是倾注于描摹对象的深思、深挚与深情。所以,如果仅仅从"才"——技法、技巧、手段的意义去探究马莉画作的意蕴,几乎是笨拙的,徒劳的,无所依托的。坊间常言:"最大的技巧,在于无技巧"。面对马莉这些以素朴的直觉和似乎稚嫩却闪耀灵性的画笔绘就的诗人肖像系列,其实,那个技巧之外的世界,才更是一片值得我们去探究、深思的"形而上"领地。这个"领地",在我看来,就是——一双"眼睛"和一个"灵魂"。——她有一双可以透视灵魂的眼睛(所以她才能画出那么多"有灵魂的肖像");这双眼睛后面,同时又拥有一个巨大的、可以把握时代又穿越时代、超然于功利与世俗之外的诗性的信仰灵魂。——关于这个"诗性的信仰灵魂",也许,我们需要稍稍缓下叙述节奏,加以仔细的思忖和观照了。

诗人马莉,孜孜不倦地花了近十年光阴,为诗人立像立史,画当代诗人、写当代诗人,却是在一个"诗歌的每况愈下和批评的失语"的黯淡时代(见马莉《黑色不过滤光芒——中国当代诗歌画史·诗评家谢冕》)。用诗人于坚更加形象尖锐的语言:"这是一个精神失明的时代。透过喧嚣,透过时代的插科打诨,透过诗歌的背叛,还俗者对诗人形象的作践、糟蹋,透过文化体制对诗歌的歪曲漠视,透过群众对诗歌的功利主义的猜疑。……"(于坚《为诗歌僧侣造像》)——马莉所为何来?素净画布,青灯照壁,日复一日,一笔又一笔的描摹、刻画,笔下流出一幅又一幅或许将会无人问津、一文不名的诗人画像,打发着一段又一段催人白发的光阴、一个又一个寂寞无眠的长夜……她图的是什么?什么是她挥动画笔的动力?于坚说:马莉把诗人塑造成了圣徒。"在时代深处,诗人像五百罗汉那样安贫乐道,持着灯,继续亘古的事业"。(同见上文)在我看来,马莉此举,才更像圣徒的修行——像那些在朝圣之路上匍匐长跪着爬行的僧侣,又或是以自己的骨肉心血一砖一瓦、经年累月、持之以恒地建造着圣殿的苦行修士。不合时宜"而"明知不可为而为之",支撑着她的画笔的,正是——那个"诗性的信仰灵魂"。——她崇拜诗,信仰诗。无论是西哲荷尔德林或海德格尔所言的那个"诗意的栖居",或是华夏古圣贤的"明心见性"、"中道无为"、"澄怀观道"的人生境界,对于马莉,都是她的生命本身,生活本身,或者,安顿灵魂和身心的全部所在。正如海德格尔在他那篇著名的《人诗意地栖居》所言:"无论在何种情形下,只有当我们知道了诗意,我们才能体验到我们的非诗意栖居,以及我们何以非诗意地栖居。只有当我们保持着对诗意的关注,我们方可期待,非诗意栖居的转折是否以及何时在我们这里出现。只有当我们严肃对待诗意时,我们才能向自己证明,我们的所作所为如何以及在多大程度上能对这一转折作出贡献……"

今天,当我们沿着画册或画廊,览读着马莉笔下的百年百人诗人肖像——他们一个个,或潇洒或木然,或惶恐或冥思,或者头上长出绿树或者嘴里咬着玫瑰,环绕着、推展着,渐渐化为一脉光谱、一道彩虹,进而幻化成一支在史诗册页上沉凝行进的圣徒队列……确实,我们看到了海德格尔所说的那个"能对这一转折作出贡献"的队列——那是一个何等壮观、何等悲壮的队列!而创造此一史诗队列的马莉,则既是队列中沉默的修行者,也是引领队列踩着荆棘前行的血性的大勇者,丹柯式的擎炬人!"大无畏的牺牲精神正是基于这样的使命感"。这是马莉夫婿朱子庆当年和她讨论北岛诗歌时,说过的一句话。今天,这句话的关键字——"大无畏的牺牲精神"与"使命感",恰恰,正可以用来为马莉百幅诗人肖像绘画"点睛":对于诗歌的信仰和尊严,对于诗性的神圣坚持,如果不是心存那一股子带着"千山独行"的孤愤和"大无畏"的"使命感",我们看不到具有如此震撼力的肖像史诗——几乎"前无古人、后无来者"的百年百人中国诗人肖像系列。

走笔至此,我们或许可以"一言以蔽之"了:所谓"人的可能性"与"艺术的可能性",其"底色"——最本真、本原的第一推动力,还是万元归一的那个字眼——"诚"。精神的至诚,信仰的至诚,艺术的至诚以及倾心表述的至诚,造就了马莉,也造就了我们今天讨论的所有创造的"可能性"。

二〇一六年八月十六日晨,写于美国康州衮雪庐

那支深海的红珊瑚

——《无穷镜》读后

"烟花"与"香火",是两个很容易就从陈谦的新长篇《无穷镜》里择取出来的意象。——人,是活得一如绚烂的烟花,在暗夜里划过一道惊世的亮丽以后就归于黑暗寂莫;还是如同一炷香火,随着慢慢升起的青烟而无声无息地把自己燃成灰烬?这两个意象,源自主人公的父亲在她去国前夜对她说的一段话:"大部分的人活在这世上,都像一炷燃在风中的香,一生能安然燃尽,就是很有福气了;有些人不愿做一炷香,要做那夜里绽放的烟花。有幸能在短暂的一生里燃放出烟花的人是非常幸运的。那一要有才智,二要有毅力。你会听人们说,烟花灿烂是灿烂,但多么短暂。这就跟站在平地的人体会不到险峰上的无限风光是一个意思……"(P. 89)在这部描摹当今世界的科技与物欲之都——硅谷的创业故事《无穷镜》里,这两个意象贯穿了主人公珊映自小而大、从点到面——读书、留洋、婚姻、创业及其得失哀乐、离合悲欢的全部人生里程之中。然而,设若你以为——在我刚刚进入作者的叙事逻辑及其人事情境之后,我也曾这么以为——作者会以她绵密精道的叙述笔墨,讲述一个"今是昨非"或"昨非今是"的故事,按习惯的审美期待,这里面,则就是一个重"烟花"而轻"香火"的故事——正如她在自序中言及自己曾在第一部描写硅谷的长篇《爱在无爱的硅谷》里描写了"香火"(平凡人生)在实现"烟花"(绚丽梦想)后的"出走"一样,或许,这一部《无穷镜》,重擎"创业"的大纛,是对"烟花"主题的回归?

读罢掩卷,却是一声慨然长叹:作者针脚绵密却寄意宏阔,此书,简直是戳到了人生在世、安身立命的诸般"痛处"——那些根基性、本源性的问题上了:"我是谁?""我从哪里来?要到哪里去?"——"无穷镜"。

是的,"无穷镜",既是作者最后提供给读者的结论性"意象",也是给每一位进入了叙述情境后的读者提交的选择"大哉问":"当两面镜子相遇时,映像里套着映像又套着映像,无穷无尽,彼此就难以分辨了,还会出现互相的干扰。"(P. 231)面对美国诗人佛罗斯特所言的那道"未行之路"的分岔口,无论追求"烟花"或者"香火"——平凡恒久或是璀璨亮丽,都各有各存在的根基和理由,而你,在今天人欲横流、浊浪滔滔的纷扰时世,将要和将能,作出什么样的选择?!

细细梳理起来,作者对硅谷世相百态的观察描摹虽然稔熟在心、铺排流畅,其中却隐藏了诸多机关与暗结:文本里的几乎每一组人物故事,似乎都是彼此对立的意象,同时却又是彼此对应的镜像——始终追求创业梦想("烟花")的主人公珊映,和她的虽然曾经深爱、最后却不得不离异、祈望过居家安稳生活("香火")的丈夫康丰,看似某种非此即彼的对立关系;但康丰在又获得娶妻生子的安稳生活后却沉迷上了随时命悬一线的登高"巅峰"体验,"群山之巅,那种足登极乐世界的快感,在这乌七八糟的人世间根本无法想象。你一上去,再笨的人也会全悟了——什么成功,上市,赚钱,全他妈的蝇营狗苟,片片浮云。"(P. 34)这,莫不是人生的另一种"烟花"思维?而虽经一再挫败、仍百折不挠执著追求自己创业的"烟花"梦想的珊映,她日常在创业纷繁的劳作中最频密"闪回"的影像,却是那个自己怀上却早夭的孩子;作者甚至特意安排了一个仿佛是她镜中映像一样的人物——那个隔着一道山谷她常常从望远镜里偷窥的后来确证名叫安吉拉的华裔女子,同是科技白领,同是失亲独居(各自丈夫,一死一离),她最关注的是安吉拉微博里那一对名叫"俊"和"雅"的可爱的鹦鹉(其实是她的一对儿女),"她后来想,那肯定是安吉拉关于'孩子'的那些话触动了她。"(P. 70)——那既是母性的关注,也是两位不甘流俗者遥相观照的祈望——那可不又是某种"现世安稳"的"香火"祈望么?不独此也,文中的几组人物关系——珊映与曾经的创业伙伴皮特,珊映与她的科技"高人"导师尼克,珊映与她最有力的投资人郭妍,以至珊映与她在英特尔的同事海伦……等等,在硅谷的红尘万丈之中,各各个性、追求迥异,其实各自的人生轨迹都有相悖与重叠,也都各各是彼此的镜中映像,甚至形成某种既成机缘又为深渊的诡异关系(比如最后出场的关键人物戴维，以及安吉拉最后的"Evidence"（证据））。这诸般的脉络交错，加上作者娓娓道来却层层渲染的浓厚笔触，就交织出一幅意象繁复、题旨多义的硅谷"浮世绘"长卷了。"创业"是主题主轴，"人生选择"才是作者的题旨真意。你可以追随作者的叙述，随时陷入仿佛同在拷问自己立身追求的"镜像"式思考，又会为作者对高科技世界及其最新时潮的顺手拈来却如临其境的精细描述而感到目眩神迷，甚至触目惊心（比如那个裸眼3D图像的处理芯片的研发细节，又比如对那个"Evidence"（证据）的恐惧）。——呈现，呈现，呈现。一幅幅硅谷"高科技白领"人生百态的重彩呈现，却没有交给读者任何现成的"非此即彼"、可以一言而蔽之的答案。记得好像是昆德拉说过，最好的小说艺术，是一种提供给读者各种"可能性"思考的艺术。（忘记此言的出处了——"可能性"，但这却是鄙人多年来对当今好小说的冀望和失望的核心字眼。）《无穷镜》的难能之处恰恰是：它好像头绪纷繁，没有明晰的故事脉络却又按时序推进让情节的悬疑（"红珊"能否创业成功？）直杵读者的阅读敏感点；同时，它却没有提供任何明确的主题倾向和价值判断，它给读者最后留下的，仍旧是这"无穷镜"式的、有着各种可能性的期待和想象。

——"不要玩弄一个人内心深处的东西。"维特根斯坦曾如是说。如果说，《无穷镜》有一个什么明晰的题旨倾向；或者作为读者的我，在阅读中有什么令我触动甚至动容之处的话，那就是——作者对她小说里的每个人物那"内心深处的东西"——种种维度不同、方向迥异的人生价值追求，所存的那种深挚尊重及其理解、兼容与包容的的态度。

很多年前，笔者有幸为陈谦第一部硅谷长篇《爱在无爱的硅谷》出版时写下过一篇跋文，曾用过"入骨入肉的痛切感"一语，来表述我感受到的当时作为小说界新人的陈谦，其叙述功力及其叙事、言情的力度。十多年后再看陈谦同是硅谷题材的新作《无穷镜》，那种把握题材（一个如此高冷高难、需要慎密理工头脑的高科技题材！）的自信大度，那种把蹊跷险峻话题从容道来的绵密笔触，那种对当下世态阔大却深邃的观照视界，敢于为最敏感、也最高难的那些高科技时代的簇新问题予以问诊把脉，以及直指人物灵魂的心理深度，在在都让我看到一种凌虚登顶、一览众山小的"今非昔比"之感。——应该说，无论和自己比，和同行及同类题材比，陈谦，都不愧是当今国中都市书写、特别是高科技时代书写的一支凌云健笔！陈谦近年的写作都有一个共同特点：她笔下人物所达到的心理深度，直探后工业时代、后现代社会的社会群体心理的深层堂奥，几乎可被归入一种全新的"社会情感心理小说"类型，每每让阅读者生发出一种"拷问灵魂"之慨。包括主人公珊影的心理层次的幽深繁复、多维立体，确已非昔日《无爱硅谷》中的人物苏菊、王夏等等可比；其对当今硅谷"浮世绘"的描摹，从宏观俯瞰到微观细节，则就更有一种伦勃朗油画式的笔触细腻、维妙精准了。

最后，再说一点非常"私己"的个人感受：笔者，作为一个所谓的"最后的理想主义时代"的幸存者或者落伍者，读罢《无穷镜》，仍旧感到一丝隐隐的安慰：在小说呈现的纷繁多元的"后现代"视界中，作者还是保留着她心底守持的那一线"前现代"的、仍不失理想主义的温热的"底色"（"底色"一词，是作者上一部硅谷长篇《爱在无爱的硅谷》的关键字）。除了主人公珊映在她的创业激情里，所包涵的那一种进取、开拓、造福社会人群的向上力量之外；承载作者的微妙的价值判断倾向的人物，其实是书中那位"以出世的精神做入世的事业"的科技高人——磐石研究所的大科学家兼学者尼克。——我这里故意用了"出世""入世"这样的儒道字眼去形容这位"歪果仁"（外国人）尼克。在书中，略通中文的尼克可以不妨被视之为是一位视俗世功利为浮云的"道家"人物。他对主人公珊映的创业成败，以及对全书的情节推进、心理氛围的营造及题旨揭示，都有着举足轻重的作用。虽然作为一个小说人物，作者笔下的尼克，有意念痕迹偏重的瑕疵（珊映与尼克交往的有些部分，确出现了某种"理语"大于"情语"、"境语"的说教味），但我得承认——时在云端中又处处觉其脚踏实地的尼克，还是我在《无穷镜》芸芸众多的生动角色中，比较偏爱的一个人物。

末了，回到本文的开篇，其实无论"烟花"还是"香火"，作为主题意象，似乎都很难"罩得住"《无穷镜》的题旨意趣。在我看来，贯穿《无穷镜》的还有一个更重要的意象——那一支埋于深海尚未出水的未知的红珊瑚。"一只巨大的珊瑚出现了。已经到海底了吗？他绕着珊瑚转着，那个名字终于脱口而出……"（P. 40）这是小说开篇不久，珊映的前夫康丰在登山遇险时的一个梦境。是的，从主人公名"珊映"，她几经人生挫折重开的创业公司又名"红珊"——那支在结篇时尚藏身在深海之中，也许正立见成功机遇、又或马上面对粉身深渊的"红珊瑚"，其实正是全书中影影绰绰、最让人揪心牵挂的一个美丽意象。她，未知，魅惑，却让人生出无限遐想。

二〇一六年十月一日写于康州衮雪庐

张充和与"雅文化"

——在耶鲁东亚图书馆"古色今香:张充和纪念会"的发言

引语:关于"轻"与"重"

张充和的意义,是"轻"是"重"?

两极化的意见:A. 张先生认为自己很"轻",不"重要",所以坚持不肯让人为她立传。B. 我自己也认为,记述张充和口述故事的拙作——《天涯晚笛》是一本写作分量很"轻"的书——当然,我在书的后记里特意说到这个"轻"的意义和"不重要"的重要。C. 二〇一五年五月浙江大学的"文化记忆"国际研讨会上,就有熟悉的学者质疑我,为什么放着自己亲历的惊涛骇浪的大时代、大人生不去写,而去"搔断青丝颂红妆",花大力气去写"最后的闺秀"张充和?

另外一方关于"重"的惊人之语:媒体很多评论会吓我一大跳,如有认为《天涯晚笛》是《歌德谈话录》的中国版的;有认为《天涯晚笛》是一本"活的民国文化史、文学史、书法史、昆曲史"的;现居加州伯克利的著名收藏家、音乐史家常罡,甚至说:张充和这样的世纪才女,是"五百年才会出一人"。此话当时真把我吓了一跳。

关于如何阐释"张充和的意义",也有人问我:从"吸引眼球"的角度,你为什么不把张充和的话题,归入近年很热门的"民国风""民国范"来加以"包装""炒作"呢?我答曰:不,"民国风""民国范"是一个学术上很不严谨、很难界定的流行概念,反而把张充和的意义狭窄化、流俗化了。不错,张充和生于民国,成长成名于民国,但她自小在叔祖母家里受到的,是古老而传统的私塾教育,亲自教了她七八年的朱谟钦老师,曾是吴昌硕的弟子,也是现代考古学宗师夏鼐他们的老师,恰恰是一位作史前史研究的考古学家。张充和身上所保存、所体现的,不仅仅是"民国风"，而是真正的"中国风"——是几千年中国传统文人文化的绝代风华，在她身上的精粹体现。而中国传统文人文化，也就是我今天要说的话题——"雅文化"。

所以，我把这个问题扔回给大家——你们说，"张充和"的意义，究竟是"轻"，还是"重"呢？

一、解题：先说"雅"

"雅"，是个形声字，"隹"（念"追"）为形，"牙"为音。从字源上说，据《说文解字》言，"雅"的本义，指"楚乌，秦地叫它雅"，即乌鸦的一种，此义后来写作"鸦"。"鸦"因为是发声之鸟，所以后来转借的"雅"，先指乐器名，是《周礼·春官·笙师》中记载的一种宫廷乐器，因之，"雅"，后来泛指西周皇宫里的乐歌。《诗经》中的大雅、小雅，指的就是这种宫廷的乐歌。宫廷中的乐歌，首先需要符合规范，雅乐，乃"正音"之义，"雅"流传至今的基本释义，主要源于此。

其一，"雅"，首先代表"规范的""正确的"——《荀子·王制》："使夷俗邪音，不敢乱雅。"诸葛亮前《出师表》："察纳雅言。"

随之，"雅"，便与"高尚，文明，美好"相连。汉贾谊《新书·道术》："辞令就得谓之雅，反雅为陋。"司马迁《史记·司马相如传》："从车骑，雍容闲雅甚都。"唐王勃《滕王阁序》："都督阎公之雅望。"唐王维诗："清范何风流，高文有风雅。"罗贯中《三国演义》："闻弦歌而知雅意。"

我们现代汉语中说的"雅"，主要来源于以上"规范"和"尚美"二义。在现代汉语里，"雅"的反义，是"俗"，是"鄙"，是"陋"。"雅"有很多种，——高雅，文雅，典雅，清雅，素雅；雅致，雅言，雅望，雅玩，雅服；尊人之词称"雅鉴""雅赏""雅正""雅意"；"雅"，还通酒器，是把善喝酒称为"雅量"一词的来源；《尔雅》则是一本关于训诂的典籍。这也来源于"雅"字的"正确"与"规范"之义吧，这就为什么我们今天把词语的正确运用，称作"雅训"的语义来源。

说了这么多"雅"，那么，"雅文化"，指的又是什么呢？

二、什么是"雅文化"？

"雅文化"，说白了，其实就是中国传统文人文化。雅，正是它的特征。我用我在耶鲁课堂上询问学生的方式，请问在座朋友们一个问题：如果以一句话来回答，什么叫做"中国传统文化"？（席中有学生答：孔子……；或答：孝……）是的，答案可以有很多。我这里简单的说——儒、道、释的结合，代表了中国传统文化。这可以说是一种普通的、可作定义性的回答。

那么，中国传统文化，又是由什么组成的呢？从学术的角度，可以说，中国传统文化是由两个方面组成的：文人文化和民间文化。这是传统文化的两翼，处在这两翼之上的庙堂文化，其实也是由文人文化派生出来的枝叶。因为中国传统上是"以诗文取仕"的，能够写诗作文，经过科举考试，一个读书人，就可以从"士"而变为"仕"，从读书人（士）变成为官的"士大夫"（仕）。所以，一个古代年轻人的"立身"——从黄毛小子到冠巾书生，是要从教育始、自书本始的；一种文化形态从粗野、稚嫩到成型、成熟，也经历了这么一个从泥土到书本、从乡野市井到书斋殿堂的过程。从这个角度来分析，我们先看看中国的传统绘画，也就是我们今天习称的中国画。从历史上看，中国绘画的成熟，是以文人画的成熟为标志的。从远古时代的岩画，汉代画像砖，隋唐壁画，宫廷粉本，一直到宋元以后的文人画（其中又以元代黄公望为代表的山水画作为标志），中国画的笔墨、技法、格局，到了文人画阶段，才最后走向成熟，也才最后成型了。中国叙事文学的成熟也一样，从早期的话本小说——就是从说书人口耳相传的稿本，经过文人之手的整理改编，转换为章回小说而成熟的，我们今天看到的古代经典，从《水浒》《三国》《西游》再到《金瓶梅》《红楼梦》，可以清晰看到这种从话本小说到文人小说的演变过程，《红楼梦》，正是中国传统文人小说的最高代表，也是中国传统小说的巅峰之作。同样，音乐，古代的大雅小雅，最开始指的是雅乐，雅乐，就是庙堂和祭祀的音乐，跟"郑音""郑风"——也就是民间流俗的音乐，他们是相对而存在的。《诗经》里就明确分出了风、雅、颂三种类型的诗歌。用今天的语言表述，风，就是民间的流行民歌；雅，就是经过文人整理的诗篇；颂，则是朝廷颁布或高级祭祀用的文辞。再比如我们今天熟读的古代诗歌经典——"宋词"，"词"是什么？它本来是唐宋年间教坊里伶工吟唱的歌词，因为是民间题材的吟唱，所以本来的内容只是花前月下的男女之情，最早的唐宋词选《花间集》，主要是这些内容。按王国维的说法，是南唐的亡国之君李后主，大大扩展了词这一形式的题材和视野，把"无限江山"放进词里去了，"变伶工之诗为士大夫之词"，以后，有了柳永、欧阳修、苏轼、辛弃疾等等士大夫的创作加入，"宋词"，才可以成为和"唐诗"并峙的古典诗歌的两座高峰了。我这样说不一定是在学术上严谨准确的，我是想通过这样的描述，看到"雅文化"的一条清晰发展的来路——雅乐是经过官府文人整理而成的，然后民间的"郑音"经过文人的整理而成为"乐府"——这"乐府"既是音乐也是文辞，古代的朝廷，是有文人出任的专门的"乐府"部门的。

回到今天的现实，比如今天流行音乐、通俗音乐，都可以称之为大众文化；雅文化，则是一种高层次的文化，相对也是一种小众的文化，它不是粗放的而是精致的文化，其实中国传统文化的断层，当然也有民间、民俗这一翼的断层；但最主要的，就是雅文化的断层。

三、雅文化的断层，是从哪里开始的？

这就来到今天我要讲的第二个问题，传统中国的雅文化，是怎样发生毁灭性的断裂的？说"毁灭"有点吓人，就说断层吧——让我们追溯一下，中国雅文化的断层，是从什么时候开始的？二十世纪初，一九一九年的"五四"新文化运动，是为中国文化开辟出现代新天地的一场伟大运动。但从今天角度去回顾、反思，由于文化激进主义几乎是笼罩整个二十世纪的主流性思潮，"五四"新文化运动，也出现了很多缺失。当年胡适写的《文学革命论》，提出过一个很有名的口号："打倒贵族的文学，典雅的文学"，这个口号是当时的文学革命新军，裹挟着文化激进主义对传统文化的旧营垒的一次冲锋陷阵，当然也是打倒传统文人文化的第一声惊雷……

这种传统中国文化尤其是雅文化的断裂与毁损，我想从两个最普遍的方面来谈：衣食住行和言谈举止。

衣食住行，我在以前的一些谈文化的场合，曾说过没有一种服装可以代表现代中国，证明我们是带有明确民族标志的现代中国人，所以迪斯尼乐园的"小小世界"在一九八五年以前，长期没有中国娃娃，我在一九八二年头次踏足此地就感到奇怪，为什么偌大偌长历史的迪斯尼游乐园里的

"小小世界",竟然可以长期没有代表十几亿中国人的"中国娃娃"？直到好几年后我才知道：因为无法决定中国现代人应该穿什么衣服——长袍、马褂？旗袍、中山装？都不行，大陆、港台，各有各的看法，我们现代流行过的任何一种服装，都不能作为现代中国人在衣服上的象征，而在那个迪斯尼最受欢迎的"小小世界"里，日本人、韩国人、越南人、印度人等等亚洲各国娃娃，则很容易在服装上区分开来。最后因为中国国家领导人一九八五年要到访，迪斯尼游乐园慌了手脚，再不能在"小小世界"里让十亿中国人没有娃娃作代表了！他们跑到我当时所在的洛杉矶加州大学（UCLA）来讨主意，我当年作为代表中国大陆方面的研究生，参与了那场讨论，当然代表台湾、香港包括海外出生的ABC中国人，都有学生代表参与一起讨论和争论。最后决定：因为中国现代人实在没有服装可以代表，那就让"中国娃娃"穿京剧的服装吧。这一下大家没法争论了，海峡两岸、大洋三岸的中国人都可以承认，京剧服装，那也确实是能代表中国人特征的服装，可是那是一种舞台上的服装，一种虚假的代表现代中国的服装呀！你们不妨现在到各个迪斯尼游乐园去看看，"小小世界"里的中国娃娃终于有衣服穿了，但穿的是一件表演服装——中国舞台上的京剧服装。这个故事背后的象征性，其实是相当值得深思的。

　　我今天再给大家讲几个有意思的例子。比如，关于喝茶，我们现在这样喝茶，在古代是不可以的，中国是茶和茶文化的发源地。佛教进入中国后，茶文化跟禅的文化发生了非常密切的关系。这个文化走到日本，叫"茶道"，在日本，"茶道"是一种非常隆重和尊贵的待客方式。我们现代中国有自己的"茶道"吗？没有。今天中国稍有品位格局的喝茶形式，是从台湾地区来的，叫"茶艺"，现在各个城市都有这样的雅致场所——"茶艺馆"。"茶艺馆"，这最早是从台北的"紫藤庐"来的。"紫藤庐"，是上一个世纪七八十年代，台湾一批有心的知识分子，感受到中国传统茶文化的式微甚至毁灭，更受到日本"茶道"的刺激和启发，他们在台北新生南路一个日式旧建筑里，建立第一家茶艺馆，叫紫藤庐。他们其中好几位热心参与其事者，都是我当年留学美国时认识的朋友。按我粗略的了解，古人其实没有"茶艺"的说法。学过中国古典文献的人都知道，"道"高于"艺"，"道"代表真理、道路、价值；"艺"主要强调的是"技艺"，是技术层面的东西。你当然可以说,从"茶道"到"茶艺",之间其实相差十万八千里;可是你知道吗?"茶文化"在当代中国,最有名的是什么呢?——"大碗茶"。北京的大碗茶。开始,就是在路边摆摊卖来解渴的大碗茶水。现在我的美国学生每年去北京游学,都要到老舍茶馆去喝茶。老舍茶馆,这个代表中国文化特征的喝茶和表演场所,就是由北京大碗茶公司建立的。在八十年代,"大碗茶",是"中国茶"的象征。中国的茶在唐朝传到了日本叫"茶道",从日本辗转到了台湾叫"茶艺",转回到了北京,叫"大碗茶"。

以上是关于衣食住行我举的几个例子,我们再来看看——言谈举止。

我先举一个关于语言的例子,接下来我说的有些话,你们若是感到是骂人的粗话,也不要见怪,这曾经是我们这代人中有些人说过的语言,比如:"老子英雄儿好汉,老子反动儿混蛋。""把他打翻在地,再踏上一只脚!"我们对这些话都很熟悉,不光是在大字报,在正式报纸上、舞台上都是这样的语言。以前我们从来没有想到,这是我们的母语被严重的毒化和污染,我们生活在这样一种语言暴力之中而不自知——从"不革命的滚他妈的蛋"到九十年代以来"我是流氓我怕谁",再到今天极为难听、简直不堪入耳的一些网络用语等等,实在到了粗俗得无以复加却又滔滔皆是,我们应该有所改进,我很高兴看到了改善和全民素质的提升。

说到这里,我再补充一个跟语言有关、也跟我日常的语言教学生活有关的例子——关于敬语。我以往从来也没有在意过这个问题:敬语体,在现代汉语里的消失,以及它的何时消失和为什么消失。我在耶鲁任教所在的系叫东亚语言文学系,教学主要包含亚洲三大语种——中、日、韩的语言和文学。当年我在加州大学读研究生时,日语是必修课,所以坑坑洼洼地修了两年,每每为日语复杂的语法系统抓狂——除了男、女说话用语严格有别以外,表示严格的上下、尊贵的敬语系统,同一个汉字在不同的语法系统里的多种不同发音等等,真真学得我脑袋大,以致今天,除了日常打招呼的几句客套话,几乎全都还给老师了。在耶鲁教中文十几年,跟教日、韩语的老师有很多交往,聊起天来,日、韩语老师都感到很惊讶:真的吗?你们教的现代汉语里竟然没有"敬语系统"?为什么会没有呢?难道你们在不同场合对老师、对尊长的称呼,用语和语气,都是一样的吗?

他们的吃惊，同时引发了我内心的惊诧——以往我从来没有思考过这个问题（当然也跟自己的汉语言学基础太薄弱又关，比如古汉语里的敬语系统，显然是相当完备的，但自己从来没有对此稍加用心）。我和几位海外教汉语同行探讨过这个问题。几位北方同行说，现代汉语里的"敬语"还是有的，恐怕就只剩下这个"您"和"请"两个字了。而"您"的日常用法，几乎只存在京、津、河北数地，其他北方方言系统也少见使用，更不必说南方方言系统了。而且，"您"在北京口语里，日常使用里常常带着调侃甚至轻蔑的语气，常常会用来骂人——比如可以这么说："没长眼呀您哪？""您有病吧？"

现代汉语里为什么竟然没有自己的"敬语系统"？我这里不想展开这个显然是非常专业的关于社会语言学或者历史语言学的大课题，但我们的现代汉语里的敬语系统的流失、式微，以致当今汉语的日常口语里粗鄙、暴戾的语言大行其道，这肯定与我们的传统文化文人文化——也即雅文化的式微，所造成的现代文化的粗鄙化趋向有关，以致当下的实际生活中，从南到北，从网络到坊间，粗俗流氓的语言和文化大行其道。这，正是今天我要特意选择雅文化作为一个重要话题来讲的原因。

四、如何重建我们的雅文化？

这样我们就来到第四个问题：我们该如何重建我们的雅文化呢？

这里，我先要做一些概念的澄清。今天我们所要确立、追求和重建的中国雅文化，不等于就是传统的士大夫文化——虽然跟它有关；也不等于是名士文化，儒生文化——虽然也跟它有关。我们今天谈重建二十一世纪中国的雅文化，一定要跟我们当代的生活相联系，也一定要从当代世俗生活里汲取它的活水源头，才可能真正重建新时代的雅文化。而这个重建，不可能是简单的文化复古，也不能是那种"修旧如旧"的假古董、假景点，所以它就绝不能等同于历史上所谓的士大夫文化和名士文化。打一个简单的比方，虽然我对现代中国人缺乏具有鲜明民族特征的服装感到痛心疾首，但我也同样并不认为，恢复穿汉服——前几年中国各高校里曾小规模兴起过这一运动，就是可行的解决之道。虽然我很尊重推展"汉服"活动的组织者的良好用心。一个传统的重建——包括重建服装的传统和代表传统的服装，显然是不可能一蹴而就的，它也许是一个涉及诸般积累和机遇的长过程，但需要有心人去思量、去追求，去运作。

那么，今天我们讲的"雅文化"，可以包含哪些方面的内容呢？雅文化的要义，当然是"雅"，高雅的高，优雅的优，素雅的素，文雅的文，典雅的典，其实，都有一个"德"字在里头，高雅，首先与道德高尚有关，与自敬自重有关；而雅的核心，则是——"美"。但关于什么是美的定义，吵了五十年还没有定论。这说明，要对美给出一个公认、得到所有人认可的学术定义，也许很难；但是在日常生活里，其实我们都很清楚什么是美，什么是丑。常识里的美和美感，并不难确认。美确实有很多标准，传统文化并不代表就是美的文化，因为传统文化里确实也有许多糟粕，那么我们今天，如何去判断一种文化现象、文化形态，是美是丑，是雅是俗呢？

这里，我再提出一个深化问题的概念——关于品味。

回到我们"雅文化"的问题，"雅"的最中心的问题，就是"品味"。一个社会有没有受过好的教育，是不是一个宜于生活的社会，就看这个社会是否尊重高雅文化，是否具有基本文化品味的社会，我们用这个来评判我们今天的生活，可以说，我们离有品位的生活太远了。品味这个词，也可以更通俗地说是"趣味"，所以雅文化的重建，是要建立在对品味的确认，这也是一个很深奥的问题，我这里也只是提出这个这个问题。

刚刚从微信群中读到台湾学者型作家蒋勋的一篇短文，题为《宋朝是中国历史上最有品味的朝代》，他的标准，就是宋朝的文人——高官也好，士大夫也好，布衣也好，都懂得什么是美，把美看得很重。他问：当下的我们，科技先进，产业发达，人们奔波于机场和高铁之间，忙忙碌碌，甚至是灰头土脸。我们比宋朝人更知道什么是美吗？更知道什么是美在生活中的意义吗？这话还有待商榷。

我还是回到具体的例子，来展开这个"雅文化"与品味的话题吧。

最后，我把话题回到书本——雅文化，当然离不开书本、读书和教育。但我这里说的是这本书——我手上这本《天涯晚笛》，这是一位硕果仅存的世纪老人，被称为"民国时代最后一位才女"的张充和的口述实录故事。张充和在书法、昆曲和诗词方面的造诣，都达到了当代一流的水平。在这位老人身上，充分显现了中国传统文人文化——也就是雅文化的绝代风华，也是我们谈论的雅文化的一个还活着的标志性的人物（老人家去世的时候一百〇二岁），她既融合了传统，也涵括了现代，可谓典型的"中西合璧"。我就把这个"雅文化"的话题重新回到这件实物——这本名叫《天涯晚笛》的世纪传奇故事里，向一位值得尊崇的世纪老人致意，作为这个演讲的一个收篇吧。

演讲于二〇一五年十月二日，十月八日整理，二〇一六年一月八日，猴年大年初一再整理毕

愿为波底蝶　随意到天涯

"愿为波底蝶，随意到天涯"（《桃花鱼》），"不知何事到天涯，烂漫遨游伴落花"（《堤畔》）。张充和诗中，"天涯"是一个经常出现的意象。"蓦地何人横晚笛，却不见，牧耕牛"（《江城子·四川江安》），我再从张诗中捡出这个"晚笛"字眼——"天涯晚笛"，于是便组合成了这本"听张充和讲故事"——一本并不严谨的口述实录故事的书题。

五月是耶鲁学生的大考月和毕业月，于期末大考的忙碌中整理完书稿准备付排，却忽然有一种不忍结篇之感。就像近日频频有毕业学生登门辞别，一再诉说不忍离校、不舍得结束四年的校园韶光一样；实在是因为，整理这批新旧篇什的过程，又让我回复到那个"像是踏进一道花季的河流，我觉得自己像是一个撑着小船溯流而上的采薇少年"（见拙文《香椿》）的角色和心情。从二〇〇七到二〇一一年这三四年间，作为并不年轻的晚辈后生，我时时傍在张充和老人身边听故事，学诗习字，听曲品茗，受教受诲；每每沉浸在绵长幽深、瑰丽淡雅的历史峡谷和世纪烟云之间而忘却时光流逝，忘却辈分差距，好一似正与长辈先贤一起把臂晤谈、低吟浅唱，一起为先生娓娓言来的故旧人事喜怒、惊叹、惋惜、神往……那真是笔者数十年风波颠扑的人生中，一段最为怡静润泽而又受益丰厚的时光——可以随时感受到身心享受到的那种细雨润土、落红护花般的暖意抚慰，可以闻得见岁月这坛醇酒散发出来的袅袅馨香。我把她，视作命运赐予自己的一段"奇缘"和"福报"。如果今天阅读本书的读者，能够获得略略相似于笔者当初的感受，那就是记述者最大的成功和最好的安慰了。

本书得以顺利完成，首先要感谢的，当然，是本书故事的主人翁——马上就要寿辰一百岁的张充和女士。没有她的慷慨应允和娓娓讲述，并允

作者与张充和　摄于二〇〇九年十月　摄影：谭琳

许我在讲述过程中详细记写笔记（足足记了两大本子，还加上零散纸张），此书不可能写出；没有她老人家日后在许多初稿篇什上逐字逐句的审阅校正，修补了许多误录误笔，此书文字记录的准确度和清晰度，也是会大打折扣的。自然，我自己在先生面前受到的教益，更是让我受益终生的，我对此的感念感激之情，更是难以一一言表了。

此书的终于得以成型，还要更具体地感谢两位贤长：一位是香港《明报月刊》主编潘耀明先生，另一位是我在耶鲁大学的师长兼同事、我深为敬重的孙康宜老师。我本是写作行当里的一位散漫人。日常忙于教书事务，只是把写作当作一种倾吐、一种"瘾"，多年来的文字随写随丢，能成形成书者，每每十不到五六，甚至三四。也许有读者已从海内外报刊中读过书中的某些篇什，其中好几篇文字，都是在《明报月刊》首发的。去年夏天在香港与潘耀明大哥相聚，他就主动提出：你这一组关于张充和的稿子应该早点结集成书，你就交给我们香港的出版社先出吧。可是，回到耶鲁，教书与杂务繁杂，我又把编书的事搁下了。二〇一二新年除夕，孙康宜老师赠予我她写的关于张充和的新著——台湾版的《曲人鸿爪本事》，就催促我：我早读过你手头许多写充和的稿子，为什么不早点成书呢？听说了潘耀明先生的建议，她更是给我撂下了"重话"：此书的出版宜早不宜迟，你应该马上着手，最好能赶在老人家百岁生日前夕编出，作为一份贺寿的礼物吧！——可以说，没有康宜老师这"重重"推的一把，这些文稿，至今还会是"珠子散了一地"，捡拾不起来呢。

一本书的完成，其实就是一座建筑、一道大桥、一条道路的构筑过程。里里外外应该感谢的，还有整体参与或者构筑各个部件的许多人。比如多年来在张宅无微不至照顾充和老人、同时也为我的访谈提供很多帮助和方便（包括帮助摄影）的小吴（吴礼刘）先生，还有给予我催促压力同时又细致参与本书各方面工作的两位责任编辑蒙宪兄和曹凌志兄，等等。而其中，二十年来一直在身后默默支持我、照拂我的妻子刘孟君（还有我们的女儿端端），是一直不愿让我提及、却是整个构筑中最重要、最坚实的支撑部分。没有她们给予我的充分理解、体谅和动力，包括时时会提醒我抽空多看望老人，照应充和老人和其他长者的日常需要，就不会有我与

在书法课余，张充和为作者及作者的耶鲁办公室（澄斋）随手题写的颜体和隶书的法书手迹　摄于二〇〇八年春　作者提供

充和老人等众位耶鲁贤长们的深挚交谊（有一回，听说充和老人想念苏州的卤件——卤水炖肉，妻是北方人，就仔细查着菜谱，用酱料卤好了肉炖得软软的给老人送去，让老人食指大动），因而，自然也就不会有这么一本有趣的书的诞生。在这里，我要特意要为自己挚爱的妻女的长年支持，留下深谢、深敬的一笔。

　　此书在编排上有三个板块：从一到十四篇，是张充和讲故事的讲述实录；十五到十七篇，是记述我和充和老人交往中发生的趣事；十八到二十二篇，是我以往发表过的与张先生或多或少相关的文字。

　　需要向读者说明的是：虽然一如上言，记录本书讲述的故事，包括把书题定为《天涯晚笛》，并请老人亲自题署书名；其中的主要篇什，都请老人一一审定校补过，这些，都是在充和老人身体状况良好的时候，得到她的首肯和参与的。但是，近一年多来，老人家身体日见衰弱，记忆和心情都大受影响，一方面是我们这些晚辈后生不忍过多叨扰，另方面也是老人家愈来愈少见客，不愿意让我们看到她身体的现状，本书中几篇后写或补完的文字（如《古墨缘》《张门立雪》《非逻辑片断》等），就很难、也不宜再请老人审校了，所以，其中涉及到的一些故旧人物的姓名和细节，很可能会发生记录笔误（若然，文责由我承担）。因之，在不可能亲自就教于张先生的时候，我是借助于手头边与张充和有关的出版物——主要是金安平老师的《合肥四姐妹》与孙康宜老师的《曲人鸿爪本事》，加以人名、史实和时间、地点的互参互校，以尽可能保持记录的准确度的。（在此，我要特意感谢两书作者——金安平和孙康宜老师，在完成此二书过程中所做的细致入微的案头考据工作。）

　　还有一点，充和老人日常的说话语气和言述风格，基本上是优雅蕴藉中带着直白明锐的。我在记述过程中，尽可能保留这样的特点，把她说及的久远人事和切身感受作真实的文字呈现。但是，因为老人的天性怡淡和与人为善，还加上爱惜羽毛、洁身自好的自我要求，我也注意到，在经过她审校的以往许多记录文字中，有些涉及对具体人事的看法，行文中直白的判断和稍重的语气，都被老人提笔删去了，或者提议我把话语的棱角修圆。那些篇什，我自然都遵从老人的意愿加以修订。但是，最后完成的、因为老人身体现状已无法请老人过目的文字，我就依然保留了老人谈话时的话题原状；涉及到的具体人事我虽然会下笔谨慎，但也力求存真（因为我以为对于读者全面了解张充和，这是很有意义的），所以，保留了一些很可能不一定完全按照老人意愿呈现的文字原貌。在此，也向时在封笔静养中的张充和老人家致歉吧。

　　写到这里，还有一点我还需要加以特别说明：此书中，我唯一没有按照老人意愿记录成文，最后在编稿时也决定放弃的，是充和老人在跟我谈话时一再要求我写下的，她认为《合肥四姐妹》一书中某些记录片断的偏误。我为此认真细读了《合肥四姐妹》全书，我认为作者在访谈、研究和考据中花费了巨大功夫，这是一个认真严谨而别开生面、非常值得尊重和肯定的历史文本。其中所牵涉的一个大家族的复杂人事和所关联的几百年历史，出现一些细节记录的失误，是难以避免的，也是不宜苛求的。作为口述实录的后进作者，我深知其中的甘苦，更不愿以单篇的文字，给这本富有读者口碑的好书，带来不应有的可能伤害了。但是，出于对充和老人意见的尊重和对读者负责，老人家多次情绪强烈要求我记述下来的一点，我愿意利用这篇后记文字，略略加以提示——《合肥四姐妹》北京三联版第七十九页，提到张母陆英最后生下的女婴，因为有病只活了四五天，最后被家人放弃，"她们就把她抱走，扔在垃圾堆上，那时她根本还没断气呢"一节，充和老人认为严重失实，张家人绝对不可能这样对待女婴，"我们对一只生病的小猫小狗都不会这样做！"她认为，可能是记录时把张家另一个女工人豆妈妈生下女婴不要、把她扔掉的故事弄混了。因为老人对此处她认定的笔误非常在意，念兹在兹，一提再提，一再要求我形成单独的勘误文字，这里谨作一个记录，以供读者和后人参阅。

　　最后，我对本书中的图片来源作一些说明：首先，要感谢身兼数学家、摄影家、诗人等多重身份的多年好友谭琳先生，他在二〇〇九年专程远途赶到耶鲁北港张宅为张充和老人拍照，本书几帧最传神、最精美的张充和老人肖像照，就是他贡献的作品。署名"作者提供"的，都是作者所摄或请在场友人代摄的照片。书中关于张充和与沈尹默的书法、绘画墨宝，以及相关一些历史旧照，除了翻拍自充和老人赠予我的两书——西雅图艺术博物馆的《古色今香》（Fragrance of the Past）图册和《沈尹默蜀中墨迹》之外，主要来自来源广泛、几乎无所不载、无所不能的网络。这里，特别向上述各类图片中不容易注明来源出处的原作者或原作持有者，致以深挚的谢意。

张充和小楷手迹

白纸黑字，文字即历史。虽然我自己受过的专业训练，不是史学，而是文学，但作为一个文字从业者，在记录这么一个随意洒漫谈来、却涉及无数历史人物和世纪风云的口述故事时，我深深意识到"历史"二字的分量，以及"文字"与"史"的非凡关系。毋宁说，即便是闲散的文字，既然是"口述实录"，只要关涉时光之流中的人物、事体，便都与"史"相涉，都属于"史笔"，便都让我临深履薄，战战兢兢，生怕自己的记述与原话原意走曲，时有不胜负荷之感。所以，自己虽具另一个"小说家"的写作身份，但在写作、整理此书文稿的全程中，我是严厉地摒却了小说写作中用之得心应手的"fiction"（虚构）习惯，严格按照笔记中的记录文字落笔的。行文中虽有剪裁、省略，包括顺序上的拼接、连缀，也有言谈声气、环境氛围的描述，却始终坚持"现场重返""原声再现"，但求每录每言都有记忆依据，有纪录出处（虽然没有做录音——因为那样谈话会很不自然——但我的知青记者出身使我具有快记速记的训练底子，故笔记甚为详尽）。在此，我愿意很负责地知告读者：此书除了那些经过老人校阅的篇什之外，书中记录的其他老人散漫的谈话，大都是有记录可循的。同时，我也深为感谢书中篇什在报刊媒体发表时，有心读者所提出的疑窦和勘误意见（这里面，有记录者的笔误，也包含了老人不可避免的记忆偏误），其中许多意见，都已收纳进成书过程的订正之中。自然，此书面世后，欢迎各位读者方家进一步对本书的记述提出补正和批评。

——走笔至此，竟发觉，记录一位世纪老人的谈话，自己与"历史"，已经不期而遇。

——"历史"是什么？"历史"，是人的行为史，权力的争斗史？帝王的统治史，平民的生活史？山河的治乱史，土地的分合史？人事的兴衰史、人生的哀乐史？——这一切的"大词儿"，果真与本书的主人公——张充和，紧密相关么？或者可以这样问：把"张充和"这么一位生活轨迹似乎始终游离于这些"大词儿"边缘的人物，放在这些"大词儿"中间，果真有意义么？其意义，究竟又在哪里呢？

已经不止一位友人这样问过我：为什么要写张充和？以你这么入世落俗、血火俱全的人生经历，写写"大时代""大史诗"多好，为什么这些年来，你却要一再搔断青丝，落笔写云淡风轻的"最后的闺秀"张充和呢？其实，我也同样一再问过自己：除了天性中的"老人缘"，你为什么会关注作为一个书写对象的"张充和"呢？"张充和"打动你的，究竟是什么呢？

确实，面对那个张充和讲述中随时牵扯出来、铺染出来的"大时代""大史诗"，张充和这个人和她的故事——如同她自己在讲述中一再强调的那样——没有那么"重要"。但是，她的价值和意义，在我看来，却恰恰就在这"不重要"之上。

——如果说，上述那些"大词儿"的"历史"，是"重"，身在其中的"张充和"，就是"轻"；是万千种"有"，"张充和"，就是一种独特的"无"。如果说，腥风血雨的二十世纪"大时代""大历史"总是在"变"，大半世纪以来始终气定神闲、不急不缓地写诗、习字、拍曲的张充和，却是"不变"的；如果说，"大时代""大史诗"的故事是一幅画上的真山真水，"张充和"，就是山水云烟间的"留白"；如果说，书写"大时代"、"大史诗"意味着"进入"，书写"张充和"，则就意味着"淡出"和"游离"。我想，对于今天这个世界，张充和的意义，恰恰就在这里——在"无"、在"不变"、在"留白"、在"淡出"与"游离"之上。

——我无意于以一种矫饰的犬儒主义、虚无主义的态度，去故作闲适地否定"大时代""大史诗"的那个"重"，那个"有"、那个"变"和那个"进入"。张充和的身影和故事迭印其上，套用拙文的一语，只是"时代风涛"中的"笙曲弦管"；套用张充和《小园》的诗句，即是"但借清阴一霎凉"。但是，在一个处处强调功利至上、物质至上、利益至上的"有"的世道中，我们需要一种超然物外、"无用之用"的"无"；在一个追求"与时俱进"、随时在"包装""炒作"、急速旋转、追逐"改变"的时尚世界里，我们需要一种安静、恒定、优雅、从容的"不变"；在一个处处为实用、实利、实权、实业打拼得头破血流的饱和年代，我们需要一种灵魂的、心智的、审美的"留白"；在当今那一道道或者纸醉金迷、灯红酒绿、酒池肉林，或者勾心斗角、尔虞我诈、互相设防的俗世俗流之中，我们需要一种只为琴棋书画存在而不为五斗米折腰的"淡出"与"游离"。当然，这一切表现在张充和身上，都不是刻意为之的，也都是形态散淡的；可说是亦儒、亦道、亦释，又非儒、非道、非释的。但是，有一点特征，却在其中显现得异常鲜丽明晰：那就是——无论张充和的诗、书、画和昆曲，或是她的行止风范，都充分浸淫着、也体现着——中国传统文人文化那种美丽优雅的风华。

"文章我自甘沦落，不觅封侯但觅诗。"这是大史学家陈寅恪集后半生的心血精力写完《柳如是别传》之后，留下的著名诗句。学识人格浅陋鄙俗如笔者，自是不敢与雄山大岳的陈师及其巨制相比。但是，历史有腥风血雨，也有明月清风。面对二十世纪这么一个血火纷争、人性失衡、传统凋零的多难世道，张充和对传统审美价值的那一分坚守，对纷扰俗世的那一分清淡从容，同样有"诗"，或者说：这本身，就是"诗"。笔者有幸为张充和身上体现的"明月清风"——这么一番如同乱世间的一泓清泉、血火中的一霎凉荫的诗心、诗意、诗境，留下一点记录，毋宁说，此乃命运赐予我的一个良缘；也是中国传统文化血脉香火的传承，赋予我的一种责任吧。

  本书成型结篇的日子，恰遇一个仿若隐喻一般的天象（古人不是相信"天人感应""天人合一"么？）——今昨两夜，据言为近十二年间月球轨道距地球最近者，月亮比常态圆月大百分之十三、亮度高百分之三十云。——关于月亮，尤其关于"月圆"和"圆月"，古来中国文人有过无数美好的譬喻，留下过无数隽永的诗篇。在审美的谱系里，幽雅的"月亮"，总是与耀眼的"太阳"相比对的。"张充和"在光谱中的色系，自然是偏于前者而远离后者。搁笔之时，我就把当晚踏月归来口占的诗句，作为这本祈望抒写"清风明月"的小书的结语吧，为一种圆满，也为一片清辉——

    澄天巨月圆，凛凛鉴山川。
    水淼海云接，边荒雁阵连。
    冰心吐皎洁，静气出真元。
    世乱生天眼，清光镜我泉。

  诗成于二〇一二年五月六日夜，文成于五月十二日至五月十八日，于耶鲁澄斋－康州袤雪庐

张门立雪

——我和我的耶鲁学生跟随张充和学字、学诗的故事

夜寂西窗微雨侵，轻纾颜帖对灯临。
笔间自觉骨筋浅，砚畔谁知世味深？
点雪捺霜横浪迹，一收一顿一沉吟。
先生教我出锋处：立似青山卧似琴。

　　这是我的一阕题为《习字》的古体诗习作。记述的是二零零八年开春，我领着两位耶鲁洋学生邵逸青（AdamScharfman）、温侯廷（AustinWoerner）"张门立雪"——跟随九旬老人张充和先生研习书法，学写古体诗词的故事。

　　说起来，这与二〇〇七年底我率领的耶鲁学生中文辩论队，在北京中央电视台获得国际大学生中文辩论赛冠军的故事相关。在CCTV这个号称"汉语奥林匹克"的世界级擂台上，耶鲁队苦战三轮，舌战"洋儒"，先后打败了亚洲代表队韩国梨花女子大学和欧洲代表队英国牛津大学，最后站到了冠军领奖台上。邵逸青和温侯廷，都是当时耶鲁辩论队的主力。当日，邵逸青用整整四分十六秒的"长时段"，一口气背诵的苏东坡《前赤壁赋》，字正腔圆，声情并茂，不单震惊了全场，赢得长久持续的雷鸣掌声，据说把央视大楼办公室里随兴看着荧屏直播的高层领导和工作人员全都惊动了，纷纷从办公楼涌到一号演播厅，好奇打探这位吐珠漱玉、潇洒从容的"洋小子"是何方神圣。温侯廷则更技艺惊人，除了辩论赛上妙语如珠，他竟然敢在数亿中国观众的注目下表演中国最古老的国粹——古琴！说起来，这是他借用我那把颇有来历的古琴（事见拙文《金陵访琴》），在波士顿向一位台湾来的老师拜师学艺，只利用暑假三个月，就学

会了这门非常讲究练手练心的独特技艺，为大家弹唱琴歌——李白的《秋风辞》和王维的《阳关三叠》；夺冠当晚，他甚至可以用古琴为现场朗读《红楼梦》"葬花词"的耶鲁学生苏克思（NicholasSedlet）即兴伴奏，他的儒雅从容、指法娴熟，令现场好几位学琴多年的"琴人"惊叹不已。二〇〇七年末那个深秋，"耶鲁学生的中文辩论"成了观众和互联网上热议的话题（日后央视也把他们辩论的录像一播再播），他们几位也一时成为粉丝无数的明星级人物。学生争气，为耶鲁争光，我这一位当领队和教练的老师自然与有荣焉。从中国回来，我对邵、温两位"高足"说：带你们向当今硕果仅存的世纪老人、"国宝级"的"国粹大家"张充和先生学习书法和诗词，可是千金难买的学习中国文化的绝佳机遇，这，正是对你们的最高奖赏！

记得是二〇〇八年开春，草坪上还留着残雪的午后时光，我带着邵逸青和温侯廷，如约敲开了张先生北港宅所的大门。邵逸青本来正在选修孙康宜老师的中国古典诗词课，先前已经在孙老师引见下开始跟张充和学习书法，说起来，我反倒成了我的学生的"后学师弟"。于是，我和我的学生们马上以平辈相待，先后同时，成为了充和老人此生中大概最后一拨的"书法入室弟子"（老人还有另外一位最后的"昆曲入室弟子"张琬婷，也是我引见的耶鲁研究生，在此不细述）。"跟我学书法的洋学生，有一个中文字都不懂，却把字写得非常好的，"充和老人指着墙上一幅像是墨漏痕一般的古树摄影，"你看看，这是我最得意的一个美国学生拍的摄影作品，他把在书法里领悟到的感觉放到摄影里——现在是一位很有名的摄影家呢！你们两位，中文学得这么好，又修的是文学专业，只要用心，肯定可以把书法学好！"这是我们围坐在饭厅的大案桌上，研好了墨，铺开了纸张，张先生给我们上第一课的开场白。

总是从研墨开始。张先生不允许我们为了贪图便捷而使用现成的瓶装墨汁。她自己就从来不用现成墨汁。言谈中对今天那些用墨不讲究、只是随便用现成墨汁"对付着写画"的写家、画家们，一直颇多微词。说到用墨，说来奢侈，我们这几支嫩笔杆儿，在张先生家研墨用的墨条，几乎全是古董——印象中用过的至少是民国时代的墨，还用过清代、明代的墨，墨条外观不一定古雅——有干裂后用胶布缠着的，还有重新用老法子蒸粘回去的碎墨，但大多数墨锭，至少都有五六十年甚至过百年的历史，而且常常都是明、清、民初名家出品的古墨精品（日后我才知道，原来张先生是一个藏品丰富的古墨收藏家！）。"我按我老师的办法给你们批作业，"老人笑吟吟说道，"写得好的字，用红笔打个小圈圈；写不好的字，用黑笔打个小叉叉。"她用朱砂红笔给我们批改书法作业卷子，研墨的朱砂墨条竟是乾隆时代的，小小一方，掂起来重如铁块！近些年充和老人为中外机构题写的许多大字题匾——从"史丹福大学东亚图书馆"到"清华大学国学院"，一概都是气象浑穆、骨力雄厚、墨酣字透的隶书大字，用的也是清代的墨条。老人告诉我：所用的墨汁简直成盘成钵，都是她自己亲自研磨的。"为了琢磨写好那几个字，我这几天都没睡好，"那个早晨，张先生把刚完工的"史丹福东亚图书馆"竖体长条幅展示给我看，听到我的感慨惊叹，略带点得意的神情吟吟笑道，"光是试笔，就用掉我好些墨呀！睡不着，我干脆就爬起来磨墨，得要先备出一大盘墨汁来。不然，写到兴头上，墨水跟不上了，多扫兴哪！呵呵，最近为写这几幅条匾，整整磨掉了我的两根好墨呢！"

　　除了研墨，第二个讲究的是握笔与运臂。"不是运腕——用腕力；是运臂，用肩臂的力量来写字。来，你们摸摸看！"老人向我们捋起了袖子，让我们捏摸她手臂上的肌肉，感受她挥毫走笔时的力道。果真，九旬过半的老人，也许体格已经不算健旺了，但从肩膀到肘子的肌肉线条，都是紧绷结实的，简直一若少女，难怪她研起墨来霍霍生风。——这也让我们理解，重视研墨，首先是为写字以臂膀发力热身；老人甚至有时会突然握笔发力，向我们展示悬腕写字时内在力道的异同："你看，这一笔下去，用臂力，会写成这样；只用腕力，就成了这样……"老人边挥毫边向我们解说，"习惯了使用臂力运笔写字，写多久都不会累，对于我，写字，就是一种最好的休息。"老人时时告诉我，她日常应对失眠、疲累的办法，就是写字，写字就是她的"Meditation"（打坐）。

　　"中国书法，是从'点'开始的。"在我看来，这是书法理论中相当独到的"张充和论"。充和老人非常重视笔墨中的"点"，反复要求我们练习"点"的落笔、走锋和收锋——先写好一"点"，再把"点"的运笔化进横竖、撇捺，体味保持中锋走笔的感觉。张先生要求我们这几个习字的新丁，一定要从临摹颜字——颜真卿开始，而且一开始就临颜字晚期的"颜勤礼碑"而不是早期的"多宝塔碑"。"写颜字，首先就要从写好他的'点'开始，并且一定要保持中锋运笔。"对颜字，充和老人也有自己独到的看法，"现在市面上一般看到的颜体字帖，笔划都太肥大，所以有人不喜欢，说颜字笨拙，土气，有人临颜字，就故意写得字体架构肥肥胖胖的。其实，那是知其一，不知其二。"张先生拿过我复印给学生的《颜勤礼碑》，指点着上面的笔划说，"其实，很多人对颜字的理解，都被那些低劣的裱拓误导了。"张先生给我们示范着颜字的运笔方法，一边说道，"《颜勤礼碑》是晚清民初年间出土的。小时候教我的朱老师是位考古学家，他给我临的颜字，是直接从刚刚出土不久的《颜勤礼碑》的碑文拓片上，未经裱托，直接裁剪成字帖让我临写的。那时候我看到的《颜勤礼碑》原拓，字体瘦削，笔划并不肥大。现在看到出版的各种《颜勤礼碑》，那些过于肥大的笔划，显然是被裱拓的过程撑大了的！"充和老人此言，确实别具观瞻手眼，也为我们学习颜字增加了新的认识角度。老人为我们走笔示范着，"写颜字的运笔跟写别的体不同，确实，它的每一个字里，总有一笔是特别厚重的，但它的撇捺方式，需要这样转笔，提按出锋，力道要含在里面……"

二〇〇八年从春到夏，每个周四下午课后，我便带着邵、温两位学生，登门北港张宅，跟随充和老人习字。我们几乎临了整整一年的《颜勤礼碑》。她嫌市面上一般出版的颜体字帖不好，特意从她的书架上为我们找出日本平山堂出的书法字帖系列，找出版本更加精准、印刷也更加精美的颜体字帖，让我们复印临写。"颜字是打根基的字，把颜字写好很重要。我现在每隔一两年，都要拿出颜体字帖来，认真临一临。"张先生一再向我们强调，"有颜字的底，就能写好大字，写好隶书——隶书也适合写大字，"老人一下子又沉入了回忆之中，"那一年，七七事变以后，我用大幅白布写了'国难当头'几个大字，挂在苏州乐益女校的高墙上，我写的就是颜体字。"老人话里一时溢满少壮豪情，"'国、难、当、头'，每个字有这么大！"她展臂比划着方圆，"写楷书，只有颜体适合写大字，别的体写大字不好看，要么就写隶书。我做小孩的时候喜欢写大字，年纪大了，反而喜欢写小字……"

体谅到九旬老人的身体状况，我总是注意，把每周习字课的时间，都控制在一小时左右（这些年我和老人家的见面聊天，每次也都不超过一小时）。每每在老人和两位洋学生热情互动、意犹未尽之时，我就客气地叫停，及时告辞，免得让老人过劳。可是，二〇〇八年春季学期结束后的暑假，老人还是忽然发病住了医院。待老人出院后，我怕让老人累着，便准备把秋冬学期的书法课取消了。不料，张先生听说了，连连摆手说不，很坚决地对我说：我喜欢教你们写字，这两个学生很用功，也很有悟性，我教得高兴，我是老师，我要坚持每周给他们上课。"写字累不着我的，一写字就让我快活、舒坦。"老人一再这么说。那段时间，我确实非常踌躇：虽然按年岁说，张先生身体尚算健朗，但毕竟进入暮年，体质日衰，生怕自己稍有唐突闪失，就会再让老人身体出状况；便找日常照顾她的小吴，以及身边来往密切的孙康宜、陈晓蔷等老师认真商量。大家都说：只要老人家高兴就好，在写字的事情上，一定要遂老人的愿，不要扫她的兴。于是，秋季开学，我又带着邵逸青登门（此时温侯廷已毕业离校），重新开始了每周四下午在北港张宅的书法课程。

确实，跟我们一起写字，老人家总是笑意盈盈，兴致高昂。每次来上课，张宅平时严锁的正门都是虚掩着，我们如约进门，老人家已经端坐在大书案前（其实是本来的餐厅长餐桌，现在成了老人日常习字的专用书案），摊开笔墨纸张，等着给我们上课了。展看我们每周习字临帖的功课，写的好的字，用朱砂红笔给我们打圈圈，写坏的，打个小叉叉，再提笔在一边给我们示范写一个同样的字。有时老人来了兴头，就要我们先练写自己的名字，"有些人练了半天字，连自己的名字都写不好，这是最说不过去的！"然后，她会以各体书法——楷、行、草、隶，写出我们各自的名字作模板。现在检存旧物，发现跟充和老人学书一年间，先生竟为我们三位"孺子"题写过好几次"拙名"！自然，都被我们一一珍藏起来了。

想起来，我们唯一惹老人家生气的事，也跟这"珍藏"有关。前面说过，那一段时间，我和两位洋学生都学会了"赖皮"，喜欢捡拾老人家日常习字随意扔弃的字纸——因为老人笔下确实堪称"字字珠玑"，哪怕示范一个"之"字、"也"字，老人会把一个"之""也"，至少写出五六种不同架构、风格的字形来！有一天下午上课，张先生告诉我们，今天的时间有点紧,来不及研墨了,就用这种水写纸张,给你们做示范吧!老人随后批改我们的习字作业,就提笔在眼前的水写纸上——即是用干净毛笔、以清水代墨、可以反复使用的一种"新式"纸品——老人平日不让我们用"新式"墨汁,却偏偏喜欢用这种"新式"水写纸,来给我们做示范!

——那段时间,我们都恨死这"水写纸"了!因为老人每次落笔示范的那些或是铁画银钩、或是珠圆玉润的字体,用清水写过,随即便晾干消失,在纸张上留不下任何痕迹,我们自然就无法"私藏",真真让我们心疼死了!"张先生,还是让我来研墨吧!"邵逸青满脸诚恳,"我年轻,力气大,磨墨很快的!""我也可以磨!"温侯廷抢着说,"我们都喜欢你用墨汁给我们做示范!"邵逸青二话不说就注水研墨。老人皱起了眉头。我赶忙陪上笑脸,直白相告:"我们大家,都想留下你给我们作示范的字迹——可水写纸,什么都留不下!""写字就要一门心思、心无旁骛!"老人嗔怒道,"我就知道你们动的什么心思!今天不用墨,就在这水写纸上写!"第一次看见了老人动气,吓得邵逸青直吐舌头,怏怏停住了研墨的手,瞄我一眼,我们赶忙屏声静气,"心无旁骛",提笔蘸向了那恼人的清水……

"程门立雪"的典故,来自一个古人求师受教的著名故事。专门收集宋人程颢、程颐兄弟言论的《二程语录》,其卷十七所引一条,即"程门立雪"之最初资料:

> 杨初见伊川(程颐),伊川瞑目而坐,二子侍立。既觉,顾谓曰:"贤辈尚在此乎?日既晚,且休矣。"及出门,门外之雪深一尺。

此典故的日后流传,则把学生问师的场景置于师门外——为待师教,学生立于门外深雪中而不觉其苦。这个故事强调的,是对师承的虔重和坚持与坚忍,所谓"继后传衣者,还须立雪中"之谓也(唐人方干《赠江南僧》语)。

从研墨、运腕、临写颜帖起步,一两年间,我和我的美国学生跟随张充和老人习字,虽未曾吃苦受困,确也曾顶风冒雪,风雨无阻,并甘之如饴。我自己,除了跟随先生习字,则还加上了"学诗"一项(本来,二〇一〇年我介绍我的助教张琬婷向老人学习昆曲时，张先生也要求我跟着一块儿拍曲学曲。可是自己实在缺乏唱曲的慧根，听过一两次课就打退堂鼓了)。二〇〇七年夏天在台北，围绕古体诗词的当代传承话题，我与作家张大春有一个"打擂台"的戏约，我自此便自己开始做古体诗词的功课。于是，我便常常将自己新写的诗词习作，送呈充和老人求教。

我记得，最早请老人家评点的，是一首我写给海外一位立言成就卓然而命运坎坷的友人的贺寿诗，诗曰："笔写千山雪满衣，寒襟素立对鸦啼。危城钟鼓惊溟壑，边地弦歌动妄思。捣麝成尘香愈远，碾梅入冷芳益奇。人间岂信佳期误，更待佳期春柳枝。"

当时敢于在先生面前"献丑"，也是因为听到了身边友人的厚意美言，我自以为可以在老人面前"拿得出手"。没想到，张先生读罢，马上提笔在颈联"捣麝成尘香愈远，碾梅入冷芳益奇"上，划了一道浅浅的杠杠，说："这两句，合掌了。"我问："什么是'合掌'？"老人笑着把两个巴掌合起来，"你看，这样手指跟手指的相合相对，诗的意义重迭重复，诗境反而就窄了，这是写律诗的大忌。"我一时恍然有悟，便顺手又把我刚刚写出的一首词，写在记录本上请老人指教。——是《奴儿近》的词牌，词曰："秋来展卷红叶上，满纸飞霜，满纸飞霜，一天星斗看文章。长空雁字两三行，水远山长，水远山长，古今心事付苍黄。"

老人读罢，点点头，缓声说："平仄可能还要调一调，要严格按词谱走。词原来是能唱的，其实音律上更讲究。就如平声，阴平阳平的字眼落到韵脚里，唱起来都不一样的。唱昆曲就很有这样的讲究。不过，你写诗喜欢用明白字，路子是对的。我不喜欢把诗写得曲里拐弯的，费解，让别人看不懂。其实，文字的浅白，也可以写出诗味来。古人的好诗，大都是明白晓畅的。"我确有醍醐灌顶之感。我早就从张充和的《桃花鱼》里，读到她善于把日常生活入诗，并且以清浅文字写出蕴藉诗意的超凡本领。我日后学诗，喜学唐人的直抒胸臆，不喜宋后诗风的曲笔雕琢，就是深受充和先生的影响。自此，我便随时将日常的诗词习作打印成大字本，方便请动过眼疾手术后视力减弱的老人指教。充和老人深通音律，一诗在手，不必吟诵，只要浏览一遍，老人马上就会点出问题：这里出律了，此处失韵了。在我如今保存的诗词习作稿本上，还留下了先生用铅笔作的划杠微批："五平，孤仄"、"四仄"、"三平尾"等等。我时时会为此犯窘、惊叹："张先生，这平仄音律，好像你不须过脑子就找出了问题，怎么我一再小心，还总是会犯错呢？""这是一种习惯，就是古人说的童子功，"先生吟吟笑道，"从四五岁开始，我祖母和朱老师就教我读诗、念诗和做诗，其实还真的没有怎么特意教我音律，读写得多，平仄音韵这些东西，早就自然而然地融会在里面，变成一种习惯了。"

跟充和老人学诗，还发生了这样一件趣事："万山新雨过，凉意撼高松。旅雁难忘北，江流尽向东。客情秋水淡，归梦蓼花红。天末浮云散，沉吟立晚风。"这是二〇〇九年夏天老人送给我的一幅字，上面是一首以楷体法书写在旧宣纸上的五律。当日，充和老人赠字后，含笑向我提出要求：回家做做功课——查查这是唐宋诗里的何人之作？我不敢怠慢，随后数日，简直是调动了一切检索手段——从翻古书到搜寻"百度"和"谷歌"，却都处处碰壁，一头雾水，查不出任何结果来。——此诗作者，究竟是唐宋的何方神圣？某日，翻阅先生赠的诗集《桃花鱼》副本，才一时恍然大悟：原来，这是张充和青年时代在重庆时期的诗作《秋思》！从充和老人故意考问我的调皮谐趣中，也可以看出她在古体诗词上的自信——此诗，确有"不输古人"的大家风范也！

春花秋月，寒来暑往，霜红雪白。我带着我的耶鲁学生登张门就教，习字学诗，只恨时日苦短，每次一小时的课时，似乎一眨眼就完了。每个周五下午，在我的耶鲁办公室，则是我和邵、温几位"张门学生"，自己关起门来埋头写字，临帖做功课的时光。犹太裔家庭背景的邵逸青，对书法学习最为用心，也始终持之以恒地习字练字，跟充和老人结下了很深的感情。每次见面、离去，与老人的拥抱、吻颊，总是深情款款，很得老人的疼爱。"邵逸青总让我想起汉思年轻时候的样子。"好几回，张先生笑盈盈道，"汉思也是犹太人，他们俩很多举止习惯，很相像的。"难怪老人会不时亲昵地拍拍邵逸青的脸，对小伙子习字的勤谨和坚持，褒扬不已。二〇〇八年春天，听说邵逸青的毕业论文要写陶渊明，老人主动提出：要给邵逸青的毕业论文题署封面。老人这一"厚待"，简直让小伙子受宠若惊，欣喜不已。

邵逸青至今还常常说：跟张先生学习书法，是他的耶鲁岁月里最珍贵、也对他人生影响最深刻的一段经历。因为品学兼优，邵逸青毕业时获得本科生最高荣誉的"木桥奖学金"（Woodbridge scholarship），被耶鲁校长雷文（Levin）点名留校，在校长办公室任职一年，于翌年被牛津大学硕士课程录取，赴英国留学。临行依依，邵逸青几乎在登机前夕，还专门从纽约长岛家中赶回耶鲁向老人辞行，请老人给他再上一次书法课。当天的课时，破例地被老人一再延长。充和老人专门为邵逸青写了一个精美的扇面送行。"人生不相见，动如参与商"。告别的一刻，一老一少不舍相拥，一再吻别，鹣鲽深情，令我动容。

我永远会记得这样一幅图景：步出张门，邵逸青一步一回头；老人的历尽世纪风霜的脸庞，就始终久久贴在门框玻璃上，道别的挥手，似乎也凝固在那里不动。邵逸青不让我开车，挥手让老人离去，小窗玻璃上却仿佛一幅恒定的贴画，始终贴着老人凝望的面容。邵逸青热泪泉涌，掩面饮泣不已；我驾车离去，摇下窗，最后一次向老人挥手致意，悄悄地，抹去了溢出眼角的泪水。

二〇一二年五月四日写于耶鲁澄斋

古墨缘

——和张充和一起欣赏她珍藏的古墨

充和老人告诉我：她与古墨的结缘很早，从她过继到叔祖母家的童年时代就开始了。

"那时候我才七八岁，已经在朱老师教导下开始学写字。"那一回，是在老人日常习字的案桌上，跟着老人研墨写字，张先生忽然提起了古墨的话头，"我祖母有个妹妹，我叫七姑奶奶，祖母带我上她家去玩，把我写的字带给她看。七姑奶奶称赞说，字写得不错呀，我要送给你好墨。从七姑奶奶家回来，她送给我几个老墨，我小孩子也不懂，就拿到书房去磨墨写字。朱老师看见了，吃了一大惊，说：哎呀，这可是明朝方于鲁制的墨呀！你小孩子怎么不知痛惜，用来写大字！以后，朱老师就要求我，用家里的老墨、古墨写字，只能写小字，而且要用碎墨，不能用整墨。我就是从那时候开始，注意保存和收藏古墨的。家里的整墨我都舍不得用，所以就保存下来了。成年以后在各个地方走，我也注意收藏好墨、古墨，就一直收藏到今天。"

"你的七姑奶奶家，怎么会有这么多古墨呢？"我很好奇。

"这故事说来就长了，"老人笑吟吟地进入了绵长的回忆，"我祖父的父亲——也就是我的曾祖父张树声，是两广总督，代过李鸿章的职，在《清史稿》里有记述的。我祖父是大儿子，考上进士后本来要做官，但他不喜欢做官，就担了一个类似驻京办事处之类的闲职，住在北京看家。曾祖父有四位公子，一人玩一种喜好的玩意儿。我祖父就是喜欢书，喜欢玩书，玩墨，爱收藏古书、古墨，所以家里很多这样的东西。到了我父亲手上，我父亲却不喜欢这类东西，拿着家里给的钱去办学校去了。后来祖父外放当川东道台，在川东九年，离开的时候整船整船都是书。他过世以后，合肥张家的几房人，自然就把这些古书、古墨都保存下来了。这就是我的七姑奶奶，顺手就能把明朝方于鲁的古墨送给我这个小孩子的原因。我现在手边用的，还是两锭明朝的墨呢！"

我一时肃然。禁不住对自己日常在老人案桌上把弄的那些不起眼的黑家伙们，生出了某种敬意。

"说起明朝的墨，还有一件好玩的事儿。"老人眸子里一闪，想起一件陈年旧事，"那一年——应该是一九六〇年代以后的事吧，我和汉思去印度玩，经过香港，在我表妹家落脚。表妹与我平辈，是李鸿章的侄孙女。她是四房的，我祖母也是四房的，所以我们很亲。她看我们驮着一个大箱子，就说：你不如换上我们家的小箱子吧。她递给我一个小箱子，里面有个什么东西在滚来滚去。打开一看，是一锭墨。仔细看，不得了，是明朝的墨，上面雕着一个狮子头，比方于鲁还早，是方于鲁的老师——程君房制的墨！表妹说：你喜欢，就拿去好了——那是小时候我流鼻血，妈妈用它来给我止鼻血的。呵呵，她用这明朝古墨来止鼻血！"老人爽声笑了起来，"记得小时候，那时的人都说墨里有胶，认为墨能止鼻血。其实陈墨是没有胶的。过了这么些年头，早退胶了，要止鼻血，也要用新墨。——嘿，我家现在藏的年头最老的一锭墨，就是这么来的！"

我随手把玩着桌子上擺着的墨条，知道它们全都是年头、来历不凡的家伙，便仔细端详着上面的图案和嵌字。果不其然——

这一方——"墨精乾隆夏铭旗仿古制"

那一方——"光绪癸未年胡子卿岭南葵村居士选烟徽歙曹素功九世孙端友氏制"

再一方，上面只有三个镶金刻字："龙香剂"。

"这可是上好的墨呢，上面缕的都是真金。"老人说罢，蹒跚着步子（老人近时腿脚已不太灵便），从厅堂书架上拿过来一本老书。那是周绍良著、赵朴初题署的《清墨谈丛》，翻到某一页上，我眼睛都亮了：书里图文记述的，就是眼前这些墨方！"原来都是这么有名的墨呀！"我不禁啧啧赞叹起来。

"我这里的墨分两种，松烟墨和油烟墨，"老人在我耳边絮絮地指点着，"这种墨，是松烟墨，墨色浓厚但不亮，渗进纸里显得很厚重；这种则是油烟墨，是用桐树油烧制的，墨色发亮。我喜欢把两种墨磨在一起，用它写小字，墨色又厚重又发亮，很好看。当然，还要看你用的什么纸张。你看，这是用松烟墨写的字，不发亮；油烟墨发亮，合适用普通纸，写扇面。"

我仔细打量着桌上纸张的各种墨迹。只见眼前不同的墨色，都是一样的黑，便傻笑着问："哪是松烟墨，哪是油烟墨，我怎么看不出来呀？"

"呵呵，"老人朝我得意地笑着，"我从小就听老师教我，写字——更不要说作画了，要分辨不同的墨色效果。写什么字，用的什么墨，我现在一看就能看出来。现在一般人用的，大都是油烟墨。因为油烟墨发亮，容易出效果。写扇面，我就喜欢用好的油烟墨。那一年在芜湖，我还不到十六岁，我婶母要我给她写经，写《金刚经》。经文并不长，她拿好墨让我写，是一套乾隆石鼓墨，上面有石鼓文。里面有碎墨，我就研磨碎墨写字，把整墨带回家。朱老师看见了，说：这墨太好了，你小孩子不要随便乱用，要好好保存。难得的是，老师是大人，却并没有骗走我这个不懂事小孩子手里的好墨。这套墨有十锭，相当名贵，我就一直存着。说起来，我留在上海的古墨，打仗的时候放到上海银行保险箱里，八十年代回国时才拿出来，几十年后他们还保存得好好的。那套石鼓墨后来被我带到了美国——在北平上飞机的时候什么都不能带，那些古墨是后来随我的书，由'修绠堂'卖书的伙计李新干帮我寄出来的。刚到美国的时候很穷，整个五十年代汉思都没什么事做。实在没钱用，我就把这十锭乾隆石鼓墨，卖给了日本人，卖了一万美元——一万美元那时候是很多钱哪！好东西卖掉了很伤感情，我为这十锭墨，伤了很久的心呢。"

窗外，是一片残雪未化的早春光景。老人略略掩饰着她的黯然神色，换了一个语气说："墨是好东西，从前大户人家结婚陪嫁，都送一套套的墨来做嫁妆。明朝方于鲁制的墨，我现在还用着呢。"她打量一眼窗外，"保存古墨的学问可大了，空气干了不行，有湿气也不行，干了就会开裂。加州天气干，有时候夜里我都能听见墨裂的声音，听得直心疼。"老人见我听得兴致盎然，便发出郑重的邀请，"这样好了——等天暖一些，暖气停了的时候，空气不干燥了，你再过来看墨，看我保存的那些古墨，我再给你讲墨的故事……"

老人说着话，顺手又研起墨来，絮絮说道，"最近常写大字，用墨量很大，我就在陪客人说话的时候磨墨，磨完了就倒在这个盒子里，"砚台边，是一个巴掌见方的黑圆漆盒，里面填着绵质纤维，"一般的新墨磨起来很臭，我的墨从来不臭，都是陈年好墨呢，磨起来甚至带一种墨香气。我现在用的墨，最新的也至少是五十年以上的，都是我弟弟早年给我 order（定做）的。有的人写字，家里进不去人，因为墨很臭，"老人说着调皮地笑起来，"艾青送给我一幅字，我总是不敢打开，打开来味道不好，墨很臭，呵呵……"

我一时恍然：从小学写字，都知道墨臭；可是充和老人常年习字的屋里，却从来没闻见过异味。我下意识地嗅嗅鼻子——墨香，屋里果真弥漫着一种类似麝香味的淡淡的墨香……

二〇一〇年初夏的一个日子，跟张先生通过电话后，我便兴奋地驱车上路。"今天天气好，暖气也停了好一阵子了，你到我这儿来看古墨吧！"老人盛意发出了邀请。

进得屋来，张先生笑吟吟坐在几案边，好几个高高低低的锦盒已经搁在茶几上。显然是放下电话后，老人家挪着步子，自己把一盒盒的古墨从楼上搬下来的。

"都是打仗时留下来的，都是战前存的墨。"老人指点着。仔细端量，这式样不同的锦盒与包装却大有乾坤。"我可以打开来仔细看么？"我小心地向老人征询，"当然当然！"老人回答得轻快。

这是以国画卷轴的方式卷着的一盒墨，展开卷轴，只见卷轴中的木盒上写着"翰苑珍藏"几个行书小字，打开来，里面是一套雕缕着金丝图案的五彩墨条。"这是画画用的彩墨，是我结婚时杨振声送给我的贺礼。"我征得老人同意，拿出一锭锭墨来，仔细观赏上面的图案。噢，这可是一组"八卦墨"呢，在每一锭墨条上，在阴阳卦象的"━ ━━"笔划后面，都是一行缕金小字（卦象笔划在计算机写作软件里不易呈现，从略）：

　　间碧春江烟涨
　　间绿桂岑储精
　　间红仙源华雨

间紫鹅管山霜

　　正墨易水余香

　　正青朱厓积翠

　　正白东流耀浩

　　正赤沅井流霞

　　八个卦象八锭墨，各有象征寓意。"这是乾隆时代的墨，这样的墨，我怎么会舍得用？"老人说罢却轻轻笑起来，"不过我现在常用的，倒是两锭明朝制的墨呢。"

　　我一盒一盒地打开各种锦盒包装，小心拿出墨条，仔细读着正面、背面的铭文，老人在我耳边絮絮解释着（下面记录的，其实只是很少的一部分）——

　　梅花似我赵穆（印章）——"这是个清朝的文人。那时候的文人都喜欢自己做墨。"

　　老湘雠同治壬申胡开文墨——"胡开文的墨在清朝很有名，"老人勉力记忆着，"我记得我查过，同治壬申是一八七二年。"

　　古歙曹素功监制——这是两锭长椭圆型的浮雕着金龙的墨。"曹素功是胡开文以前，大概是康熙年代左右最有名的制墨家。"

　　曹素公制漱金家藏——这是一套四方的墨，形制简单。"这都是乾隆以前做的墨。看起来样子不花巧，其实做得很讲究的。"

　　徽歙曹素公第六世孙尧千做墨金不换墨——这是一套两锭的镶金墨条。"你看，这真是个做墨世家，到了第六世孙还在做墨。"

　　我一边观赏着古墨，一边在手边的小本上做着记录。有一锭墨上铭印的是篆字，我读不太懂，张先生接过来看一眼，就顺手拿过我的笔，在我的本子上写下小字——石舟仿佳日楼制墨

　　——老人真是眼光精准！

　　湖田草堂书画墨雁埳题名

一惜如金苍佩室珍藏

　　凤池染霜亦有秋室珍藏——"这些都算近代的墨，乾隆左右的。"

　　宜吟馆康熙五年秋九月造詹方寰制——我注意到封盒上的康熙年号后面注上了阿拉伯数字——"一六六六"的公元年号，显然是张先生自己先前玩赏古墨时做的考据功课。后面我还看到，有些注上的年代时间还打上了有待考证的问号。

　　金冬心造冬心先生造五百斤油——金冬心就是金农，是从康熙末年开始，历经雍正、乾隆一直活跃到嘉庆四年的清代"扬州八怪"之一，这可是与郑板桥齐名的的大书画家日常用的墨呢！我问："这'五百斤油'是什么意思？铭刻在墨条上，太古怪了，果真是扬州八怪呀！"老人笑道："金冬心喜欢吹牛，说他用的墨，都是用五百斤油烧出来的烟制出来的，所以就特意要把'五百斤油'铭刻在墨条上！呵呵，不过，它的真材实料也一点不假，你敲敲看——"老人拿过那锭墨，轻轻地在案上敲着，发出铿铿的有如金属的响声。我接过那锭墨，掂在手里，果然沉甸甸的一如金属制品。——"五百斤油"，果真名不虚传也！

　　琴书知己承恩堂藏墨
　　一函书乾隆卅年1765
　　三台凌烟阁重光协洽辛未18111877？

　　——墨盒边上打上问号的公元年号，显然是张先生自己做的年代考据功课。"这都是我曾祖时代的墨，藏墨人是我祖父。"老人轻轻拂拭着墨盒上的浮尘，喃喃说道。

　　——这锭墨的铭文，引起我的注意：

　　正面：爱莲书屋选烟平梁周氏子昂持赠
　　背面：江南无所有聊寄一枝春

　　——"这'子昂'应该就是赵子昂，也就是赵孟頫吧?"赵孟頫（一二五四——一三二二），乃元代书画名家，宋太祖十一世孙。因为降了元人并入朝做官，在世人眼里，其字便因秀逸而显媚态，被历代书家诟病。我算了算，若然，这可是一锭明朝以前的古早老墨呢！我说，"按常理，做墨的人，应该不敢随便冒用'子昂'之名的。"老人没有正面答我，只是微笑着说道："这墨好得很，我小时候用过。"

——这一方，又是名人墨：

正面：任伯年订詹大有制墨
背面是几笔花草竹石：伯年写少石刊

——"墨上的画，是任伯年自己画的。"老人说。任伯年是清末名画家（一八四〇——一八九六）。如果说前面的"子昂持赠"之墨，张先生不敢贸然断定年代；那这一方任伯年订制的墨，则毫无疑义是任伯年本人一直在使用的"私墨"了。

岭南葵村居士选烟——"这是乾隆时代的墨，也是我日常的用墨。"老人说。

万年红——这是一锭朱砂墨。墨色是深重的橙红，掂在手里沉甸甸的。"习惯都叫朱砂墨，其实不是朱砂做的，都说朱砂有毒呢。这应该也是乾隆时代制的墨。"

抱瓮轩书画墨光绪癸未年胡子卿——"我用的大多是光绪时代的墨，胡子卿制的墨，那时候很有名。"老人说，"我用古墨的时候，都先把砚台洗得干干净净的。"

老人见我看得入神，仔细做着记录，便更加来了兴致，"我现在拿我还用着的最老的两锭墨给你看，"充和老人蹒跚着步子，走到书案那边，摸索了一会儿，脸上带着盈盈笑意走回到茶几这边来，"你看，这就是那锭我表妹用来止鼻血的古墨，这是明朝方于鲁的老师，程君房制的墨。"我小心接过。这是一锭带着雕刻狮头的圆柱形墨条，墨身凹凸不平，果真留下了斑驳的岁月痕迹，上面的铭文是——

鲸柱程君房制

我再接过老人递过来的另外一锭墨，上面的铭文很特别——

咸丰元年将军杀贼祭公之墨

——墨锭上，似溢出一股怒目金刚之气。

我久久凝视着眼前的茶几。高高低低、凌散重迭的古墨，有如一片凝结的历史之海。墨里有形，有色，有工艺技术，有文人寄托，飘过沧桑兴亡的烽烟，漫过高山流水的琴音，自然，还流荡着大山大野古桐新松的熏烟馨香……

与充和老人一起欣赏古墨于二〇一〇年六月十二日，
记录整理于二〇一二年四月十九至二十二日，于耶鲁澄斋

小记：近读董桥大哥《这一代的事》书中《说品味》一文，提及古墨收藏的话题，饶有别趣，兹录两小节于下，供感兴趣的读者备考：

中国化学家张子高业余收藏古墨出名，藏品近千方，其中不少是明清墨中至宝，写过多篇考证古墨的文章，还同叶恭绰、张䌹伯、尹润生三位藏墨家编写《四家藏墨图录》。好墨讲究胶轻、烟细、杆熟，自然牵涉胶体化学的学问；张子高学化学，后来又专攻化学史，难怪他说："藏墨是我的爱好，也是我研究化学史的一个小方面。"职业和趣味竟如绿叶配牡丹，很难得。

张子高耽悦古墨，梁思成醉心山川，张石公酷爱繁华，说是求"知"求"趣"，实际上也流露出他们对人性的无限体贴。William Empson 谈"都邑野趣"（urban pastoral）也可作如是观。品味原是可以这样调节出来的。

——董桥《这一代的事》，广西师范大学出版社二〇一一年版

九生一死

——《耶鲁札记》后记

很显然,这个题目,因"九死一生"而起。

"亦余心之所善兮,虽九死其犹未悔。"——此屈原《离骚》句也;

"九死南荒吾不恨,兹游奇绝冠平生。"——此苏轼《六月二十日夜渡海》句也。

"九死",大概真是中国士人的千古宿命吧:从屈原到司马迁,从韩愈到苏东坡,从谭嗣同到闻一多……这串"九死"的名字几乎可以"满坑满谷"地一直往下延伸——贬谪,流亡,冤狱,横祸……人生逆旅上尽管历经种种苦厄坎坷,但为着"心之所善"而"未悔""不恨",磊落执着前行,"造次亦如是,颠沛亦如是",则又是贯穿在千古中国士人命运中的另一种骨格与根性。这,或许也算是"九死一生"此一成语今天的某种新解和出处吧。

千古一心,千岁一脉。不必讳言,笔者此刻这番关于"九死"的议论,既是一种历史追溯,也是某种人生自况——正是因为"九死"而未死,才有"九生"而坦对"一死"。我自己,属于经历过大时代忧患的那一代人。"老三届人""知青一代"是贴在我们这辈人脑袋上的标签;而自己经历过的世变沧桑,生死历练,往往又比同辈友朋要更多、更密集,也更奇崛跌宕。整理完这本恰在自己步入花甲之年记述生命行旅故事的集子,细数自己已经整整一甲子的人生来路——小少离家,劫患血火,下乡苦劳,负笈海外,身卷潮涛,世态炎凉,漂流甘苦……人生故事里的千回百转,柳暗花明,确实时时要面对各种"九死"之境,不时又会遭际"死去活来"的奇遇,也不期然地需要面对种种"悔"与"不悔"或"恨"与"不恨"的争议。这本集子,围绕"九死""九生"与"未悔""不恨"着墨,也就成为与一代人命运相关的某种人生记录,某种历史文本。

我知道，在身陷时代风涛、人生歧变的诸般挣扎磨难之中，自己不但是一位幸存者，也是一位幸运者。命运总是在厚待我。哪怕曾经面临深渊、陷入低谷，彷徨无着或者遍体鳞伤，自己也时时总是受到命运眷顾的一方，每每能从荆棘丛莽中走出平正坦途来。比如我的十年知青生涯，我的两度去国及其"海归"，我的只身欧洲流浪与历险，我的身卷狂潮与逃离血火经历，以及裹挟其中的不乏艰困与浪漫的爱情婚姻故事，甚至包括女儿出生早产的惊天大险与求职生存的辗转无涯又峰回路转的传奇，等等，等等，几乎无一例外，都是这种"死去活来""化险为夷"或者"因祸得福"的模式。记得整整十年前，我在一本其实算是我的"五十自述"的散文集子《独自面对》的后记里，写过这样一段话："多少年来，我时时心存感激：尽管常年四海游荡，孤身独行，每在人生关键处，冥冥中似乎总有'贵人'相帮，'保护神'相佑。命运的猝不及防的善意每每让我受宠若惊，更让我时时铭刻深记：独行，不是要背向人群，俯视他人；反而要用更大的善意回报他人，以更宽厚的心怀面对世界。"

在今天这本可视之为自己"六十自述"的集子后记中，也许我要说的，更是这样一种对"九死"而未死、人生一再历练重生、复旦之境的感恩之情。——是的，感恩。向冥冥中在自己的人生途程中源源不绝地抒放善意的上苍造物感恩，向数十年抚育呵护自己的此方与彼方的土地与自然万物感恩，向无论逆境顺境总能予我以光亮和温热的普世人众感恩。虽然，"感恩"，现下几乎已成一种人云亦云的坊间熟语了；但我从自己跌宕多舛的人生历练中深知：学会感激和感恩，其实是守护自己灵魂和成长自己心智的一道良知底线。正如本书的专节"甘泉之缘"中所讨论的：由于在我主笔作词的知青组歌《岁月甘泉》里出现了"向大地父老乡亲献上我们的感恩"的字眼，有许多友人问我：是不是一位基督徒？——因为强调感恩，乃是基督精神（甚或广义的宗教精神）里很重要的一翼。我不是基督徒。严格说来，我基本上很难把自己归入任何一种类型的宗教而成为一个信仰单一的忠实信徒。但是，如果把宗教、信仰视为一种对世事人生的"终极关怀"的话，我得承认，我敬重这样的"终极关怀"，内心深处一直有很深的宗教情绪和情结；自己灵魂的安宁、安顿，也时时都离不开这样的情绪和情结——我对冥冥中的那个超越性的力量，始终心存敬畏。这个冥冥中的力量，你可以视作上苍、造物主、命运或者生命机缘；也可以视作上帝、佛陀、真主、众神；或者自然、人世、良知；宇宙星空、天堂地狱，等等。感恩，来源于敬畏。无论来自哪一种意义的敬畏，都源自于对人性和一己有限性的自知之明。——知道感恩，才会懂得珍惜。只有珍惜微末，才能得之浩阔；珍惜当下，才能弥之久远；珍惜一刹，才能获得永恒。因之，珍惜过往，珍惜当下，珍惜眼前人，珍惜同行者和后来者，珍惜自己曾经或已经拥有包括失去的一切，便成为人之为人的某种安身立命之本，也可以视为本书的主旨和叙述主体。虽然，如果把它看作某种人生自述的话，本书不是"自传体"的陈述，它的"东一榔头西一棒子"的不完整，也是显而易见的。

说到这个"珍惜"，也就不能不涉及前述"九死"与"九生"之后的"悔"与"不悔"或"恨"与"不恨"的话题了。"青春无悔"或"有悔"，曾经是（至今还是）围绕"知青"一代人生命历程的一个中心争议话题。我认为，这场争论因为触及到反思过往的人生来路，直面历史的真实，其争议本身是很有意义的。我自己以往的言论，历来是站在否定、批判"文革"的立论基点上，因而也是对笼统的"青春无悔"之说持批评态度的（可参见笔者以"文革"为背景的长篇小说《米调》和《迷谷》）。可是，因为写作了知青组歌《岁月甘泉》的歌词，既有"甘泉"争议在先而被坊间派上了"甘泉派首领"的名号（呵呵，虽然不甘不愿，谁让你是"始作俑者"呢！），敝人，现在也"自然而然"地——同时也"不分青红皂白"地，被某些舆情归到了"无悔派"一列了。这就逼得我要对这个"有悔"与"无悔"的"老话题"，再作出自己的人生读解了。

其实，就《岁月甘泉》而言，对这个"青春无悔"，歌词里反而是如此"刻意"地写道："不要问我青春悔不悔，没有什么比生命更可贵……""山有山的壮想，海有海的沉醉，不要问我青春悔不悔……"明白地说，是对"青春无悔"说，持质疑态度的。因为，面对"那一场暴风雨铺天盖地，把多少年轻的花季粉碎"（同段歌词）的历史大洪水，青春生命的宝贵，一如个体生命的孱弱，我们身不由己、无以选择地被卷入时代狂涛，谈论"悔"与"不悔"，其实都是一个假命题。因为你"悔"也好，"不悔"也好，都无法改变历史已然刻在你生命年轮里的轨迹。我在歌词里想强调的，是"生命"比那"洪水"可贵，也就是我们的人生、青春，都比那些年代纠缠的一切的政治与意识形态纷争更可贵。所以，我在这几年围绕"甘泉争议"之时曾一再说过：人生大于政治，青春大于意识形态。知青一代与土地和民众结下的深情大义，也远远大于仅仅是政治形式的历史纠结和家国情怀。这是我最后将《岁月甘泉》的主题，落在"感念人生，感念土地，感念乡亲父老"之上的原因。我相信，这，或者可以成为围绕知青一代命运的历史讨论中的"最大公约数"之一。

于是，我们就来到了围绕"悔"与"不悔"这一命题的另一个逻辑吊诡之处：前面才说过，在个体无以选择的历史大洪水面前，谈论"青春无悔"或者"有悔"，其实是个假命题。但是，从"感念人生"出发，回到个体生命面对自己的青春、自己的过往，我们可以用一种什么心态去回溯、去表述，去承前而启后？则是可以作出一己的选择的。于是，这个"悔"与"不悔"（或"恨"与"不恨"）的争议，就生出别样的意义了。

——从屈原的"虽九死其犹未悔"到苏东坡的"九死南荒吾不恨"，为什么古来中国士人，都要强调自己的这个"未悔"与"不恨"？很让我吃惊的是：最近偶然读到被称为"中国摇滚乐之父"的崔健的《假行僧》一段歌词："我要这所有的所有，但不要恨和悔。"——奇了！为什么连"愤怒摇滚诗人"的崔健，也要这样强调他的"不要恨和悔"呢？

首先应该说，这个"不要恨和悔"，是一种个体生命态度的选择，并不涉及对某一个过往故事的历史评价或者道德价值判断。——我们可以否定"文革"，但同样可以珍视自己的青春经历和人生历练；正如陷苏轼于终生逆境的"乌台诗案"今天已成了"文字狱"的代称，但并不影响世人对东坡居士超然物外、豁达乐观人生故事和人生态度的欣赏一样（如果按那种把一切话题道德化、政治化的论事逻辑，世人欣赏苏东坡的"平生功业：黄州—惠州—儋州"，难道是在欣赏造成他一再受贬谪的"乌台诗案"与那些朝廷权贵小人么？）。苏东坡"九死南荒"而"未悔""不恨"，说到底，也就是因为这个——珍惜。珍惜由于世变造成的"兹游奇绝冠平生"的难得人生际遇，给予自己才情、心智与胸怀的冶炼锤锻；珍惜这个为"余心之所善"的理想追求中所遭际的跌宕坎坷，所获得的人生真实收益与灵魂的真切感悟。崔健《假行僧》的歌词原词是："我有这双脚，我有这双腿，我有这千山和万水。我要这所有的所有，但不要恨和悔。"——只因珍惜"这双脚、这双腿"走过的"千山和万水"，才会"不要恨和悔"！从这一个意义上说，古之先贤屈原、苏东坡可以"九死"而"不悔""不恨"；今之我辈——如同崔健一样的走过"千山和万水"、经历过时代忧患的一代人，珍惜自己的"知青"过往历练，将之视之为可为自己人生提供精神资源的"岁月甘泉"，也就是既合情也合理的"题中应有之意"了，对此，又有什么可以厚非的呢？

只有在这一意义上——也即个体的情感选择的意义上，去讨论"青春"的"悔"与"不悔"，才是具备命题真实性的，可以落到具体实处的。也即：你所选择的"悔"与"不悔"，是可以影响自己的心理情绪抉择与人生走向的。正如西谚说的"性格决定命运"一样，"态度"，也决定"结果"。是取"恨和悔"或"不要恨和悔"的态度，去回溯过往，面对当下，迎接未来，是要真实具体地影响自己的现实情状和人生结果的。就此而言——再强调一次，是就个体抉择而非历史评价而言，我只能坦然承认：我，也是一位"无悔派"。——我，也是自屈原、苏轼以降，中国士人"虽九死其犹未悔"的千古序列之中的微末的一员。——真的仿若是冥冥中的神助，文字逶迤到这里，笔头正在讨论到这"不要恨和悔"，海外最大的华文媒体《世界日报》在近日新出的《世界周刊》里，重刊了一篇一百五十年来再版无数次、被称为"自助圣经"的书摘——被视为与密尔的《论自由》、达尔文的《物种起源》并列的十九世纪欧洲三巨著之一，塞缪尔·斯迈尔斯（Samuel Smiles）著的《Self-Help》，其中译书题，就叫做：《这辈子，可以不后悔吗?》副题是——要成为梦想中的自己，热血是一趟必要的旅程。书中言："养成专注于事物光明面的习惯，比每年一千英镑的金钱还要有价值。我们确实有这种能力，对一切事物的想法导向能获得快乐和进步的方向前进，避免走向负面的思维。"书中还说：拥有美德与能力，有时候会被缺乏一种明朗、正面的生活态度所抵消。比如一个人如果缺乏礼貌，很可能抵消他的勤奋、正直与诚实所获得的成果。（——见美国华文《世界周刊》No. 1559期，二〇一四年二月八日纽约出版。）

——真是诚哉斯言，壮哉斯言亦切哉斯言！

当然，我已经一再强调过，谈论"无悔"和"不恨"，并不等于抽离了"反思"与"批判"，更不像一些站在"政治正确"的道德制高点上的批评者指责的那样，是一种媚世的驯服和顺从（你若是要把"媚世""驯服"这样的帽子，套在唱过"不要恨和悔"的"摇滚教父"崔健的身上，恐怕是要惹出火爆的笔墨官司来的呢！一笑。）这就是为什么，"九死未悔"的屈原，在《离骚》里还同时说过："路漫漫其修远兮，吾将上下而求索。""九死不恨"的苏东坡，在《定风波》里也说过："谁怕？一蓑烟雨任平生。"在"一蓑风雨"中的"上下求索"，恰如崔健的《假行僧》里的另一段唱词："我不想留在一个地方，也不愿有人跟随。我要从南走到北，我还要从白走到黑。"——行走，求索，不懈探求生命真谛，独自面对风雨人生。这，就落到了本书的题旨——"行旅"之上了。于是，兜了一个大圈子，关于"行旅"书题的"我从哪里来？要到哪里去？"的大哉问，就和我们上述的"感恩"与"珍惜""悔"与"不恨"的命题，环环相扣、密切相关了。或者干脆这么说吧：所谓"耶鲁札记"者，其实也是一段"感恩"与"珍惜"之旅，更是一段"无悔"与"不恨"之旅。真的，耶鲁生涯，恰正是自己人生诸般"九死一生"与"九生一死"的历练中最为重要的一章。正是耶鲁的这个大书桌、大舞台与大港湾，为我打开了人生另一部大书，也翻开了这部大书的全新一页。感恩，感恩，没有什么，比耶鲁校园给予我的一切，更让我刻骨铭心地体味到这两个字眼的非凡分量的了！

我相信读到这里，敏感的读者会和笔者此时的感觉一样，已经有点被这个"悔"与"未悔"或者"恨"与"不恨"的纠结话题绕累了，甚至绕烦了。"贤愚千载知谁是，满眼蓬蒿共一丘。"（黄庭坚《清明》）——人生苦长亦人生苦短；"贤愚"之无所谓，亦即"悔"与"无悔"之无所谓。就让我们放下诸般纠结争议，好好享受各各已经"九生"的当下，而坦然面对那"一死"的"共一丘"吧！就让我们以这或者尚在劳作、或者已在享受离退晚晴的血肉之躯，去缅怀过往，充实当下，瞻念未来，去继续装点一己行囊，饱满人生行旅，自主、相助和激励同行者和后行人吧！如果这本称为"札记"的书，能真正在各位尊敬的读者的人生行旅中哪怕带来微末的一点温热和烛照，也就是笔者最大的慰藉了。

大谢无言，一若大美无言。在一本书的后记里，本来应该向促成和成全了本书的诸多贤长和友人致谢。因为开了一个"九死"与"九生"的大话题，需要为此感念、感谢的人事与姓名就太多了。恕我不能在此一一具体列陈他（她）们的名字；但感谢、感恩之念不尽言中，我相信他（她）们是会心会和心领的。

末了，就以一束诗札，作为这本带点"六十自述"色彩的"拙书"的收篇吧——

甲子杂咏
——自寿诗十二首

一、歌头

须臾罗预弹挥间，刹那劫波销万难。*
漫漫茫茫混沌结，清清朗朗宇天宽。
游丝一线飘尘遇，成住三生驿路盘。
半世痴顽感识浅，吾乡惟托此心安。**

*佛典《僧祇律》：二十念为一瞬，二十瞬名一弹指，二十弹指名一罗预，二十罗预名一须臾，一日一夜有三十须臾。刹那代表极短，劫代表极长。劫源于婆罗门教，按婆罗门教教义，它大约相当于四十四亿年，相当于一个大梵天王的白天，也相当于地球目前的寿命。佛教沿用后分为大、中、小三劫，一个大劫正好是世界经历成、住、坏、空，大约13.44亿年，而后世界周而复始。

**苏东坡："此心安处是吾乡。"

二、客路*

天涯契阔解心期，客路行难总自知。
迭嶂推波生浪卷，荒江引月起歌诗。
耕深茆垄足音渺，汗重盐滩笑语痴。
蹈海方知川壑大，潮章汐信是吾师。

*李白："夫天地者，万物之逆旅。光阴者，百代之过客。"

三、劫尘

> 冀脚皤然染劫尘，百年光景过中分。*
> 轩居鼎食从来少，折剑焚琴几许真。
> 雪满千山行独夜，声喧九域守荒晨。
> 但求世道平如砥，血土焦砖托傲魂。**

*套借陆放翁句："百年光景近中分。"
**《诗经·小雅》："周道如砥，其直如矢。"

四、冰火

> 冻砚生冰雪漫松，狂洪劫后火焚空。
> 半生奇遇杯翻浪，百夜幽思月挽弓。
> 疆国郁蒸逢雨泽，海涯险堑藉山隆。
> 升沉明灭随常见，时不我欺生正逢。*

*"生正逢时"乃吴祖光前辈于一九九〇前后写赠许多友人的名句。

五、贱名*

> 白简青篇一贱名，危城凛冷夜行惊。
> 匡时轮轴碾春絮，济世冠巾裹锐荆。
> 敢藉微声激社稷，岂甘委节负神明。
> 大音大象无形处，水有覆舟雁有声。**

*近有加大洋博士长途追访某年"签名信事件"，事件最后终有个相对圆满的结局，可见是事在人为、人造时势矣。
**老子："大音希声，大象无形。""雁有声"乃借自老兄长邵燕祥的咏时名句："鸦雀无声雁有声。"

六、心灰

夕伫寒烟西海陲，苍斑点点是心灰。
霜红滴紫丹青怯，墨淡成空丘壑颓。
委地落花愁欲语，巡天鸣鹞唱优哉。
云泉出岫清如昨，笠泽莲花底事开？*

* 杜甫《佳人》："在山泉水清，出山泉水浊。"笠泽，《世说新语》张季鹰"秋风起而思莼鲈"，弃宦赋归之吴江也（即今苏州）。

七、莲想

平生最爱是莲荷，手掘清池呵绿波。*
不染心因识露电，燃烧瓣为映庭柯。**
丝连耿节韵连句，夏梦凉馨秋梦歌。
得鹿亡羊亦问我，千年苦籽阅贤魔。***

* 曾于自家、他家庭院手掘过四五莲池，友人戏称"莲池专业户"。

** 孟浩然："看取莲花净，方知不染心。"《金刚般若波罗蜜心经》："一切有为法，如梦幻泡影，如露复如电，皆作如是观。""燃烧"者，莲花古有"莲炬"之称。

*** 京中禁苑多植古莲。据云池中古莲子可历千年而重生。

八、帆归

津亭细霭湿蒹葭，远路帆归未著家。
先握蓬檐嶙砺手，再斟鹿寨苦丁茶。
倦途每忆金兰结，冷灶常思婶姆妈。*
万里乡愁一饭解，蕉窗夜雨听琵琶。

* 古来以"义结金兰"誉友谊友情，语出《周易·系辞上》："二人同心，其利断金；同心之言，其嗅如兰。"

九、曲郎*

三夜哦诗顾曲郎，曲成展翼出笼坊。
霜封苦树生丹露，泪滴楚犀发麝香。
壮想满堂招百感，秋心两脉映千江。
樽前怨议容斟酌，且共樵歌醉一觞。**

＊近岁与霍东龄兄无心插柳写成的知青组歌《岁月甘泉》竟意外跨洲过洋，传唱寰中，成了一件"影响生命轨迹之事"（此乃海外众多合唱队员语）。"壮想"为歌题之一。

＊＊此曲自曲题起即引发争议，皆因关涉一代人刻骨铭心而又百味杂陈的一段特殊历史也。故所有批评意见我和霍都可理解包容。可幸的是，好些质疑冷视者都在看过现场演出后改变了看法，悉尼如是，芝加哥亦如是。

十、耽书

乡国耽书废夜眠，残篇误缮短釭前。*
北归狂拥三苏句，独旅思耕五柳田。**
负笈卷开惊梦碎，解襟火烈怵魂煎。
都门亡别九千里，幸汲祖师仓颉泉！

＊釭，油灯也。李商隐《夜思》："银箭耿寒漏，金釭凝夜光。"曾于乡间油灯下抄录"无头书"（为避时忌而撕去封面封底之书）而误读典籍经年。

＊＊"眉山三苏"（苏洵、苏轼、苏辙）每喻文鼎之盛，"陶令五柳"（陶渊明之《五柳先生传》）则吟咏士人节操，皆大学课程外的沉迷。

十一、卷舒

感君岁晚问何如，岭霭溪云自卷舒。
时忆崦嵫蔬笋度，每逢颠仆井泉纾。

狂歌披发啜兰露，倦学吟琴慰雁鱼。
忍负凌云三寸志，俯倾孺子教童书。*

＊任教耶鲁，于中文课堂每须从四声、读音教起，于今一晃又过十数载矣。

十二、歌尾

信无水滴石穿功，壮气连山知有穷。
云树千峰多雪路，沧波万叠一飞鸿。*
乾坤美恶丝丝览，物我盈虚脉脉融。
地白天苍稊米小，微心朗旷对诸空。

＊苏轼："人生到处知何似，应似飞鸿踏雪泥。"

诗稿于二〇一二、十二、二十七起笔，
二〇一三、二、三，结篇于耶鲁澄斋——康州衮雪庐
后记毕于二〇一四年四月二十八日晨，于耶鲁澄斋